帝塚山派文学学会

—創立10周年記念論集 講演編—

まえがき

「帝塚山派文学学会」は平成二七年（二〇一五）年一一月一日、大阪市住吉区の帝塚山学院で設立総会を開き、誕生した。参加者は一五〇人を超え、会場には在阪新聞各社の学芸担当者がそろって顔をみせ、熱気にあふれていた。

大阪の文学を「含羞」や「品のいい」という言葉で特徴づける視点は新鮮で、学会設立はニュースとなり、各紙で企画記事が書かれた。

私は当時、産経新聞大阪本社の編集委員として、大阪ゆかりの作家に関する連載を長く続けていた。帝塚山派文学を提唱する木津川計さんの話を聞いて興味を持ち、すでに代表的作家である藤澤桓夫、庄野潤三、阪田寛夫らを紹介する記事を書き、作品に魅力を感じていた。とはいえ、これほど早くに研究体制が整うとは。設立総会で木津川さんがくしくも口にされたように、この種の提言は「情報洪水の中で見失われてしまう」ことはよくあることだから。

大阪はかねて、文学に冷たいと言われてきた。商売の町で文学の存在感は薄く、かつて大阪に近代文学館を、という声があがったときも、結局実現しなかった。しかし、近年になって、ちょっと違った空気が流れているように思う。

平成二三年（二〇一一）には開高健の出身校・大阪市立大学（現大阪公立大学）が創立一三〇年記念として「大

阪が生んだ開高健展」を開き、同二五年（二〇一三）には織田作之助生誕一〇〇年を記念して、大阪歴史博物館が博物館としては初めて作家を取り上げた企画展を開催した。二六年（二〇一四）には八尾市立図書館内に今東光資料館がオープン、二七年（二〇一五）には堺市の文化スポット「さかい利晶の杜」内に与謝野晶子記念館が、既存の施設を移転、リニューアルする形で開館した。

近現代に活躍した地元の作家を顕彰しようという動き。背景には、大学や自治体のブランディング事業があると思う。大阪の地盤低下がささやかれる中、世に知られる作家は貴重なコンテンツ、その価値をいまこそ再評価しよう。帝塚山派文学学会の誕生は、その最大のトピックスではないだろうか。

学会は年を重ねて設立一〇年を迎えた。地道に研究を重ね、紀要を発刊して着実な歩みを続けている。ユニークなのは研究者に限らず、広く地域や文学愛好家に門戸を開いていることで、かくいう私も「ジャーナリストから見た帝塚山派の作家たち」（紀要第四号）という講演を行った縁で、会員となり、関心を寄せている。文学研究の専門家による綿密なアプローチは刺激的だ。文学散歩も楽しい。作家ゆかりの人たちを招いての記念講演は、作品の奥行きを味わう貴重な機会となっている。

一〇周年記念論集が、こうした楽しみを広く衆知するきっかけになることを願っている。

石野伸子

目次

帝塚山派文学学会―紀要創刊号―より

大阪文化への期待　羞じらいの文化に光を

―帝塚山派文学学会設立を祝して―

木津川　計

四季派学会を発足させた小久保実

ご紹介いただきました木津川でございます。

ここにお越しの皆さんの多くは小久保実という方をご存じのことと思います。しかし、小久保さんは地味な文学評論をもっぱらにしてこられた現代文学の研究者でしたから、広く一般には知られなかったのです。のっけから申し上げる小久保実さんに堀辰雄の研究者として多くの著作で業績を残されました。堀辰雄だけでも八冊の著書を残しただけでなく、立原道造や福永武彦、中村真一郎など堀辰雄に影響を受けた作家の研究でも著作を残された方でございました。

小久保さんは大正一二年、大阪に生まれ、関西大学大学院修士課程修了後、商業高校の教師を振り出しに、昭和五二年、帝塚山学院大学教授に就任、平成二三年、八七歳で亡くなられました。

なぜ冒頭、小久保実さんの話を申し上げたかと言いますと、昭和六二年に「四季派学会」が発足した、その発案と設立に当たっての中心的役割を果たされたのが小久保さんだったからであります。

『せぴゅろす』という文芸誌が小久保さんの追悼を組んだとき、ご存じの詩人・杉山平一さんが追悼のトップに「小久保実さんの思い出」と題してこう書かれたのです。


小久保実さんは私にとっても忘れられない人である。

小久保さんは特に堀辰雄の世界を深く理解し、いくつかの著書がある。堀辰雄の『風立ちぬ』『かげろふの日記』『菜穂子』など、それぞれについての論考があり、堀文学研究の第一人者である。堀文学と小久保さんの関係は絶ちがたい。（堀さんの）没後、堀さんを擁護した人でもあった。

小久保さんは（文芸誌）『四季』とも関係があり、四季派の会で、会長のなり手がいない時に、私は小久保さんの柔らかい誘いに乗り、つい会長を引き受け今に至っている。

小久保さんは地味な方で陰に陽に大変お世話になりました。


であります。

お聴きのように小久保さんは四季派学会を発案され、杉山さんに四季派学会の会長を要請、引き受けてもらったのち、学会の顧問になり、学会事務局を帝塚山学院大学小久保研究室に置いたのです。

実に今日に続く四季派学会は帝塚山学院大学から始まったのです。しかも初代の会長を長く務められた杉山平一さんは昭和四一年、帝塚山学院短大の教授に就任、昭和六二年、七三歳で退職されましたが、のちも帝塚山学院大学の講師として平成八年まで、都合三十年間、帝塚山学院の教壇に立たれたのです。

四季派学会の設立に帝塚山学院は直接関わってはいませんが、本日設立される帝塚山派文学学会は学校法人帝塚山学院が学院創立一〇〇周年記念事業として発足させるものであります。実に帝塚山学院が直接的、間接的に二つの文学学会の設立に寄与され、また寄与されようとしていることに深い感銘を覚えるものであります。

なぜ帝塚山派文学学会の設立に際し、四季派学会に触れるのか、と申しますと、堀辰雄は勿論、四季派の初期を担った詩人、作家たちの資質と作品の傾向が、帝塚山派と目される一群の作家に共通するからであります。

堀辰雄と四季派の詩人たち

詩を基調にした文芸誌『四季』は昭和八年、堀辰雄によって創刊されましたが二年目に当時新進気鋭の詩人・三好達治と丸山薫を共同編集者に迎え、若手の詩人・津村信夫と立原道造を起用する他、昭和一〇年代の抒情詩人を結集し、昭和一九年の終刊まで八一冊を発行した文芸誌であります。

堀辰雄がなぜ『四季』を創刊したのかと申しますと、昭和に入ってモダニズムやプロレタリア文学の影響が強く、そこへ始まった十五年戦争によるプロパガンダなどの洪水から詩の抒情性と音楽性を守ろうとしたことに因っていたのです。

堀辰雄は戦争のさなかドイツ近代の代表的抒情詩人リルケの翻訳、研究を『四季』の中で続けるなど、時流に超越して芸術の純粋を貫こうとした作家であり、詩人だったのです。

しかし、『四季』が大きくなるにつれて、モダニズムからアナーキズム、日本浪曼派までも含むようになり、三好達治までが激烈な戦争詩を書くなど、時局の流れに抗し切れなかったことが、戦後批判され、四季派のレッテルを貼られると「肩身を狭くした」と杉山平一さんも書いたのです。

折しも小野十三郎の「短歌的抒情の否定」が喧伝されている頃です。詩の抒情性を守ろうとした堀辰雄までが戦争責任追求の槍玉に挙げられたのですが、堀辰雄ほど「およそ戦争に縁のない人物」はいなかったと杉山平一さんは四季派への批判を反批判したのです。

やはり四季派の主流は堀辰雄は無論、みんな平和主義者でやさしかったのです。

丸山薫は詩「汽車に乗って」でこううたいました。

汽車に乗って
あいるらんどのやうな田舎へ行かう
ひとびとが祭の日傘をくるくるまはし
日が照りながら雨のふる
あいるらんどのやうな田舎へ行かう

また、立原道造は詩「夢見たものは……」で

夢見たものは　ひとつの幸福
ねがったものは　ひとつの愛
山なみのあちらにも　しづかな村がある

明るい日曜日の　青い空がある

そして、戦争詩を瑕瑾としますが、「太郎を眠らせ、太郎の屋根に雪降りつむ。次郎を眠らせ／、次郎の屋根に雪降りつむ」の三好達治は詩「乳母車」でこう詠んだのです。

母よ――
淡くかなしきもののふるなり
紫陽花いろのもののふるなり
はてしなき並樹のかげを
そうそうと風のふくなり
時はたそがれ
母よ　私の乳母車を押せ
泣きぬれる夕陽にむかって
轔々と私の乳母車を押せ

まだ続くこの詩は中之島公園に詩碑として刻まれているものであります。三好達治は大学生の頃、コンパの帰り、野菜を積んだ荷車を主人が引き、その妻が押すのに出会い、達治は泣きだしたというのです。「酒を飲んで歌をうたって、こんなことをしていて、いいのだろうか」と言って泣いたことを杉山平一さんは『詩と生きるかたち』の中に書いています。

その杉山さんは詩『帰途』でこう歌ったのです。

夜の電車にのりこんできた
工場労務者
けさ　働く意志のつまってゐた
その心の弁当箱はカラカラはずみ
帰りゆく夜の家庭を思う
幼な児らすでに寝入りたるや
（中略）
観劇帰りの人よ
立って
席をゆづれ
明日　きみらがまだ床にあるとき
早くも冷い朝風をきって仕事へいそぐ人に
立って
席をゆづれ

杉山平一——最後の四季派と帝塚山派

お聴きのように杉山さんの詩を貫いた詩精神は、貧しくひたむきな人たちへの思いやりでしたから冷酷な世の中で傷つき、こころ病む人たちを慰め、励ましたのです。

杉山さんは生涯をかけて健気なものに感動し、敗北するものに涙しながら、しかし、希望を歌い続けた詩人でした。九十歳で出された詩集『青をめざして』に「マッチ」という詩があります。

アンデルセンの少女のように
ユメ見ることのできるマッチを
わたしは　まだ何本か持っている

九十歳にして詩藻を枯らさず、みずみずしい感性を保ち続けた方でした。やはりこの詩集で詠まれた「純粋」という一行詩をご紹介します。

雪の純白は　山の高いところにしか住めない

こんな平易な短いことばでものごとの本質を言い当てたり、人間の真実を衝いたヒューマンな詩人は三年前の平成二四年五月、肺炎により亡くなられました。九七歳でした。

その死を悼み、私はレギュラーで担当しているＮＨＫの「ラジオエッセイ」で次のように追悼したのです。

長い抒情詩の列がとぎれとぎれになる。その最後をゆっくり歩いていた杉山さんが、ついに姿を消したのです。不在になってこの国の抒情詩は終焉を迎え、日本の近代詩の最終幕が降ろされたのです。

かつて三好達治は、わずか二四歳で亡くなった立原道造の才能を惜しみ、次の追悼詩を贈りました。

人が詩人として生涯ををはるためには
君のやうに聡明に　清純に
純潔に生きなければならなかった
そして君のやうに　また
早く死ななければ！

であります。私はこの詩を次のように書き変えて杉山平一さんに捧げるのです。

人が詩人として生涯ををはるためには
あなたのやうに聡明に　やさしく
清潔に生きなければならなかった
そしてあなたのやうに　また
長く生きなければ！

私事にわたりますが、杉山平一先生、大阪文化圏の中で私は沢山のことを長年お教えいただいたのです。いま私は大きな空虚感とともに、まだ茫然であります。

私の送ることばでございました。なぜ杉山平一についてかくも述べたのかと申しますと、杉山さんだけが堀辰雄の『四季』につながり、さらに帝塚山派の重要な一人でもある、ということは両派をつなぎ、橋渡しする唯一のキー・パーソンだからであります。

もっと言うなら、帝塚山派と目される作家のことごとくが不在であることを思えば、杉山さんは〝最後の四季派〟にとどまらず、〝最後の帝塚山派〟として格別の位置を占めているのです。

帝塚山派の作家と作風

それでは杉山さんに先立った帝塚山派の作家たちは何を描いたのか。この点についてはこのあとのシンポジウムで、そしてこれからの研究で明らかになり、深められることでしょうからざっと一望するものであります。

一群の作家の中でも私は童謡「サッちゃん」を作詞した阪田寛夫に注目してきたものであります。杉山平一、そして庄野英二と並ぶ優しい眼差しの作家として、いかにも帝塚山派らしいヒューマンな作風、そして控え目な物腰にこの人の純情を見るのです。

阪田さんのご両親は熱心なクリスチャンでした。会社経営者だったお父さんは、生涯に教会を三つも建てて伝道にも尽くされました。

お母さんはキリスト教系の大阪女学院を出られ、主婦業の傍ら奈良の教会でオルガン奏者として奉仕活動を続けられました。

やがてお母さんは膵臓ガンになり、入退院を繰り返します。お父さんは十一年前に亡くなりました。病むお母さんの看病に家族のみんなが献身する。阪田さんは神に祈るのです。「何か最後に母に喜びを与えてください」。そして「私はもう神を否定するようなことを喋ったり、書いたりいたしません」と誓うのです。

ですが、お母さんは咽喉に痰をつめたのです。苦しいのでしょう。目を大きく見開いたままです。「枕元の看護婦が『もうお休みね』と瞼を閉じると、ほとんど同時にさっと身をひるがえすように掌がつめたくなり、もう振り返っても母はどこにもいなかった」でお母さんを描いた小説『土の器』は終わるのです。

お母さんは阪田さんに教えたのです。土の器としてのなにげない日常の中に、神から与えられた宝としての信仰と奉仕のよろこびがあるということを、であります。この『土の器』で阪田さんは芥川賞を受賞されました。

この作品の解説で作家・庄野潤三さんはこう書かれたのです。

芥川賞の発表のあった晩、外出先の劇場で知らせを受けた本人から電話がかかった。いつも静かに話す彼が一層ピアニッシモになり、私たち家族全員が受話器の前で唱える万歳を無言で聞いていた。

であります。阪田さんの控え目でつつましいお人柄がよく察せられます。その阪田さんは平成一七年三月、七九歳で亡くなられました。教会での葬儀で弔辞を読まれた作家の三浦朱門さんはこう言われたのです。

君は天国でも道端の野の花としてひっそり咲いていることだろう。

胸を打つ弔辞だと思います。昭和五八年の毎日出版文化賞に輝いた著書『わが小林一三――清く正しく美しく』を阪田さんは私にサイン入りで贈ってくださいました。阪田さんこそまぎれもなく「清く正しく美しく」生きてこられた生涯だったのです。

阪田さんは作家になる前、朝日放送に勤め、童謡番組を制作しておられました。そのときの上司が庄野潤三さんだったのです。

庄野さんは昭和三〇年、『プールサイド小景』で芥川賞を受賞されました。幸せな中流の夫婦にひそむ危機を繊細で水彩画のような清潔な筆致で、しかし人間の内面を鮮やかに照らし出した作家でした。

庄野さんの短編に小品ながら人間の運命を描いた『相客』という作品があります。

戦犯容疑で巣鴨プリズンへ護送される兄に付き添う弟の兄弟愛の物語です。兄は戦争中、ジャワ島の捕虜収容所で所長に次ぐ副官だったのです。兄は心優しい人で捕虜を虐待したりする人間ではありません。しかし立場上、過酷にならざるを得ない、そんな日があったかもしれません。いやいや、そんなことのできる兄ではないとまた思うのです。

汽車の中には護送する二人の警察官に兄と私、それにもう一人相客がいたのです。その人はスマトラの飛行場で大隊長だった人です。ある日、アメリカの戦闘機が飛行場に不時着した。乗組員を捕虜にしたのですが逃げようとしたので処刑した。そのときこの相客の大隊長は軍の所用で十日ほど飛行場を不在にしていたのです。

処刑の命令を下したのは自分ではない。しかしそれを立証する方法がない。何という運の悪い人だろう。重苦しい希望のない気持ちになり、「この人は助からないかも知れない」と弟は思ったのです。ということは、兄は助かることを暗示しているのです。

庄野英二が形成した帝塚山派

この兄こそ庄野潤三さんの兄の庄野英二さんだったのです。その英二さんに『アレン中佐のサイン』という短編があります。

その中の主人公・椎崎大尉は英二さんとおぼしき人物で捕虜収容所の所長です。日本が敗戦国になり立場が逆転した。捕虜たちは勝者になり、自分たちの原隊に戻るべく十台のトラックに分乗したとき、捕虜代表だったアレン中佐が椎崎大尉に握手を求め、あなたの手帳とペンを貸してほしいというので貸しますと、手帳に次のことばを書き、サインしたのです。

椎崎大尉とその部下たちは、われわれ連合軍捕虜を保護するために、極めて困難な状況下にありながら終始誠意をもってあらゆる限りの力をつくしたことを証明する。

一九四五年八月三十一日

メエルモウチョ捕虜収容所

捕虜代表　アレン中佐

そして中佐はさらにこう言ったのです。

もし将来、戦争中の日本軍の捕虜取扱いについて連合軍より訊問されることがあった時には、この証明書が役に立つでしょう。

実際、この証明書が役に立ち、庄野英二さんは釈放されたのです。収容所のあったジャワ島で庄野さんは従軍作家だった佐藤春夫と毎日のように友好を深めていました。英二さんの人柄を熟知した佐藤春夫はマッカーサー連合軍総司令官に助命嘆願書を書きました。この役割も大きかったといわれるのです。

庄野英二さんはこういう方だったのです。

その英二さんには日本エッセイストクラブ賞を受けた『ロッテルダムの灯』という胸に沁みるエッセイがあります。朝鮮戦争に参戦した一人のイギリス兵が一切の記憶を失って故国へ帰る話です。ただ一つ思い出せるのは、朝鮮に向かう船からの夜のロッテルダムの灯だったのです。

人がたった一つの思い出と共に生きていくには美しい光景でなければ耐えられないのです。庄野英二さんにはまた『星の牧場』という児童文学の秀作があります。戦争で失ったツキスミという愛馬と戦後、幻想の中で再会する泣きたくなるような物語です。戦争への批判もこめた『星の牧場』は日本児童文学者協会賞、サンケイ児童出版文化文学賞他いくつもの賞を受賞しました。

この庄野英二さんが帝塚山学院大学の学長になられたのです。ヒューマンな作風の作家が多く帝塚山学院に集まったのはこの庄野さんの引きによるところが大きかったのです。

たとえば、帝塚山学院短期大学の学長になったのは聴く人の心をほのぼのとさせたＮＨＫの放送ドラマ「お父さんはお人好し」の作家・長沖一でした。

長沖さんは英国型の紳士で含差の美学を心得た人でした。その長沖さんと終生の友だったのが藤澤桓夫だったのです。

藤澤桓夫——帝塚山派の中心

生涯に二〇〇冊もの作品を残した藤澤さんについては今年の三月、顕彰碑完成記念イベントで私が「藤澤桓夫と大阪の文学、文化」（『上方芸能』一九六号に全文掲載）と題して講演しましたので僅かを申し述べます。

藤澤さんは戦中から戦後、昭和二十年代まで大阪で大活躍した作家でした。のちの司馬遼太郎的存在の作家だったのです。ことに代表作『新雪』は二組の若い男女の、清潔で純白な新雪のような恋を描いて、太平洋戦争下の若者の心をとらえたのです。

出版社の育たなかった大阪ですから文壇も形成されなかったのです。唯一文壇らしきものは藤澤邸での藤澤サロンでした。昨年亡くなった評論家の大谷晃一さんが『大阪学文学篇』でこう書いておいでです。

（藤澤さんの）書斎へ文学者が出入りした。小野十三郎、長沖一、秋田実、吉村正一郎、織田作之助、今東光、五味康祐、司馬遼太郎、庄野英二、庄野潤三、足立巻一、杉山平一と、指を折れば限りがない。大阪で文学を志して此処へ来なかった人は少なかろう。（中略）だが、藤澤さんは手下を従えて権勢を振るったわけではない。サロンの主人を務め、面倒をみただけである。

これだけではありません。私が知るだけでも山口瞳、田辺聖子、吉田留三郎、阪田寛夫、川柳の橘高薫風らが藤澤桓夫を慕って集まってきたのです。

まさに大阪文学圏の中心的人物としてその存在と役割は大きかったのですが、藤澤桓夫を今日知る人は大変少なくなったのを残念に思ってきたものであります。

文芸評論家で芸術院会員だった山本健吉は大阪および大阪出身の作家の特徴をかつてこう言ったのです。「郷土をののしり、さげすみ、それでいて郷土に執着する」であります。的確な捉え方だったというべきです。この指摘を受けて私は『上方芸能』一七一号（二〇〇九年三月）でこう綴ったのです。

先に挙げた一群の大阪の作家たちは、郷土をののしらず、さげすまず、こころ優しいメルヘンや人びとへの献身、ヒューマンな香りと繊細な心理描写で断然光っていたのだ。この大阪の作家たちを私は堀辰雄の四季派になぞらえ、『帝塚山派』ととらえたい。

大阪はこれら帝塚山派の作家たちをさほど顕彰し、語ってこなかったのである。原色でどぎつく、品位に欠ける、そんな大阪像の氾濫する中で、私たちは大切で美しい文学をないがしろにしすぎたのである。

自省をこめ、改めて帝塚山派への再評価を図らねばならないのだ。

であります。今から六年半前の反省と提言でございました。

この提言もまた情報の洪水に流され、見失われるのかと思っていましたら、幸いにも帝塚山学院の理事会が受け止めてくださったのです。そして学院創立一〇〇周年記念事業の一つとして本日「帝塚山派文学学会」を設立される帝塚山学院に心からの敬意を表するものであります。

なぜ敬意を払うのか。この学会の設立は帝塚山学院全体のグレードと評価を高めるだけでなく、貶められた大阪の都市格を引き上げるに大きな役割を果たすこと間違いないからであります。

貶められた大阪の都市格

実際、大阪の都市格は京都には遥か及ばず、神戸にも劣っているのです。大阪のイメージもＵＳＪを除いてはけっして良くないのです。当然大阪人のイメージもゆがめられ、「ｇｏｏランキング」によりますと、「東京人に聞いた大阪人のイメージ」では漫才師と大阪人の区別もつけられていないのです。

こういうイメージです。「（大阪人の）会話は常にボケとツッコミの応酬」であるとか「会話にオチがないと怒る」、あるいは「いつでもどこでもなんでも値切る」など、日常ほとんど見たこともない人物が大阪人一般、と東京人にはイメージされているのです。

藤本義一と丹波元さんによるＰＨＰ文庫『大阪人と日本人』という本は大阪人が広くどう捉えられているかをこう述べています。「ガラが悪い、下品、騒がしい、怖い町、せっかち、厚顔無恥、脂ぎっている、抜け目ない、ケチ、守銭奴、食い倒れ、際限もなく誉め言葉にならない表現を並べ立てられるのが大阪及び大阪人だ」であります。

この通りです。こういう低次元で、いわれなき見られ方を大阪が蒙りますのは、偏に大阪の都市格の低さに由来しているのです。

いったい都市格の水準はどういう条件のありなしと内容に因っているのかと申しますと、次の三つであります。①文化のストック、②景観の文化性、③発信する情報、の三つであります。

関西主力の三都市、京阪神でなぜ京都の都市格が一位なのかと申しますと、歴史と伝統の都市ですから①文化のストックが豊富なのです。加えて華道と茶道の都であり、また大学の多い学術研究都市でもあるのです。②の景観の文化性も満たしていて、眺めるに足る景観に恵まれています。③の発信する情報でも葵祭や祇園祭、大文字の他、吸引力を持った魅力の情報を多く発信しますから一位に位置づけられるのです。

では、神戸がなぜ二位なのか。神戸は幕末まで小さな漁村でしたから文化のストックは近代以降のものでして京都、大阪には及びません。しかし、六甲の緑、坂の街の北野町の異国情緒と夜景の美しさ、それにミナト神戸という②の景観の文化性に優れ、③の発信する情報でも若々しくてお洒落な情報で憧れを強めるのです。

当然、大阪が三番手に位置づけられるのはなぜか。まず、文化のストックが貧弱なのです。一九七〇年代ですが、国立民族学博物館の館長だった梅棹忠夫さんが大阪を評してこう言ったのです。「これほどの大都市にして見るべき文化のストックの貧しい都市は世界的に見て珍しい。ひとことで言うなら大阪は下司の都市である」でありまます。その事情は今日も変わっていないのです

②の景観の文化性と申しましても見るべき風景はごくわずかでしかありません。何より大阪は戦後、人びとの顰蹙を買うようなロクでもない情報を発信し続けたのです。

五〇年代は芝居「がめつい奴」が大評判になり「がめつい都市」の印象を焼き付けました。

六〇年代の高度経済成長期は村田英雄の「王将」が大ヒットし、阪田三吉や〝東洋の魔女〟〝鬼の大松〟や「どてらい奴」のもーやん、「悪名」の朝吉親分などが活躍するほどに「ど根性都市」とみなされたのです。

七〇年代の石油ショックを契機に低成長になりますと、〝大日本どケチ教教祖〟が登場し、恥かけ、見栄かけ、義理かけのどケチ哲学を振りまくほどに「どケチ都市」と言われたのです。

八〇年代に入るとグリコ・森永事件が起こりました。さらに、数千人の老人をだました豊田悪徳商法が大阪発となるに及んで「犯罪都市」の烙印が押されたのです。

九〇年代に入ると、ひったくりNo.1をはじめ、あらゆるワースト記録が出そろったところへ横山ノック知事の恥ずべき破廉恥事件が引き起こされ、「破廉恥都市」と見下げられたのです。

二〇〇〇年に入ってからは大阪から大企業が流れになって東京へ本社や本社機能を移す、いわば「流出都市」の様相を呈し、二〇一〇年代は橋下知事、市長の登場により「壊す都市」の印象を強めたのです。

こういう情報ばかりを発信して大阪の都市格が高まりましょうか。大阪が尊敬されざる都市になるのは当たり前なのです。

大阪の文化類型と帝塚山派文学学会への期待

一口に大阪文化といわれますが、仔細に眺めますと四つの類型に分けられるのです。一つは都市的華麗な宝塚型文化、二つ目は土着的庶民性の河内型文化、三つ目は伝統的大阪らしさの船場型文化、四つ目は学術研究機能性の千里型文化、以上の四類型が全体としての大阪文化を形づくるのですが、広く社会化しているのは二つ目の河内型文化でして、これだけが大阪文化と思われているのです。

正しい大阪観のためには、河内型文化以外の三つの類型に関わる情報発信を強めねばなりません。それだけでなく、私は五つ目の類型を新たに措定することによって大阪のイメージチェンジを図っていかねばならないと考えるのです。その五つ目の類型をこそ「帝塚山型文化」と呼びたい。その性格は優しさと羞じらいであります。

実に大阪は、優しさと羞じらいの文化を内在させていながら、そうした文化のつくり手がみんなピアニッシモで控え目であったため私たちは長い間気付かなかったのです。

本日、帝塚山派文学学会が設立されたことによって、優しさと羞じらいの作家たちに脚光が当てられたのです。その作家たちはにわかの再評価にとまどい、身をすくめて小さくなっていることでしょう。それだけに手荒に扱ってはいけない。敬愛の眼差しで静かに見上げたいのです。

さて、設立される帝塚山派文学学会に要請したいことが二つあります。その一つは何か、およそ学会なるものの閉鎖性であります。わけても文学系の学会の密室性でありまして、いったいそこで何が論議されているのか、私どもは一切知らないのです。

たとえば、現にあるアメリカ文学会や日本独文学会などがどういう研究成果を挙げているのかは学会内部でしかわからないのです。

同様に帝塚山派文学学会が学会だけの活動に終始するなら、帝塚山学院のグレードアップには結びつかず、大阪の都市格向上にも寄与することはできないでしょう。

であればこそ開かれた学会にしていただきたいし、その研究成果を広く世間に知らしめてもらいたいのです。そのためには、あるいは別の機関を構想せねばならないかも知れません。そういうことも含めて学院にお考えいただきたいし、私どももまた無関心であってはならないということであります。

もう一つです。帝塚山派文学学会はこれからの学会であります。研究者はごく少数しかいないのです。ですから若い研究者を育てる格別の手立てを講じねばならないのです。なりゆきまかせの学会員増ではなく、目的意識的に研究者を養成する課題がこの文学学会にあることにご留意いただきたいのです。

そういう努力が十年、二十年積み重ねられていく中で、忘れられていた優しさと羞じらいの文学が復権し、しだいにたけだけしくなっていく世の中で小さな輝きを強めていくのです。

含羞都市大阪に向かって

かつて大阪は文化の都市であったこと疑いを入れません。元禄から享保の頃、大坂は日本で最も水準の高い町人文化の都市だったのです。優れた町人学者を輩出した都市でもあります。それは母体としての町人の教養も高かったことの証でもあります。

その「教養とは、まずハニカミを知る事也」と太宰治は申したのです。さらに「文化にルビを振るとしたらハニカミである」とは太宰の確信だったのです。

いま、ますます進行する大阪の〝地盤沈下〟をどう浮上させるか、の問いに劇作家の山崎正和さんは「文化を大事にしないといけません」と一昨日の朝日新聞で言われたのです。

その通りです。再び大阪を文化都市に再構築するということは、太宰治を援用するなら文化はハニカミ、難しい言葉で言うなら「含羞」であります。すると大阪を再び文化都市に、ということは再び含羞都市を目指すということに他ならないのです。

そういう今、帝塚山派文学学会が設立されますのは、優しさと羞じらいの文学、言いかえるなら優しさと含羞の文学の復権は、文化都市、即ち、含羞都市を再び取り戻す大阪のこれからの課題と結びついているのです。ここに帝塚山派文学学会の発展の可能性があることに私たちは確信を持ちたいのです。

〝がめつい都市から含羞都市に〟は私の積年の願いであり、雑誌『上方芸能』の主張でもあったのです。伝統芸能を守り、発展させ、大阪に文化を甦らす、それを目的に私どもの雑誌はいささかの役割を果たしてきたと僭越ながら申し上げるものであります。

しかしながら財政的に大変困難になったことが一つ、もう一つは私が八十歳の高齢を数えたことと重なって、来年五月に発行します二〇〇号、創刊満四八年をもって終刊することをこの十一月五日に発行する一九八号で公表するものであります。

来年五月、『上方芸能』が退場する、その月に帝塚山学院創立一〇〇周年記念パーティーと記念シンポジウムが開かれるのです。それは設立されたばかりの帝塚山派文学学会の発展に弾みをつけることになっていきましょう。

〝がめつい都市から含羞都市に〟を目指した『上方芸能』は退場しますが、いわば入れ替わりに生まれたような帝塚山派文学学会が私どもの希望を受け継ぎ、この大阪を理想的な文化都市、即ち、理想的な含羞都市に再構築していってくださるだろうと期待するものであります。

早稲田大学の校歌が歌います。「集まり散じて人は変われど、抱くは同じき理想の光」と同じように、大阪文化圏に登場するもの、退場するものが共に抱きますのは、〝がめつい都市から含羞都市に〟の理想の光であります。

どうか皆さんのお力を生まれたばかりの帝塚山派文学学会にお貸しくださり、この若々しい学会の発展にご助力くださいますことを願い上げ、私の拙い話を終えさせていただきます。ありがとうございました。

帝塚山派文学学会——紀要創刊号——より

阪田寛夫の文学

河崎良二

この講演は二〇一五年一一月一日の帝塚山派文学学会設立総会で行なわれたものです。

帝塚山学院大学キャリア英語学科の河崎です。四〇年間英文学の研究をしてきました。今日は英文学研究者から見ると、阪田寛夫の文学はどのように見えるのかという話をさせていただきます。学院の中の講演ですので、親しみと敬意を込めて以後、阪田さんと呼ばせていただきます。

阪田さんは多くの賞を受賞しておられます。『うるわしきあさも　阪田寛夫短編集』(講談社、二〇〇七)の年譜から主な受賞作を挙げてみましょう。

・久保田万太郎賞(一九六七年)放送劇「花子の旅行」

・芸術祭文部大臣賞（一九六九年）ラジオ作品「天山北路」
・第四回日本童謡賞（一九七三年）少年少女のための歌曲集『うたえバンバン』
・第七二回芥川賞（一九七四年下期）「土の器」
・第六回日本童謡賞（一九七五年）詩集『サッちゃん』
・第一八回野間児童文芸賞（一九八〇年）叙事詩『トラジイちゃんの冒険』
・第三八回毎日出版文化賞（一九八三年）『わが小林一三　清く正しく美しく』
・第七回絵本にっぽん賞大賞（一九八四年）絵本『ちさとじいたん』
・第一四回川端康成文学賞（一九八六年）「海道東征」
・第九回巌谷小波文芸賞（一九八六年）『まどさん』、『童謡でてこい』
・日本藝術院文芸部門第四五回恩賜賞（一九八九年度）
・第二〇回赤い鳥文学賞特別賞（一九八九年）『まどさんのうた』

優れた作家であったことはこの受賞歴が示しています。ところが、阪田さんご自身はそのように見ておられませんでした。そのことは詩「アホ」を見れば明らかです。

アホ
——アよりも、ホを高く発音すること

先頃「アホのサカタ」という歌がはやって

愚生《ぐせい》は困却焦慮した
アホを標榜してきたおれよりも
上手《うわて》のサカタが現れた！
テレビのお客がしらけだし
サカタ氏いよいよ声をからして
「アホのサーカーター」と絶叫すれば
本家はひたすら窮するばかり
いつになったら
アホやなあ、とさげすまれて
ほんになあ、としみじみうけとめられる日がくるやろか
　あかんあかん　一足先に呆《ぼ》けが来《き》とる

（『含羞詩集』河出書房新社、一九九七。64－65）

自分をこのように見るところが阪田文学の特徴であると思います。
では今日の話に入ります。先ず、結論を述べます。阪田さんの文学は年代別に見ても、内容から見ても三つに分けることができます。

Ⅰ．讃美歌から童謡、詩、小説、エッセイへ
Ⅱ．「土の器」までの屈折した心、暗い小説
Ⅲ．「土の器」以後の阪田文学

Ⅰから Ⅲまでを一貫しているのは、熱心なキリスト教徒であった両親の下で、生れる前から讃美歌を聞いて育った人の文学であることです。父親は南大阪組合教会役員、母は教会オルガン奏者でした。では、先ずⅠの讃美歌の影響について述べることにします。

Ⅰ．讃美歌から童謡、詩、小説、エッセイへ

讃美歌を聞いて育った阪田さんは、戦地から九死に一生を得て復員した後、東京大学に進まれますが、東京でも従兄大中恩が始めた合唱団に入り、以後三年間、霊南坂日本基督組合教会聖歌隊で歌っておられます。戦争の傷を讃美歌を歌うことで癒しておられたと考えることができます。その後はずっと後まで、讃美歌の影響から美しく、優しく、また面白い詩、童謡、絵本を作られます。幼い頃には讃美歌の言葉をおもちゃにして、いたずら盛りの子どもらしい歌を作っておられます。その気持が大人になっても消えないところが、さすがに「サッちゃん」の作詞家だと思います。『詩集　サッちゃん』（講談社、一九七七）からお祈りと関わる詩を二つ読んでみます。

ああめん　そうめん

ああめん　そうめん
ひやそうめん
夕日にそめた

ひやそうめん
ぶりきたたいて
かんからかん
とうさんいびょうで
死んじゃった
ああめん　そうめん
ひやそうめん
夕日にまっかなひやそうめん

オイノリ

カミサマ
アシタハ
イイオテンキデスカラ
カワヘ　ハマッテ　クダサイ
ドンブリッコ　アーメン

このような詩や童謡は多くの作曲家から高く評価されました。阪田寛夫作詞、従兄の大中恩作曲の「おなかのへるうた」などは皆さんご存知だと思います。

阪田さんの詩や童謡にはこのような子どもの純粋な心、いたずら心が一杯の作品が多く見られます。同じ系統の作品としては、小説では「土の器」の翌年に書かれた、いつまでも子ども以上に純粋な心を持ち続ける小学校の先生のお話「陽なたきのこ」、あるいは詩人まど・みちおに会って詩の話を聞く短編「遠近法」など、エッセイでは『讃美歌　こころの詩《うた》』（一九九八）、『受けたもの　伝えたいもの』（二〇〇三）があります。

最後に挙げた『受けたもの　伝えたいもの』という心安らぐエッセイ集に次のような興味深い話があります。詩人高村喜美子さんの追悼会の帰途、まどさんを含む童謡、童詩の書き手六人が、喫茶店に立ち寄りました。その時誰かが「昔教会に通ったことがある」と告白したら次々五人が、昔、キリスト教に関わっていたと表明し、最後にまどさんが、「『私も、聖書もなにも分からんのに、昔教会に行っとったんです』と申し訳なさそうに洩《も》らされたから驚き喜びました」（日本キリスト教団出版局、二〇〇三。12）。

阪田さんを含む童謡の書き手が讃美歌と深く関わっていることを示す興味深い逸話です。

以上のことが、優しく、純粋で、ユーモアがあるという阪田文学のイメージを決定したと言ってもいいでしょう。では次に第二の特徴について述べてみましょう。

Ⅱ．「土の器」までの屈折した心、暗い小説

先に見た三つの詩にも現れていますが、阪田さんの詩には素直でない、屈折した心といったものが見られます。純粋なものは、この世の中では純粋なまま育つことが非常に難しい。純粋な心の子どもはどちらかといえば世間では弱い子どもである。弱い自分はダメな人間なのだという意識が多くの詩の中に書かれています。先ほど見た

詩「アホ」もその一つでしょう。

では、なぜ幼い頃から阪田さんの心は屈折していたのでしょうか。それは阪田さんの純粋な性格のためである、と言ってしまうにはあまりにも複雑な外的事情がからんでいたからです。簡単に言えば、軍国主義化し、国家主義化していった時代に幼年期、少年期を過ごされたことが原因です。阪田さんは一九二五年の生れですが、二年後の一九二七年が日本の第一次山東出兵、三一年、満州事変、三二年、満州国建国宣言、国際連盟脱退と、まさに日本が戦争に突き進んでいった時代だったのです。阪田さん自身も一九四四年、一九歳のときに入隊、釜山から南京、さらに揚子江を遡り漢口（現在の武漢市）まで行かれます。しかし、そこでアメーバ赤痢と胸膜炎で入院、終戦後は、ソ連軍、中共軍、国民政府軍と次々に占領者が変わる混乱状態の中、病院の炊事係として勤務し、一九四六年六月に復員しておられます。

こういう状況を考えれば、両親が熱心なキリスト教徒であったことが大きな重荷であったことは容易に想像できるでしょう。学校ではそれは敵の宗教であると見られ、友人からからかわれたり、いじめられたりしたわけです。やがて特高が阪田さんの家を見張るようになります。それらの好奇な眼差しや監視のために、繊細な子どもであった阪田さんはキリスト教徒であることを隠そうとされました。しかし、熱心な信者であった母親はそれを許しませんでした。人々の前でも母親は隠したことを激しく叱責したのです。母親は周囲の敵意を跳ね返すように、誰よりも熱心に戦争に協力するようになります。こういう状況では、阪田少年でなくても、屈折し、自己卑下、コンプレックスに苦しむことになるでしょう。

コンプレックスによる悩みが顕著なのは、高知高等学校文科で一緒であった三浦朱門らと東京大学の学生時代の一九五〇年に始めた小説同人誌『新思潮』（第一五次）に発表された小説から、一九七四年に芥川賞を受賞する「土の器」までの二〇数年の間に書かれた小説においてです。たとえば文芸誌『文学界』に発表された短編「男は馬垣」、一九六八年出版の『わが町』の短編もコンプレックスを基盤にした作品と言えるでしょう。

その冒頭に置かれた「宝塚」は帝塚山学院小学校時代の話です。仁川コロニーで一〇日間の入試問題の試験勉強に出かけた時、憧れの宝塚スター春日野八千代の家に友人たちと出かけ、玄関の呼び鈴を押すが、すぐに逃げた話です。一九八六年出版の『戦友　歌につながる十の短編』（文藝春秋）の「あとがき」で『わが町』に触れて、「十篇が十篇とも、玄関先で呼鈴を押して逃げる趣がある」（285）と述べておられます。

しかし、一九三九年六月、中学二年、一四歳で洗礼を受けておられることが示しているように、阪田さんはいつも逃げておられたわけではないのです。それを、まるで自分がどうしようもなく弱い、無能な人間であったかのように表現するところが阪田さんの特徴です。

幼い頃から面白いことが好きだった阪田少年は両親の信仰が重くのしかかる苦しみやコンプレックスを自嘲の笑いによって無にしようとされたのだと思います。短編集『我等のブルース』（三一書房、一九七五）の「あとがき」に、『新思潮』以来の作品に触れて、次のように書いておられます。

自分を安全な立場に置いておいて、その自分を嗤う――というのが、それ以来二十年間、数少ない小説の中で私がとってきた手口のように、いま思います。（216）

時間が許せば、ゆっくり『わが町』の短編について語りたいところですが、今日は省略せざるをえません。一言だけその特徴を「アベノ」という短編を取り上げて言いますと、死んでいても不思議ではない過酷な戦争体験を経て復員しておられるにもかかわらず、それまでの半生を題材とする短編の語りや終わり方には、読者を笑わせようとするサービス精神が見られることです。これは「土の器」までの作品に共通した特徴です。

では、阪田さんは一体小説で何を書こうとしておられたのでしょう。幸い、その頃の文学に対する態度をはっきり述べた作品があります。一九七三年の六月から一〇ヶ月間『庄野潤三全集』の各巻末に書かれ、二年後に一冊の本として出版された『庄野潤三ノート』です。庄野さんは帝塚山学院小学校の五年先輩であり、大学卒業後勤めた朝日放送での上司でした。『庄野潤三ノート』は作家論、作品論に分類されるものですが、お二人の交友にまつわる細かな事実が丁寧に描かれた、優れた作品です。

一九五〇年『人間』一〇月号に発表された庄野さんの作品「メリィ・ゴオ・ラウンド」に対する感想に阪田さんの文学観が明確に述べられています。

私は友人と同人雑誌も始めていたが、小説とはコムプレックスの捌け口だとしか思えなかった。即ちそこでは人間の恥部・罪の意識・劣等感・復讐が描かれるべきであった。しかるに庄野さんのは市民生活と詩人的性情だ。私なら一番隠したいひよわな部分を、庄野さんは痛々しく露呈させている。何時刺し殺されるか判らぬ乱世に、腹を出して寝ているようなものだ。とてもひとごとだと見てはおれない。

これが、生まれて初めて接した庄野さんの小説に対する私の感想であった。つまり二十何年前の私のような平均的文学青年には、こんなきれいな文章がこんな世の中になぜ書かれなければならないか訳が判らず、作品全体が非現実的なものに見えたのである。(後略)

(『庄野潤三ノート』冬樹社、一九七五。33–34)

この頃の阪田さんは太宰治に傾倒されていたと知ると、この文章で述べられていることがよくわかるでしょう。先の文の続きには庄野さんの次の文が引用されています。

ここに（家庭を描こうとする時）作者に最も要求せられるものは厳正なる歴史家の眼である。そして歴史家の眼のみが最も平凡で最も些細な、それこそ池の表面を時折走るさざなみに宝石のような真実の輝きを見出すことが出来るだろう。（略）

そしてその眼は更に単なる傍観者、記録者のそれではなくて家庭というものの持つ宿命的な不幸に対して働きかけようとする善意と明識をもてる眼でなければならない。（「愛情に満ちた歴史眼を」昭和二十五年六月十五日、同志社学生新聞）

（『庄野潤三ノート』34）

二人の文学の違いと、阪田さんの文学がコンプレックスを基盤に書かれていることがよくわかります。阪田さんの場合、描く対象に向き合う姿勢と、語りの方法が問題であると言えるでしょう。先ほど短編集『わが町』の一編「アベノ」について述べましたが、阪田さんはコンプレックスを吐き出し、それを作品にするために自分を笑うという方法を取ってこられました。しかし、それでは作品として弱いのです。「自分を安全な位置において自分を笑う」という方法を取っている限り、読者を作品の世界に引き込むことはできなかったでしょう。もしも阪田さんが庄野潤三の全作品を熟読し、批評することで、小説の語りについて熟慮されていなかったとしたら、『わが町』以後の阪田さんの小説は違ったものになっていたかもしれません。

一九五一年、二六歳で大学を卒業した阪田さんは大阪に戻って結婚し、朝日放送に勤められます。一時東京支社に勤務した後、一九六三年、作家になることを決意して退社されます。しかしそれ以後の主な仕事は、一九六三年から一〇年間NHKの「みんなのうた」の歌詞を担当したり、合唱組曲やミュージカル、ラジオドラム、童謡などを書く仕事でした。

転機は一九七三年に来ます。それが、先ほど述べた、六月より刊行の『庄野潤三全集』（全一〇巻）の各巻末に「庄野潤三ノート」を翌年まで書き続けるという仕事でした。七月に母が死去。翌一九七四年一〇月に母の死を描いた小説「土の器」を発表。その作品で、第七二回芥川賞を受賞されます。「庄野潤三ノート」という仕事が阪田さんの文学を変えたと考えて間違いないでしょう。では、阪田さんの文学を変えたものは何か。それは先ほど引用しました庄野さんの言葉から想像できるでしょう。

「土の器」が『文学界』に発表されてから五ヶ月後に同じく『文学界』に発表された短編、作曲家で教会のオルガン奏者を半世紀以上続けている叔父大中寅二を描いた「足踏みオルガン」についての庄野さんの「解説」を見ると、阪田さんが身につけられたものが何かがよくわかります。

どこまでも具体に徹する。具体的でないことは一行といえども書かない。「足踏みオルガン」はそういう覚悟で貫かれているかのように見える。これを支えているのは細やかで落着きのある観察と叡智。私は読んでいて何度となくイギリスの散文を思い浮べた。(後略)

これだけの堅牢な文章をいつから作者は身につけたのだろう。(後略)

(『土の器』文藝春秋、一九八四。235－36)

『庄野潤三ノート』を執筆することを通して、小説とはコンプレックスを安全な位置から描くのではなく、家庭というもの、あるいは人間というものの持つ「宿命的な不幸に対して働きかけようとする善意と明識をもてる眼」で描くものだ、という庄野さんの言葉に阪田さんは深く共感されたのだと思います。なぜなら、芥川賞受賞作「土の器」は、そのような目で、母の骨折から死に至るまでの数ヶ月を描いたものだからです。

ところで幼い頃からのキリスト教をめぐるコンプレックスという問題から見ますと、「土の器」において最も重要なのは次の場面でしょう。母の最期が近づき、言葉が混乱するようになり、再入院する。ある夜、母親の介護の番にあたる。ひどい下痢のために一時間に三、四回おしめを換え、明け方まで点滴注射をするために母親の腕を抑えておくという仕事を終えて、夙川の兄の家に帰った後の場面です。

その朝ひとり夙川へ戻り、無人の家の広い居間の絨緞にパンツ一つで坐っているうちに、どうしてもここで神に祈らずにはおれなくなった。正確には母の神さまに、である。グランドピアノの腹の下に頭をつっこむように、――母が私の家のソファベッドでちんまり坐って手を組み合わせた時と同じ格好をして始めたのだが、言葉の方は「天に在《い》ます父よ」という風にはいかなかった。形を履まないからいきなり「こんなに最後の最後まで苦しみばかりでかわいそうです」と、祈るよりは糺《ただ》す調子になってしまった。私は思い直して、「何か最後に母に喜びを与えて下さい」と頼み、それからつけ加えて（あとになって困るとも思わずに）、「私はもう神を否定するようなことを喋ったり書いたりしません」
と言った。

（『土の器』148－49）

非常に感動的な場面です。阪田さんはここで神と約束をされたわけです。これまでの態度を改めると誓われたわけです。

これをイギリス文学と結びつけてみますと、一七世紀半ばに古代カトリックの教父聖アウグスティヌスが書いた『告白』が英語に訳され、それ以後とりわけピューリタンの間で多く書かれた霊的自伝に近いと言えるでしょう。彼らはアウグスティヌスの『告白』を手本に自らの半生、とりわけ神をないがしろにしてきた若い時代を、信仰を確かなものにした後に振り返り、過去の罪を記述したのです。

そういう意味で、「土の器」へと至るそれまでの阪田さんの小説はアウグスティヌスの『告白』や一七世紀イギリスの霊的自伝の、堕落した生活の告白に近い意味を持っていると言えます。夙川の兄の家での祈りで、神を否定しないと約束したことで、それまでの霊的自伝に近い短編の下にあったコンプレックスは消えるわけです。

Ⅲ．「土の器」以後の阪田文学

どの霊的自伝にも見られることですが、「もう神を否定するようなことを喋ったり書いたりしません」と誓ったからといって、阪田さんの信仰がその後すぐに堅固なものになったわけではありません。それは、「土の器」以後、数年かけて、幼い頃から馴染みながら、逃げておられたキリスト教の問題に正面から向き合うことによってなされるのです。

先ず芥川賞受賞の翌年の一九七五年に、義理の父が戦時中に教会を離れ、神道、仏教などを取り入れた独自の信仰を抱くようになったことを義理の父の人生を幼年時代に遡って、荒々しいタッチで描いた中編『背教』が書かれます。翌年三月に父の背教に子どもたちがどのように反応したかを、家に残った末娘の目から静かな筆致で描いた短編「冬の旅」が書かれます。一九七七年には幼い頃から持っていたキリスト教信仰に対する疑問を追求し、阪田さんの家族を信仰に導いた宮川經輝牧師の生涯を辿る『花陵』が書かれます。

『花陵』では、阪田さんの両親が信者であった大阪基督教会と、牧師宮川經輝を取り上げ、なぜ教会が国家主義と結びついたのか、その独自な信仰の根幹にあるものは何かを、熊本への取材旅行を含めて描いておられます。

宮川經輝を初めとする熊本バンドと呼ばれた熊本洋学校の生徒のこと、彼らに聖書を読むように勧めたアメリカ人教師ジェーンズ、江戸末期から明治初めにかけての熊本の思想的状況をその指導者の一人横井小楠にまで遡って調べ、描いておられます。

実は、この問題は二六年前の一九五一年に東大の卒業論文「明治初期キリスト教の思想的立場」で取り上げられた問題でした。それはその八年後、朝日放送に勤務しておられた時に、芸術祭参加放送劇「花岡山旗揚げ」として再び取り上げられた問題でした。阪田さんは幼い頃から教会の教えに疑問を思っておられたのです。信仰という神と自己との関係という内面的な問題と、それとは水と油であるはずの国家に身を捧げることを求める国家主義とが、なぜ宮川經輝を初めとする熊本バンドの間で結びついたのか。それは、熊本で独自に発達したキリスト教信仰であり、異端だったのではないかという疑問です。

戦争へと進んでいった当時の日本の政治、思想、信仰の問題を掘り起こすことになりますから、暗く重い小説なのですが、救いは宮川經輝の孫で牧師の宮川經裕さんの毅然とした姿と言葉に見出すことができます。阪田さんが年来の疑問をぶつけられるのに答えられる宮川經裕さんの言葉には、日本におけるキリスト教信仰のあり方に対する揺るぎない自信と情熱が感じられ、救われる思いがします。『花陵』からその部分を引用します。

イエスはわが救い主である、故に神から下されたものとして存在するわけだ。大事なのはなぜナザレのイエスがわが救い主になったか、ということで、その一歩手前で「人か、神か」と言い合っても、ただの理屈です。

——（文藝春秋、一九七七。184）

經裕さんは、熊本バンドの真摯なキリスト教の把握というものを、外側の形から理解はできない筈だと言った。經裕さんが祖父を見る目は、相手を発光体として、その輝きを見つめている。これに較べて私の方は地に散らばる影だけをみつめて「暗い暗い」と叫んできたようだ。その違いがよく判った。要約《ママ》には、自分や自分の不安・妄想をおさえて、向こうの光だけを認めるようにしたい。（186）

『花陵』を読みながら、一七世紀イギリスの霊的自伝を研究してきた私は、ほぼ暗記するほど聖書に没頭し、聖職者ではないにもかかわらず説教をして牢獄にいれられたり、迫害された二人の人物を思い出しました。ジョン・バニヤンとジョージ・フォックスです。バニヤンは『罪人の頭《かしら》に恩寵溢るる』という霊的自伝と、主人公クリスチャンが天の都に至るまでの寓意物語『天路歴程』を書きました。フォックスは信仰において重要なのは聖書のみであり、静かに祈る時に神が体の中に入ってくると説いた、一般にはクエーカーとして知られている宗派を起こした人物です。クエーカーは異端として、一七世紀のイギリスで激しい迫害を受けました。しかし、彼らの信仰は世界中に広まり、日本には明治一〇年代末に、日本で最初のクエーカー教徒となった新渡戸稲造の紹介で布教が始まり、一八八七年には現在の普連土学園の前身フレンド女学校が設立されました。ハンセン病患者の治療にあたった精神科医で作家でもあった神谷美恵子の母親がフレンド女学校の卒業生です。戦後で言えば、ララ物資を送る活動の責任者はクエーカーのエスター・ローズでした。ローズは、同じくクエーカーの教師の後任として、皇室の英語教師となっています。不思議なことに日本とクエーカーの繋がりは深いのです。

明治期以降の日本の道徳の問題にもキリスト教に大きな影響を与えています。既に述べましたが、『武士道』という著書で知られている新渡戸稲造は日本の最初のクエーカー教徒です。新渡戸稲造は、明治の新しい日本の道徳は、それまでの武士の道徳をキリスト教に接木して生き延びる以外にないと説きました。それが名著『武士道』です。

同じように、日本組合基督教会の三指導者海老名弾正、小崎弘道、宮川經輝ら熊本洋学校の学生を中心に結成された熊本バンドを中心とした日本のプロテスタント信仰も儒教を基にし、日本の独自性を重視しました。そのために、彼らはほぼ同じ時期に形成された天皇を中心とした国家主義と関わっていったのだと思います。

阪田さんにとって、戦前、戦中のキリスト教の問題はさらに広がっていきます。その一つが、信時潔が作曲した「海行かば」です。それは一九四〇年（昭和一五）、皇紀二千六百年を祝う北原白秋作詞、信時潔作曲の奉祝賀曲「海道東征」のレコードに一緒に録音され、ラジオで繰り返し放送されて、全国に広がりました。一体なぜ「海行かば」に魅了されたのだろう。これもまた阪田さんにとって戦中からずっと気になっていた問題でした。一九六一年一〇月、阪田さんは朝日放送勤務時代に、正月の特別番組として、「海道東征」の再演を実現されました。

作曲者信時潔は旧制大阪府立市岡中学出身で、山田耕筰とともに戦時中の国民的大作曲家でした。戦時中、この二人の音楽家から学んだ従兄の大中恩からの話や、その曲を中之島の大阪朝日会館で聞いた思い出、そして信時潔へのインタヴューを混じえて描かれたのが、一九八六年の小説『海道東征』です。第一四回川端康成文学賞受賞作です。

この中でもっとも興味深いのは、信時潔の父親が牧師であることです。それは、阪田さんと河合隼雄、谷川俊太郎、池田直樹とのシンポジウム『声の力』の中で、次のような文脈で言及されています。

谷川　（前略）戦時中に、勝ったときは「軍艦マーチ」で、敗けたときは「海行かば」がニュースの前に流れていて、なぜかあの「海行かば」がすごく好きで、母親にねだって買ってもらったのが、僕のレコード第一号なんです。

阪田　あれは讃美歌系ですね。（後略）
阪田　信時潔は牧師の三男坊だったんですけど、あれができたときはちょっと感激しましたね。音のハーモニーがいいですね。（後略）
阪田　（前略）で、やっぱり讃美歌系だから、結局鎮魂歌になったんですね。実際、英霊を迎える時に、街の楽隊もやってましたね。だからあれは、やっぱり讃美歌なんです。

（『声の力』岩波書店、二〇〇二。110－11）

谷川俊太郎が「海行かば」を好きだったという発言に驚きましたが、それ以上に「海行かば」が讃美歌であるという阪田さんの言葉に驚きました。当時の準国歌として国家主義、軍国主義を支えた「海行かば」が実は敵の宗教の讃美歌系であったということは、明治以降の日本というものがいかに深く西欧の影響を受けているかを物語るものでしょう。それは新渡戸稲造の『武士道』にも言えることです。

作家阪田寛夫さんの特徴は、このような大きな、重い問題を含んだ作品を発表しながら、同時に童謡「サッちゃん」に繋がる優しい童話や詩、短編を書き続けられたことです。

多方面にわたる活躍をされた阪田さんの文学を研究することは、明治以降の大阪、帝塚山の文学を研究することに留まらず、日本の近代化という大きな問題を政治、宗教、文学、音楽の分野から解明することになります。根気のいる、大きな仕事ですが、皆様の中に、この文学会の会員となって、果敢に挑戦してくださる方が現れることを期待して私の話を終わらせていただきます。

ご清聴ありがとうございました。

帝塚山派文学学会―紀要創刊号―より

庄野潤三の文学と帝塚山

上坪裕介

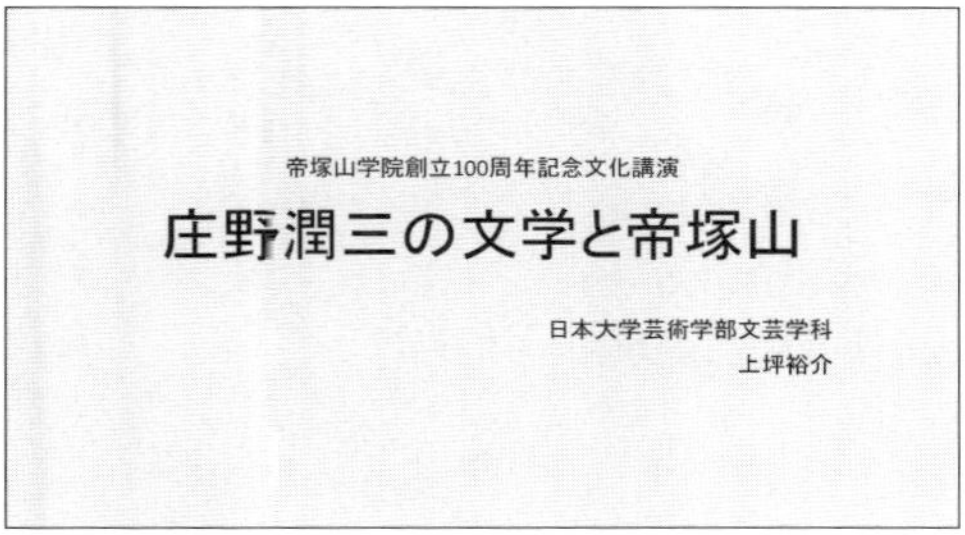
帝塚山学院創立100周年記念文化講演
庄野潤三の文学と帝塚山
日本大学芸術学部文芸学科
上坪裕介

私は七年ほど前（平成二一年）に「庄野潤三研究――場所論的考察――」というタイトルで博士論文を書きまして、その論文のご縁で、本日こうして皆さんの前に立たせていただいております。今日は「庄野潤三の文学と帝塚山」という題でお話しさせていただきますけれども、私の敬愛する庄野文学の魅力を皆さんになるべくわかりやすくお伝えできればというふうに思っております。どうぞよろしくお願いいたします。

庄野潤三の文学と帝塚山

- ①庄野潤三について
- ②庄野文学の特色
- ③庄野潤三と帝塚山

まず初めに、本日の構成からご説明します。全体を大きく三つに分けて進めていきます。一番目は「庄野潤三について」という項目ですが、こちらは、いまこの会場にいらしている皆さんの中で、庄野潤三について詳しい方、それからあんまりご存じない方、さまざまかと思いますので、簡単にですが、その人生と文学的特徴をご紹介します。

次に「庄野文学の特色」という二番目です。前の項目でお話する文学的特徴がごく一般的な庄野文学理解に基づいたものであるのに対して、こちらは、私が考える庄野文学とは何か、その魅力とは、といったことについてお話しさせていただきます。一般的な理解と共通する部分とそうでないところがあります。それから最後は、「庄野潤三と帝塚山」というふうに題してあります。庄野にとって、この大阪の帝塚山という土地は故郷であるわけですけれども、その故郷が、彼の文学とどういうふうに関わってきているのかということを掘り下げていきたいと思います。

それでは早速ですが、進めていきます。まず一番目、「庄野潤三について」ですね。こちらの写真は、五二歳ごろに、ご自宅のお庭で撮られた写真です。

庄野潤三は大正一〇年の二月九日のお生まれです。帝塚山学院の初代学院長を務めた庄野貞一氏の三男として生まれました。帝塚山学院の開設が大正六年で、当時、既に学校があったので、幼稚園と小学校に関しては帝塚山学院で学んでおります。

庄野潤三　略年譜

- 大正10年2月9日生まれ
- 帝塚山学院初代学院長　庄野貞一の三男（帝塚山学院小学校開校　大正6年）
- 帝塚山学院幼稚園、小学部卒業

こちらは親子で撮った写真で、一歳半のころですね。抱っこされているのが潤三さん本人です。その後ろに、父親の貞一氏と、お母さんの春慧さんが写っております。

庄野潤三　略年譜

- 住吉中学校、大阪外国語学校英語部
- 住吉中学の先生だった伊東静雄に師事
- 九州帝国大学法文学部東洋史専攻

　先ほど、幼稚園と小学校は帝塚山学院に学んだというふうにお話ししましたが、まだ当時の帝塚山学院には男の子が学べる中学校というのがありませんでした。そのため、庄野は小学校を卒業すると近くの住吉中学校へ進学をします。その後、大阪外国語学校英語部というところへ進むわけですけれども、この学校は、現在の大阪大学の外国語学部の前身にあたります。

　この時期の最も特徴的な出来事として詩人の伊東静雄に師事したことが挙げられます。住吉中学の一年生のときに、伊東静雄は国語の担任だったのですが、当時庄野はまだ詩や文学についてそれほど関心がなかったので、そのまま国語の先生として習っただけで終わってしまいました。

　実際に交流が始まるのは大阪外語へ進んでからです。庄野は本屋で偶然、他の著名な詩人たちと一緒に並ぶ、伊東静雄の本を見つけます。とても立派な、豪華な装丁の本で、それに思わず手を伸ばして買って帰ります。読んでみると、その詩に強く惹きつけられ、以後、かつての恩師である伊東静雄に対して敬愛の念を抱くようになります。そのすぐ後、電車の中で、二人は偶然再会を果たします。いまも路面電車が帝塚山に走っておりますが、上町線ですね、あそこの中で再会を果たすわけです。それで、先生、お宅に遊びに行ってもいいでしょうかというような話をして、どうぞ遊びにいらっしゃいということで、それから師弟関係を結ぶことになります。

　この師弟関係、とてもつながりの深いものだったわけですけれども、その一端を垣間見ることができる文章があります。後に庄野潤三が、師匠である伊東静雄のことを振り返って書いた文章ですが、ちょっとご紹介したいと思います。

　僕は、伊東先生ほど大きな愛で僕を見守り、僕を認め、僕を育ててくれる人に、またと会えようとは思わない。

　三国ヶ丘の家へ最初に伺ったのが十六年三月、

先生は詩集『夏花』を出された後の頃であったが、それから『春のいそぎ』、『反響』と、二つの詩集が出される間の八年間を、僕は絶えず先生と一緒にいてお話を聞くことが出来た。

あんなに優しく教えて頂き、励まして頂いたことを思うと、先生の死を損失と思う気持よりも、自分が恵まれて伊東先生と共に過した年月を幸福に思う気持の方が強い。

自分の文学の行末をもっと長生きして見ていてほしかったと思うし、之から先どんなにいい作品を書いても先生に喜んでもらうことが出来ないと思うとやはり淋しいけれども、それも今では贅沢なことのように思える。（庄野潤三「『反響』のころ」《『庭の山の木』所収》）

と、こんなふうに書いております。本当に全人的なというか、とても深いつながりがうかがえる文章です。庄野の伊東への愛情や敬慕の念といったものを感じていただけるかと思います。

この再会の後、庄野は福岡の九州大学へ進学するのですが、この進学についても師匠の伊東静雄の勧めがありました。文学をやっていくのであれば、閑暇が必要である、暇な時間がとてもたくさん必要だと、伊東は庄野に大学進学を勧めます。はじめは、東北大学と九州大学で迷っていたのですが、大阪のような気候の良いところで育った庄野が、寒い東北へ行って身体を壊してはいけないと、九州大学へ行くことを勧めます。伊東の出身は長崎県の諫早ですが、福岡が自分の故郷の近くであることも九州大学を勧めた理由のひとつでもあったようです。こうして庄野は九州大学へ進学し、大阪の実家を出て福岡で下宿生活をはじめました。

専攻は東洋史でしたが、一級上には後に作家となり、『死の棘』などを書いた島尾敏雄がいました。お互いに作家志望ということもあって、戦時下の福岡の町で頻繁に下宿を行き来するというような深い友情を結んでいきました。この大学時代のことは、後に庄野が書いた「前途」という小説の中にとても詳しく書かれておりますので、興味のある方は読んでいただけたらと思います。

こちらは伊東静雄と庄野潤三の写真です。昭和十八年頃、庄野が軍隊に入隊する直前に撮られたものです。

庄野潤三　略年譜

- 処女作「雪・ほたる」を『まほろば』に発表
- 戦後、島尾・林・三島由紀夫らと『光耀』創刊
- 『文学雑誌』・『VIKING』などに参加

伊東静雄の影響もあって文学を志すようになった庄野は、大学生になってから小説を書こうと試行錯誤しますが、今の写真の、入隊直前の時期に「雪・ほたる」という小説を初めて書き上げます。庄野はこの原稿を伊東に預けて軍隊へ入隊していきましたが、その後、「雪・ほたる」は『まほろば』誌上に伊東静雄の推薦の言葉とともに掲載されました。この『まほろば』という雑誌は、後に文芸評論家となった林富士馬が中心になって当時発行していた同人雑誌です。

こういったつながりもありまして、戦後いち早く、大学で知り合った島尾敏雄、それからこの『まほろば』の林富士馬、その林を通して知り合った三島由紀夫らと、同人雑誌の『光耀』を創刊しました。文学を、戦争が終わっていち早くやっていこうと熱意に燃えて作

りました。ところが、当時は印刷費の高騰などがありまして、なかなか続かずに三号までで終わってしまったわけです。しかし、有名な作家が何人も関わっていたので、今でも文学史上に名前を残している雑誌です。『光耀』は三冊で終わってしまいましたけれども、庄野はその後も活発な活動を見せまして、藤澤桓夫が作った『文学雑誌』、あるいは神戸で、後に作家となった富士正晴が作った『VIKING』といった雑誌、そういったところに参加、あるいは寄稿をして、積極的に短編小説等を発表していきます。

こちらは、先ほどお話ししました「雪・ほたる」という小説を載せた、その掲載誌です。文学冊子『まほろば』という題字があり、その下に小さく「昭和十九年六月　終刊号」と印刷されています。戦時下にいろいろと工面して発行を続けていましたが、この号が最後となりました。

庄野潤三　略年譜

- 復員後すぐ、大阪府立今宮中学校で歴史の教員
- 野球部長となり、甲子園に出場
- 大阪市立南高校へ転勤。その後、朝日放送へ入社。

戦後すぐに雑誌『光耀』を作って、作家になろうと頑張ったという話をしましたけれども、今度は仕事の話をします。庄野は復員後まもなく、大阪府立今宮中学校の先生になります。東洋史を九州大学で専攻していたこともあって、歴史を教えます。そして、これはちょっと文学とは関係ないので脱線しますが、学生に請われて野球部の部長になって、なんと甲子園に出場をしております。そのためか、当時、野球雑誌の『ベースボール』に庄野はエッセーなどを書いています。この今宮中学校で歴史の先生として三年間勤めた後は、大阪市立の南高校へ転勤をし、その後、教員の職を辞して、朝日放送へ入社をします。この朝日放送は、今でもあるあの朝日放送ですけれども、当時はまだテレビ放送ではなく、ラジオ放送でした。庄野はプロデューサーとして番組作りに関わっていきます。ここで出会ったのが、後に作家になる阪田寛夫です。阪田寛夫は帝塚山学院小学校の後輩にあたる人で、これを機に友情を深めて、生涯の付き合いを結んでいきます。

庄野潤三　略年譜

- 昭和24年「愛撫」・「舞踏」で文壇デビュー（28歳）
- 昭和28年　上京、石神井公園へ
- 昭和30年「プールサイド小景」で芥川賞受賞（34歳）

昭和二十四年にはいよいよ文壇デビューを果たします。二八歳のころでした。「愛撫」や「舞踏」といった作品によって作家として出発します。以後、次々に短編小説を発表して、「喪服」「恋文」などの作品で芥川賞候補にもなります。この時期、上京をして作家として本格的に立っていきたいというふうに考えはじめますが、ちょうどそのころに、朝日放送の東京支社への転勤の話が出まして、これを機に上京をします。練馬区の石神井公園、今も西

武池袋線に石神井公園という駅がありますけれども、その近くに家を建てて、引っ越しをしていきます。ご存じの方も多いと思いますが、庄野はこの石神井公園へ移ってほどなくして書いた「プールサイド小景」という作品で芥川賞を受賞しました。

庄野が芥川賞を受賞した昭和三十年前後に相次いで出てきた新人たちを指して「第三の新人」という呼び方をしますが、そのメンバーたちと一緒に銀座で撮った写真です。「第三の新人」というのは第一次、第二次戦後派の作家たちに次いで、三番目に出てきたというような意味で使われる言葉ですけれども、最初は山本健吉が編集部の求めに応じてこの言葉を使い、いつのまにか定着していったものです。写真は、左から吉行淳之介、遠藤周作、近藤啓太郎、庄野潤三、安岡章太郎、小島信夫です。

石神井公園には七年ほど住み、四〇歳のとき、昭和三十六年にもう一度引っ越しをします。神奈川県川崎市の生田というところで、ここが庄野の終の棲家となります。ここでの生活を書いた「夕べの雲」という作品が、最初は新聞連載の形で発表され、後に本になって、読売文学賞を受賞します。この生田の家は多摩丘陵の丘の上にある一軒家なのですが、これ以後ずっと、その丘の上を舞台に、四〇数年間に渡って作品を発表していきます。

庄野潤三　略年譜

- 昭和36年　神奈川県川崎市生田へ（40歳）
- 昭和41年『夕べの雲』で読売文学賞受賞
- 以後、生田の丘の上の家を主な作品の舞台とした

庄野潤三　略年譜

- 平成7年 「貝がらと海の音」連載開始（74歳）
- 平成18年 脳梗塞で倒れ、その後自宅にてリハビリ
- 平成21年9月21日、老衰のため死去（88歳）

そして平成七年に「貝がらと海の音」の連載をはじめます。七四歳のころです。庄野潤三は晩年に、雑誌に連載をした作品を本にまとめるという形で、一年に一冊のサイクルで本を出していきます。これが全部で一二冊あって「晩年の連作」と呼ばれているのですが、この「貝がらと海の音」はそれらの作品群の一番はじめの作品にあたります。これが若い女性などにも好評で、人気を博したわけです。

平成十八年、庄野は脳梗塞で倒れ、その後、家族総出でリハビリを続けていましたが、平成二十一年の九月二一日に老衰のために亡くなりました。八八歳でした。

庄野が亡くなった七年前、私はまだ学生でした。ちょうど最初にお話しした博士論文を書いていて、提出間際という状況でした。いつか自分が書いたものを持って行って、こんなもの書きましたと言って、お会いできたらなという気持ちで頑張って書いていたわけです。ところが亡くなったということを知って、呆然としました。生田にある春秋苑という場所でお別れ会があることを知って、そこに参加をしました。会場から外を見ていたら、庄野の家のある丘が向かい側に見えました。ああ、いま自分がいるのはちょうど向かい側の丘なのだと、ぼんやりと思ったことが、なぜだかいまでもよく思い出されます。

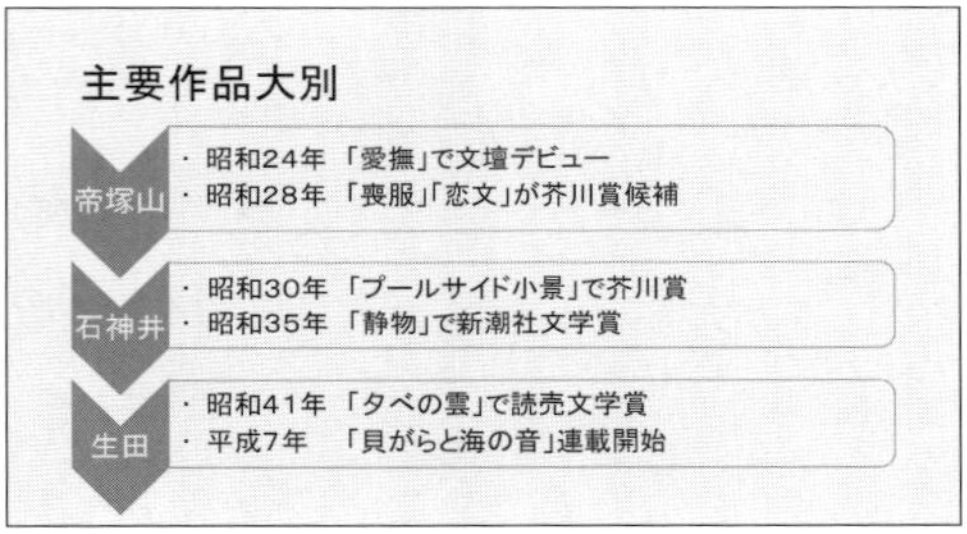

ここまでざっと、本当に簡単にですが、年譜的な部分をお話しさせていただきました。ここからは文学的特徴を、それもごく一般的な庄野文学の特徴をお話ししたいと思います。こちらも大きく三つに分けました。一番目は、上京するまで。帝塚山に住んでいた時代です。それから、続いて石神井公園に住んでいた時代。そして、最後の生田に住んだ時代ということで、三つに分けてご説明していきます。

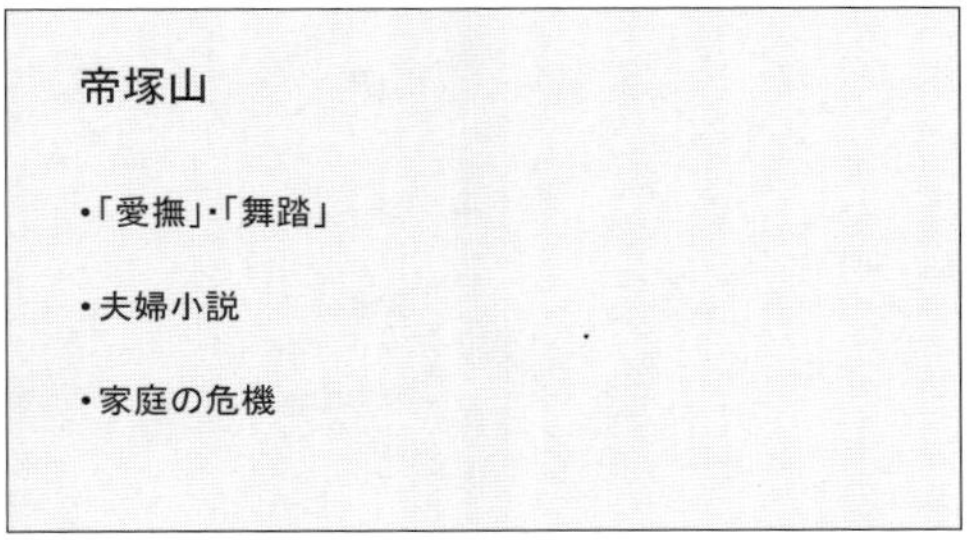

最初の時代です。帝塚山に住んでいたころ。昭和二十年、戦争が終わって帰ってきて、すぐ作家になろうとして作品を書いていくわけですけれども、先ほどお話ししましたように、「愛撫」あるいは「舞踏」という作品で文壇デビューを果たします。この時期の代表作は、やはりいま挙げた二作だろうと思います。この時期は、まだ結婚したばかりの若い夫婦の生活、あるいはまだ小さな子が一人いるぐらいの若い夫婦の話というのがメインに描かれます。一見うまくいっているように見える家庭生活、夫婦生活の底に実は潜んでいる危機が、たまにふっと顔をのぞかせる。あるいは不安の影とか、そういったものがあるとき急に姿を現す。そういった様子を象徴的に、上手に描いたということで、評価されて庄野は文壇に出ていきます。

石神井公園

- 「プールサイド小景」・「静物」
- 夫婦小説の達成
- 家庭小説への移行・模索の期間

続いて石神井公園時代です。芥川賞を受賞した「プールサイド小景」、あるいはファンの方も多いかと思いますが、「静物」という作品ですね。この二作が代表作だと言えます。この時期は、先ほど帝塚山時代は夫婦小説を書いていたとお話ししましたけれども、その達成の時期であると位置付けることができます。と同時に、この後の作風への移行期であるとも言えます。家庭の危機とか、あるいは不安の影とか、そういったものはだんだんと薄らいで、やがて消えていきます。その後は、日常のささやかだけれどすてきな、穏やかな生活が主な題材になります。それを大ざっぱに家庭小説というふうに言うとしますと、ちょうどその夫婦小説の達成の時期と、家庭小説への移行、あるいは模索の期間、両方がグラデーションのように同時にあり、少しずつ移っていく。石神井公園時代はそんな時期だったと考えられます。

生田

- 「夕べの雲」
- 庭木のこと・野鳥のこと・家族のことなど
- 晩年の連作、庄野文学の成熟と達成

最後に生田の時代です。後から振り返って、庄野潤三の文学全体から見ますと、このころが結局は一番期間が長く、やはり庄野文学の代表的な作品が発表された時期だと言えます。この時期の代表作を一つに絞るのは難しいですが、「夕べの雲」が名作としても名高いですし、読んでいる方も多いのではないでしょうか。先ほど庄野文学は夫婦小説から家庭小説へと移っていき、だんだんと日常のみを描くようになっていくという話をしました。実際にこの時期にどんなことを書いているかといいますと、家を中心に庭木のことや庭を訪れる野鳥のこと、あるいは家族のこと。そうした日常の出来事。それを丹念に書いていくというような作風へと移っていきます。そんな庄野文学の成熟と達成が、「貝がらと海の音」にはじまる「晩年の連作」の一二作です。

②庄野文学の特色

ここまで、庄野潤三の人生と文学的特徴をお話しさせていただきましたが、続いては、最初にご説明しましたとおり、私が考える庄野文学の特色についてお話ししたいと思います。この写真は平成十二年、七九歳ごろの写真です。庄野家ではお正月にこうやって集まって、みんなでお祝いをするということが恒例になっていたのですが、とっても幸せそうないい写真です。多くの読者も感じるところでしょうが、これが私の考える庄野文学を象徴する写真だと思います。

庄野潤三の文学について誰かに話しをするときに、まず何から話そうということをいつも悩みます。スライドに「人間讃歌の文学」とありますが、いろいろと悩んだ末に、やっぱり最後はここに行き着いてしまいます。これが、やはり最も大きな特徴であろうと思います。どういうことかといいますと、人生の暗部を書かないということです。

人間讃歌の文学

- 人生の暗部を書かない
- 人生の光の部分を見つめ、言葉で紡いでいく

非常に大ざっぱな言い方ですが、仮に人生に光の部分と闇の部分というのがあるとしたら、そういった闇の部分を書くことを、文学は得意としてきました。人の孤独とかつらさとか苦しさとか、あるいは親子の葛藤とか確執、そういったことを題材とするのは近代以降の文学の得意としてきたところですし、実際に多くの作品があります。ところが、庄野潤三は、そういう闇の部分というか暗部、人生の暗部、そこをあえて見な

いようにして、人生の光の部分、すてきだと思える部分ですね。人間のいいところとか、そういったものを懸命に見つめて、それを言葉で紡いでいくというような作家でした。私が庄野潤三の文学について語るときにいつも一番にこの「人間讃歌の文学」を掲げるのは、やはりこういう作家や作品を、非常に稀有な存在だと考えているからです。実際に人は生きていると、つらいこととか苦しいこと、たくさんありますよね。私自身もそうですし、皆さん、この会場にいらしてる方も、もちろんたくさん経験されていると思います。人間生きていれば苦しいし孤独です。だからこそ、つらいこととかを、あんまり読みたくないという気持ちがある。せっかく小説を読むのであれば、人生の暗部をまじまじと見つめるものではなく、その小説を読むことによって世界が輝いて見えるような、そんな小説を読みたいというふうに思ったところから、私はだんだんと庄野文学に惹かれていきました。

人間讃歌の文学

- 喜びの種子
- 嫌なことから身を逸らす姿勢
- 生き方でもあるが、文学・芸術上の努力

いまお話ししましたように、庄野は光の部分を見つめる作家なのですが、これから幾つかの具体的な文章を通して、もう少し掘り下げていきます。「喜びの種子」という言葉が出てくる文章がありまして、まずこれをご紹介します。

> 世の中生きている間には、いやなことやグチをこぼしたくなることも多いが、言っても仕方のないことは言わない。それより、どんな小さなことであれ、喜びの種子になるものを少しでも多く見つけて、それをたたえる。そのことによって生きる喜びを与えられ、元気づけられる。そういう生き方をしたいと思ってやってきました。（庄野潤三「喜びの種子を見つけて」《『誕生日のラムケーキ』所収》）

喜びの種子を見つけて、それをたたえる、そんな生き方をしたい。庄野はこの文章にあるような積極的に喜びの種子、つまり人生の光の部分をつかみに行く側面と、それからもう一つの、別の側面を合わせ持っています。それがスライドの二行目にある「嫌なことから身を逸らす姿勢」です。あえて人生の暗部を見ないようにして、身を逸らしていくということですが、これがうかがえる文章がありますので、それもご紹介します。講談社文芸文庫版『鳥の水浴び』の解説からの引用です。田村文さんという新聞記者の方が、かつて庄野潤三にインタビューをしたときのことを振り返って書いた文章です。

「小説に『ありがとう』『うれしい』『よかった』という言葉が何度も出てきますね」と言うと「そういう気持ちを持って生きているんでしょうね」と、やや客観的に答えた後、自らの内面に入る。「誰にともなくね、ありがとう、と。うれしい、よかった、と。それ以外の悲観的なことは、口にしないわけです。もう駄目だ、とか、そういうことは一切言わない。たとえ心に浮かんでも、無視するわけです」「世の中には嫌なことがいっぱいある。そうしたことから身を逸らすんです。社会的な事件でもね、嫌だなと思うことは、そりゃいっぱいありますけどね。それは取り上げない。自分の庭に来る鳥のこととか、庭に咲いた花のこととか、自分を喜ばせてくれることだけを書く。そういう姿勢を貫いているんです」（解説 田村文「庭の時間」《講談社文芸文庫版『鳥の水浴び』所収》）

庄野は生き方として、このような両側面のことを一つにしたもの、一つのことの裏表ですけれども、そんな姿勢を生き方として持っていた。それと同時に、これは文学、芸術上の努力でもあったのだろうと思います。それも非常な覚悟が要る。覚悟と努力ですね。私も研究者として、庄野の文学にいつも触れているので、彼が目指したような生き方をしたいと思ったり、そんな作品を書きたいというふうに思ったりもしますが、それはやはり、思ったり、言うほど簡単なことではなく、しかもそれを一生涯続けるというのは、相当なことではなかったかというふうに感じます。

人間讃歌の文学

- ウィリアム・サロウヤン
- 「君が人生の時」一人生肯定の作家
- 若い頃から人間讃歌の文学への理想を抱いていた

そんな庄野の生き方と、文学上の覚悟、その両方を示し、また両方が若いころから彼の中ですでに芽生えていたのだということを示す幾つかの資料をご紹介したいと思います。『我が名はアラム』などを書いたウィリアム・サローヤンというアメリカの作家がおりますが、この作家に「君が人生の時」という戯曲があります。庄野は、作家になった直後、「愛撫」でデビューした一年後ぐらいに、新聞にこの「君が人生の時」を評した文章を発表しています。「君が人生の時」という作品のタイトルに、「人生肯定の作家サロウヤン」という副題を付けています。

サロウヤンという作家に取つ《ママ》ては、生きることがすべての人間の悦びであり法則でなければならない。しかも現実の世界は暗いもの、醜いもの、不幸なるものに満ちている。これは、何か、何処かに悪いところがあるからだ。正しく健康なものが圧迫され、愚劣で不健康なものが栄えているのである。これは世の歪みである。これを正すものは、政治家でも軍人でもなく、ただ芸術家のみである。――というのが、サロウヤンの思想の根底にあるように見える。（「君が人生の時――人生肯定の作家・サロウヤン――」昭和二五年六月三十日「夕刊新大阪新聞」）

ある作家が、他の作家を評することによって、それが翻って、自分自身の文学観を語ることになっているというのは、よくあることではありますけれども、これもその一例だと思います。庄野は、こういうふうに若いときに書いているわけですが、先ほどの二つの引用文、「喜びの種子」と「嫌なことから身を逸らす姿勢」についての文章と読み比べると、庄野潤三の文学観とこの今のサローヤンについての文章とが、いかにつながっているかが分かると思います。そして、それが生き方であると同時に、ただ喜びの種子を集めるということではなく、集めたことによって、世の中が少しでもよくなるといいと願う芸術上の努力だったということが、うかがえるのではないでしょうか。

理想の場所づくり

- 喜びの種子を集めていく場所
- 身近な家庭・家族を中心としたひろがり
- 言葉、文章上の場所だが、実人生とも連動している

ここまで、庄野潤三は人間讃歌の文学を目指して、若いころから自身の文学の道を進み、あるいは探ってきたという話をしてきました。では、実際にそれをかなえるために、どのようなことをしたかという話をしていきたいと思います。スライドの一番上のタイトルに「理想の場所づくり」とあります。先ほどから繰り返し言っている、喜びの種子、これを見つけて、それをまいて育てる場所ですね。庄野はこれをつくろうとしました。そういう場所づくりを意識的にしたのではないかと、私は考えています。自分自身が喜びだと思えるものをたくさんたくさん集めた場所を形づくることによって、それがやがて理想の場所になっていくわけです。どんな場所かといいますと、それは身近な家族を中心とした家、家庭生活、そんなところに、自分の理想の場所をつくろうとしました。これが実生活上でもそうでしたが、それだけでなく、さらに文学、言葉、文章上の場所でもあったと。どちらもが、共に連動して育っていくというふうなつくられ方をしていきました。

理想の場所づくり

- 樹木、草花、野鳥など自然を身近なものとして暮らす
- 人の営みと自然の営みとがひとつに溶け合った生活
- そうした場所をつくり、喜びの種子を集め、育てた

庄野潤三といえば、庭がとても有名です。特徴的というか、庄野文学の場所といえば庭。お庭のすてきさが、やっぱり一番に浮かぶことかと思います。そんな庭に植えられた樹木とか、あるいは草花、四季折々の庭にやってくる野鳥とか、そんな自然を身近なものとして暮らす。その暮らしそのものが、理想の場所に

なるようにということで、つくられていきました。それは、人の営みと自然の営みとが一つに溶け合うような、そんな暮らしぶりですね。そうした場所をつくって、そこに喜びの種子を多く、少しでも多く見つけて育てようというふうにしていたわけです。

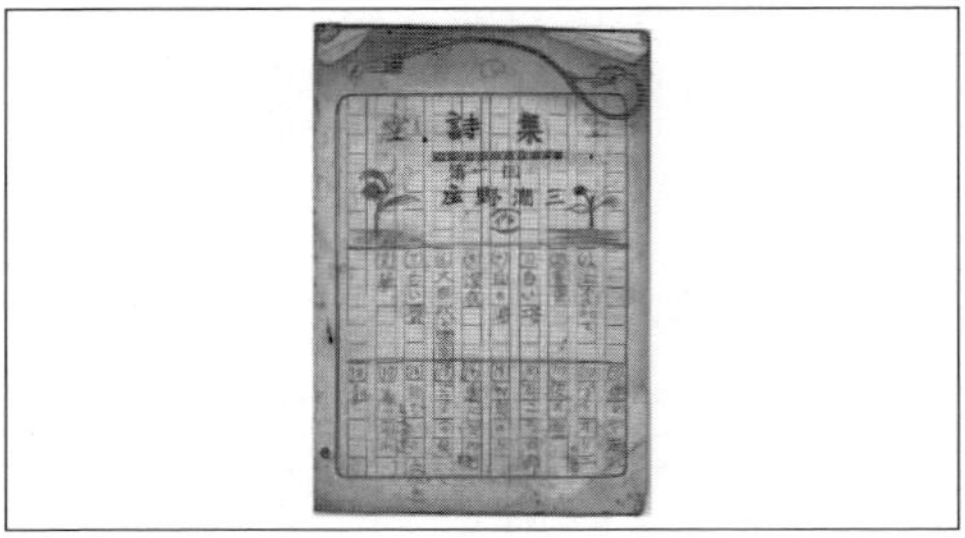

これからご紹介する資料は、公の場に出るのは恐らくこれが初めてだと思います。野鳥が来て、四季折々の草花が咲いて、といった庄野の理想的な場所の在り方の庄野のルーツを示すような資料です。何かといいますと、「詩集」と書いてありますが、これは庄野潤三が小学校六年生のときに作ったものです。手書きの原稿用紙を綴じ合わせてできています。もしかしたら初めての詩集だったかもしれないですね。一八の詩と、一部作文から成っていまして、この中に「大自然の楽園」という詩があります。

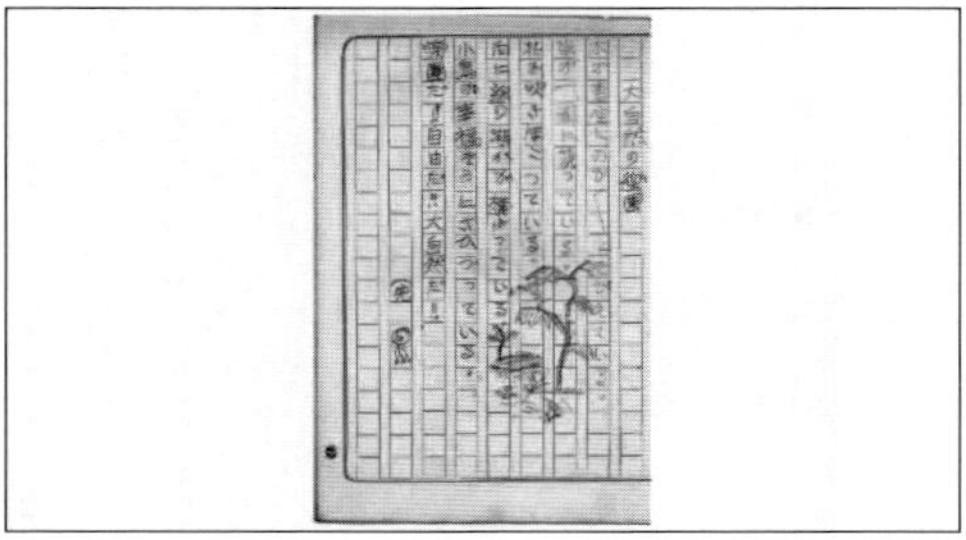

大自然の楽園
木が青空にのび〳〵とそびえている。
草が一面に茂っている。

花が咲きほこっている。
向に緑の湖水が横はっている。
小鳥が幸福そうにさひづっている。
楽園だ!! 自由だ!! 大自然だ!!

（完

（庄野潤三の小学生時代の『詩集』）

「大自然の楽園」をイメージするときに、こんな光景を思い浮かべるわけです。小学校六年生で既に、「楽園」にはこんなふうに小鳥がいて、木々があってと、そんなイメージを庄野が持っていたということを示す資料です。

ここで皆さんにご紹介したい詩がもう一つあります。少し脱線しますし、時間の関係で本当は取り上げないつもりだったのですが、やっぱりお話しします。

庄野潤三には三歳下に四郎という弟がいました。この四郎は幼くして、疫痢にかかって二日間苦しんだ末に亡くなってしまいます。潤三が当時六歳で、四郎が三歳でした。すぐ下の弟ですので、とてもなついて、あちこち連れ回っていた。かわいがっていた弟でした。この弟のことを書いた詩があります。六歳のころに亡くなって、この詩集がつくられたのが小学校六年生なので一二歳ぐらいでしょうか。六年ぐらいたってから書いた詩です。「夢」という題名です。

夢

昨夜見た夢
弟の夢。笑って死んだ弟の夢
夢の中でぴんぴんして飛び廻って、僕と遊んでいた弟。やっぱり弟は死んでいたのだ。

（庄野潤三の小学生時代の『詩集』）

こんな詩を書いたのは、それだけ長く弟のことを気にかけていたということもあったんでしょうが、私が今回ご紹介したのは、この「笑って死んだ弟の夢」という表現に驚いたからです。六歳で弟の死に接した少年が、その六年後に、弟のことを「笑って死んだ」という言葉で表現している。こんな言葉が出てくるものなのかという驚きです。少し大げさな言い方かもしれませんが、文学的な才能の萌芽を見ることができるような、そんな詩だなと思ったもので、ご紹介させていただきました。

根づきの実践

- 「夕べの雲」の大浦一家
- 多摩丘陵のひとつの丘の上
- 周囲にさえぎるものがない

ちょっと話が脱線したので戻します。ここまで、庄野は人間讃歌の文学を目指し、理想の場所づくりに励んだという話をしてきました。その場所づくりをどのようにしたかということについて、これからお話ししていきます。

　喜びの種子をまいて集めたような、そんな、人間が豊かに生きることのできる、そういう場所をつくるためには、例えば大きな木が地中に深く根を張って己の存在を安定させているように、我々人間も、ある場所をつくるときには、そこに深く根づいていく必要があるのだと思います。そんな存在の根拠たる場所づくりを目指して、庄野は根づきの実践をしていきます。先ほど出てきた「夕べの雲」という作品が、この根づきの実践の一番はじめの作品であろうと、私は考えております。「夕べの雲」は庄野とその家族の実際の生活がモデルになってはいるのですが、作中では、大浦という名前で主人公が出てきます。これから引用するのは、主人公大浦の場所に根づこうとする意思を読み取ることができる文章です。

> ひとところに暮していると、長い年月の間にそこでいちばん住みよいようにあらゆる努力をしているものだ。そうして、うまく行かないことは目立つが、うまく行っていることというのは案外、目立たない。それらは、一日にして成ったことでなくて、木のひげ根が邪魔になる石をよけたり、ほかの木の根の間をくぐったりして、何とか都合をつけて、水と養分を送っているようなもので、掘り起してみるまでそんなことは分らない。
>
> 　家を引越すということは、こういうひげ根をすっかり断ち切られるのと同じで、そこがつらいところだ。しかし、そんなことをいっても始まらない。ここへ引越して来たのは、やはり引越して来るだけの何かがあったからなので、それはやっぱり縁があったということではないだろうか。それなら、前のひげ根のことは思わず、ここで少しでも早くひげ根を下すことを考えた方がいい。（庄

野潤三『夕べの雲』)

ここではひげ根というような言い方をしていますが、早くこの場所に根を下ろして、豊かな場所にしていきたいという願いが読み取れると思います。このように「夕べの雲」は、根づきの実践そのものを描いた根づきの物語だととらえることができます。そこを、これからもう少し掘り下げて見ていきます。

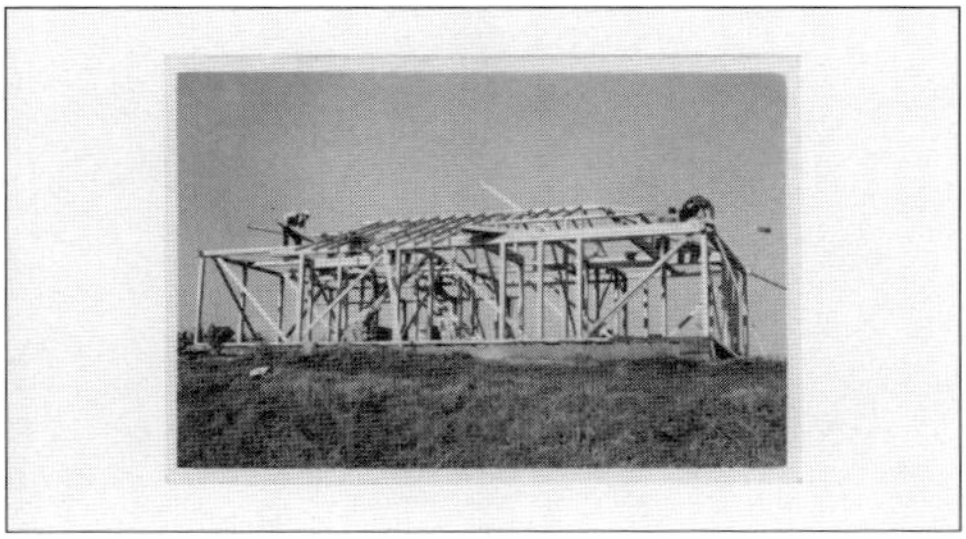

この大浦一家は、庄野の実生活でも同じですが、多摩丘陵の丘の上に家を建てます。実はここは、周囲に遮るものが何もないような場所だったわけです。ちょっと写真がありますので、ご覧ください。これですね。ちょうど建て始めたばかりのころです。昭和三十六年です。本当に、山のてっぺんみたいなところなわけですけれども、周りに何もないことが分かります。

続いての写真は、さらにその二年後です。もう越してからでしょうが、昭和三十八年。当時の多摩丘陵というのは、こんなにも自然豊かな場所だったのだということが、私などまだ生まれていないころですから、ちょっと意外に思います。高度経済成長期なので、この後だんだんとこれらの多摩の山々は切り崩されて、団地や住宅が建っていきます。

こちらの写真もそうですね。当時の自然豊かな様子がわかります。

根づきの実践

- 風よけの木を植える
- 道を見つけ、名づける
- 日常の反復―ささやかだが具体的な出来事
- 草花を育てる―四季を取りいれる

彼らは丘のてっぺんに家を建ててしまったものですから、遮るものが何もなくて、風が吹くと吹きさらしになってしまいます。守るものがないわけですね。例えば台風が来たりすると、家はもろに風に当たってしまいます。あるいは、山のてっぺんなので、雷が夜中に落ちてくるということもありますね。周りの農家とか、昔からそこに住んでいる人々を見てみると、そんなところに家を建てる人は一人もいない。そうした描写があるのですが、それがまた、彼ら家族がこの場所にまだ根づけていない、場所との関係がまだよそよそしいという、そんな関係性を象徴した描写として受け取ることができます。小説のなかだけの話ではなくて、実際にもそういうところに家を建てたわけですが、では、どのような方法で彼らがこの場所に根づいていったかということを、これからお話ししていこうと思います。

スライドにあるように四つの項目に分けてあります。それぞれに独立しているのではなく、互いに関わりあっているので、完全に分けることはできないということを念頭に置いてお聞きください。彼らはまず、風よけの木を植えました。先ほどからお話ししているように、風がもろに当たりますので、それを防ぐための木を植えなければいけなかったわけです。安心して暮らすための方策ですね。なので、植木屋さんに頼んで植えてもらう。ところがあまりにも風が当たるもので、この風よけの木の根すら、なかなか根づかない。それでもなんとか少しずつ根づかせていき、一応風よけの木が植わっていきます。

それ以外にどんなことをしたかというと、例えば道を見つけて名前をつける。先ほどの写真を見ていただいたら分かりますが、あれだけの山のなかですから、道なき道もあったでしょうし、思わぬところに道を見つけるというようなこともあります。暮らしのなかで出会った道に名前をつけていくわけです。S字の道とか、学校の道とか、真ん中の道とか、そんなふうにして名前をつけます。私たちも普段生活しているときに、愛情を注ぐ存在とか、物でも生き物でも、どんなものでもいいですけれども、名前をつけたりしますね。そうやって愛着を育てていく、親しんでいくということがあります。これもそういったことの一つだと考えていただければ分かりやすいかと思います。この場所に親しみ、根づいていくための方策の一つだったわけです。

そして三つ目が、日常の反復です。「ささやかだが具体的な出来事」とスライドに書いてありますが、ここにはいままで話していた「名前をつける」ことも、厳密には含まれます。例えば、学校帰りに偶然見つけた木の切り株に腰を下ろして、ちょっと休んでいく。毎日そこで休んで帰るうちに、いつかそこがお気に入りの場所になっていく。名前をつけたりもする。あるいは、いつも遊び場にする垂れさがった枝があるとか。繰り返し、日常生活のなかで反復を行うことによって、よりそこが自分自身の身近な存在になっていくということが私たちの生活でもあります。これは晩年の話になりますが、例えば、庄野家には仏壇がなくて、かわりにピアノの上に亡くなった親の写真や友人の写真を置いて、そこに毎日手を合わせます。仏壇のかわりにピアノの上にお参りをする。そうした日々の繰り返しを何年も続けていくことによって、そこが、そのピアノの上が、やがて本物の祈りの場所になっていく。なぜとは説明しにくいですが、少なくとも小説のなかでは、祈りの場所として違和感なくなじんでいきます。もちろん小説だけではなく、私たちの生活に照らし合わせてみても似たようなことがあるはずです。繰り返しにはそんな場所を形づくる力があると思います。

最後、草花を育てる、四季を取り入れるという項目についてお話しします。これは風よけの木を植えて少し余裕が出てくると、今度はもっと理想の場所に近づくようにと、四季折々の草花を植えます。それにともなって、そこに集まってくる野鳥もふえていきます。そういう理想により近づけていくというような意味で、根づきの実践の一つとしてこの項目を挙げました。もっと、いろいろ細かく見ていけばほかにも考えられるはずですが、今回は一応この四項目を主要なものとしてお話ししました。

場所の成熟

- 「貝がらと海の音」にはじまる晩年の連作
- 豊かな場所ー経験・記憶・時間・愛着の堆積
- 人と場所と文学とが共に成熟していった

このように根づきを実践していくわけですが、やがてそこが長い年月のうちに、徐々に理想に近づき、成熟していきます。この「夕べの雲」から四〇年近くたってからの「貝がらと海の音」に始まる晩年の連作を読むと、同じ日常生活を題材としながらも、明らかに「夕べの雲」のころとは違うものが描かれていることが分かります。そこには四〇年分の経験や記憶、愛着の堆積が描かれています。当然、実際に四〇年、その場所を小説に描き続けてきたわけですから、その蓄積の量は言うまでもありません。例えばさかのぼって「夕べの雲」から順を追って作品を読んでいけば、この四〇年分の経験や時間の堆積を肌で感じられるはずです。そして、そこに描かれている場所というのは、人と場所と文学とが互いに影響し合い、共に成熟していったものであるわけです。人が場所に働きかけ、場所が人に働きかける。そうした営みをさらに言葉で紡いでいく。庄野はそんな関係性を築き、長い年月をかけて成熟させていったというふうに考えられます。

場所の成熟

- 庭に四季折々の草花が咲き、様々な野鳥が訪れる
- 場所に根づき、やすらぎの中で暮らす老夫婦の姿
- 主人公「私」の言葉なのか、その場所の言葉なのか

そして、今、その成熟した場所がどんなふうになっているかといいますと、これは繰り返しになってしまいますけれども、庭に四季折々の草花が咲き、さまざまな野鳥が訪れる。そこに暮らす夫婦は、もう子供たちが大きくなって、孫もいるような老夫婦です。子供たちが家を出ていき、あとへ残された夫婦が、その場所に深く根づいて、やすらぎと安心の中で暮らしている。穏やかな日々というようなものが、非常に深い姿として描かれています。例えば庄野の小説には語り手である「私」が、庭木や野鳥のことなどを描く合間に時々登場しますが、この晩年のころになると「私」という言葉が使われること自体が、もう既に少なくなっています。孫が訪ねてきて、うれしかった、とか、よかった、ありがとう、とか、そんな感謝の言葉などがふっと書かれると、それが語り手である「私」の言葉なのか、むしろその場所自体の言葉であるのかというのが、だんだんと区別がつかなくなるような、そんな人と場所とが溶け合った作品になっています。

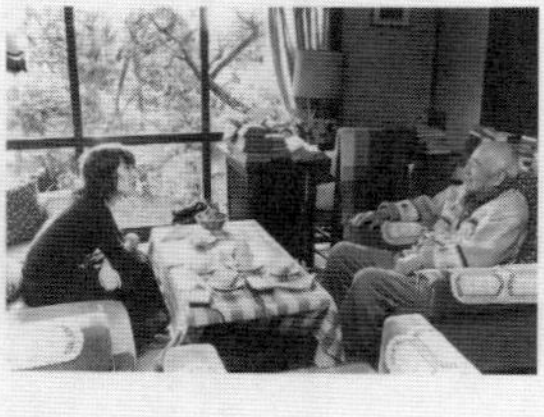

これは平成十三年ごろに、小説家の江國香織さんと対談をしたときの写真です。江國さんが庄野文学のファンだということで生田の丘の上を訪れます。ここは庄野の書斎ですけれども、この奥のガラス戸の向こう側が、先ほどから話に登場しているお庭です。

江國さんはこのときに、物語の中に来たみたいだということを言います。短いですがちょっとその一節をご紹介します。

場所の成熟

・江國香織「物語の中に来たみたい」

・言葉によって現実の世界に物語の磁場を形成

・庄野潤三が見つけた「喜び」に満ちた理想的な場所

作者にというより、登場人物に会っているという気持ちが強くします。まして、お宅まで歩いてきたときの景色とか、お庭の様子とか、脂身のはいったエサ入れを拝見すると、物語の中に来たみたいだな。（対談「静かな日々」《新潮文庫版『うさぎのミミリー』所収》）

私は庄野潤三ご本人には生前にお会いすることができませんでしたが、現在、ご縁があってご家族と親しくさせていただいております。何度かお宅にも伺ったことがありまして、特に初めてのときなど、やはり江國さんと同じように、ああ、あの物語の中に来たみたいだなと思いました。探しちゃうわけですね。書かれていたことを思い出して。あ、これは作品のなかに出てくるあの甕だなとか、あれがいつも鳥が水浴びをする水盤だなといったふうに。思い出といってはおかしいですけれども、小説の記憶、物語の記憶が自然と呼び覚まされるわけです。すでに何度も伺っていますが、今でも行くと、やっぱりいろんなことを考えます。

これは、言葉によって現実の世界に物語の磁場がつくられているということだと思います。あくまでも実際の生活とは関係なく文学というのはあって、言葉で語られている世界がある。それが、その言葉の世界が、現実の中に物語の磁場をつくるということ。そこを訪れると、読んでいる者にとってはとても深い磁場になっているということ。これは言葉で軽く言うとうまく伝わらない気がしますが、とにかくすごいことだと思うんです。なかなかできることではないんじゃないかというふうに、私には思えてならないわけです。

例えば映画のロケ地を訪ねていくということがあります。ある映画をみて、あ、ここがあの場面に映っていた場所だとか、そんなふうに楽しむということもありますけれども、それとはもう比べものにならないものですね。何十年も書かれた膨大な量のテキストが、現実の中に磁場として現れているわけですから。この場所をつくったというのが、庄野文学の特徴の一つではないかと思います。そして、しかもその場所というのは、庄野潤三が一つ一つ見つけた、先ほどから言っている喜びに満ちた理想的な場所なわけです。

　庄野のように、この幸福ということを本当に考えた作家というのは、なかなかいなかっただろうと思います。喜びということを抽象的に考えることはできても、具体的に一つ一つ拾っていって、それが磁場になるほどに成熟するまで続けたということ。これが本当に、過去を振り返ってみても、庄野潤三以外に果たしているだろうかというような気持ちで、いつも庄野文学に接しております。

　そしてこれは、ちょっと脱線するというか、ここでお話ししていいようなことかどうか分かりませんけれども、例えば震災がありました。東日本大震災です。あのときに、自分の住む場所を失った人たちがたくさんいましたよね。そういったことがあって、人が暮らす場所との関わり、どのように場所に生き、暮らし、根づき、関係を結んでいくのかということが、実はすごく重要なことだったんじゃないかということを、再確認というか、もう一度みんなで、そこを考え直す、そんなふうな機会になったと思いますし、かつ庄野潤三という作家が、生涯をかけた文学というのが、いかに意味のあることだったか、そして我々にとって重要な示唆に富んでいるかということ、そんな思いを強くし、今もまた感じております。

　ここまで庄野潤三の文学の魅力をお話しさせていただきましたが、最後に、三番目の「庄野文学と帝塚山」についてお話ししていきます。本日は帝塚山学院創立一〇〇周年記念の講演会ですので、やはり庄野潤三とこの帝塚山との関係についても触れる必要があると思いますし、それがなくても、非常に大切なことですので、お話をしてい

きたいと思います。

こちらの写真は、外語のころ、大阪外語に通っていたころの家族写真です。お兄さんや弟も一緒に写っております。

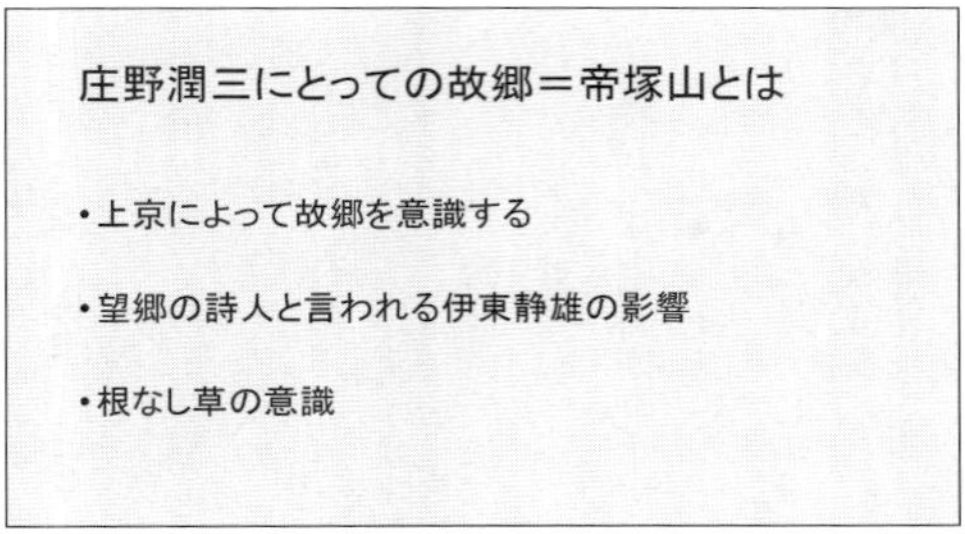
庄野潤三にとっての故郷＝帝塚山とは
・上京によって故郷を意識する
・望郷の詩人と言われる伊東静雄の影響
・根なし草の意識

それでは、庄野潤三にとっての故郷である帝塚山とは何かということを考えていきたいと思います。作家にとって故郷というのは、とても大切な場所です。言うまでもないかもしれませんけれども、自分自身のルーツであり、多くの場合、文学の源泉でもあるわけです。文学者にとって故郷は作品を紡いでいく上での土台であり、常に立ち返って対話していく、そんな場所として考えられるわけです。

この文学をやっていく上での故郷の重要さというものは、庄野も当然認識をしておりました。強く感じるのは上京以後のことなのですが、彼が故郷の重要さを知っていたということが分かる資料を紹介したいと思います。伊東静雄は、望郷の詩人といわれるほど、故郷である諫早の土地、あるいは有明海という場所を自分自身の詩の源泉としたというふうにいわれています。その影響もあって、そばにいた弟子である庄野も故郷の重要さは認識していました。これは庄野が、後に伊東静雄の詩を振り返って書いている文章です。

> 子供の時から有明海のそばで大きくなって、この海に対して或る特別な魅惑を覚えている若者が、ふるさとを遠く離れて、言葉も気風もまるきり違う大阪のような町へ来て、ごみごみした、小さな貧しい家がひしめき合っているようなところで生活を始めれば、それだけでも、いつか、この詩（引用者注「漂白」のこと）の中の一行なり二行なりが、心にふっと浮ぶことがあるかも知れない。（中略）

そうして、この場合、単なる望郷の思いが、作品を生み出すわけのものではないということも分る。（中略）異常な、切迫した、息苦しいものがあって、逃れる場所がない、といった精神生活から生れたのであろう。

ただその際、伊東静雄の中の「有明海」が力をかしてくれるのである。谷間で大きくなった井伏鱒二は、東京に暮して「思いぞ屈して」いる時に、いつも自分の胸の中に「谷間」の景色を見失わないで、それによって作品をつくり出そうとしたように、有明海のそばで大きくなった伊東静雄は、大阪の露地裏の家にあって、「有明海」にその詩の源泉を求めたのかも知れない。（庄野潤三「漂白」《『伊東静雄研究』所収》）

と、こんなふうに言っております。ところが、庄野自身は自分の故郷についてよそよそしい感覚、根なし草の意識といったものを持っているのではないかと思える文章を残しています。続けてご紹介します。

私は大阪で生れたが、家があったところは名前は市内でも南のはずれの方で、大阪らしい空気の濃い市中の生活を知らずに大きくなった。（中略）もし私が町なかに住んでいたなら、もっと早く、もっと上手に大阪風な言葉をしゃべり、大阪風の感覚を身につけるようになっただろうと思う。今でも私は、大阪の風習や言葉で知らないことがいっぱいある。

よく知らないままに東京へ来て住むようになったので、結局どこのこともよく知らず、自分は浮き草のようなものだと思うことがある。（庄野潤三「帝塚山界隈」《『庄野潤三全集第十巻』所収》）

ここでは根なし草ではなく、浮き草という言い方をしておりますけれども、自分にはルーツとなる場所がないのではないかと書いてあります。もちろん本当はそうではなくて、これはいわゆる大阪らしい大阪と言ったときの故郷と比較したときのことを言っています。

庄野潤三にとっての故郷＝帝塚山とは

- 故郷＝帝塚山＝父・貞一のつくった新しい町（場所）
- 「桃李」・「伯林日記」の重要性
- 作品を送り出すべき私のドック→貞一の精神の水脈

庄野にとっての故郷というのは、大阪ではなく帝塚山です。それは父貞一、正確には貞一達でつくった、新しい、帝塚山学院という学校を含む帝塚山の町自体が、故郷であると。大正時代につくられた郊外型の住宅地ですね。それ故、いわゆる大阪らしい大阪というのとは、またちょっと違う場所なんだということです。

貞一がつくった新しい場所である帝塚山という町。もちろん貞一だけでつくった町ではありませんが、彼は町の中心的存在である帝塚山学院の初代学院長でした。そして教育に対して自分なりの理想を持ち、その理想の実現を目指して、学校の教育方針を作り、学校を造り、町と関わっていった。このような意味で帝塚山は、貞一の精神性が深く浸透している場所だと言えます。そして、そこで育った庄野にとっては、その父親の精神性こそが故郷だという認識があったようです。

それが分かる作品がスライドの二行目にある「桃李」と「伯林日記」です。これらの作品は、東京へ行って暮らすようになったころに書かれたものです。三〇数年間暮らした帝塚山を離れ、そこに下ろしていた根を断ち切って、東京で新しい根を下ろそうとしていた時期に、やはり自分の根っこというのが気になったんでしょうね。いろいろと模索をして、その模索の跡を作品に残しているわけです。今この場で、いろいろと後付けて具体的に見ていくことはできませんので、結論だけ申しますと、これは父親の貞一の理想とか精神性といったものが、自分自身の中にも受け継がれているということを振り返るために書かれたものです。あるいはそれを自覚したということを表現するために書かれた作品だと言えます。庄野は自分で、この二つの作品について、それ以後の作品を送り出すべき私のドックだという文章を残しています。ということは、つまり自分自身の作品の土台であると。この受け継いだ父の精神性から出発して、今後自分は作品を書いていくのだということ。貞一の精神の水脈が、自分自身のルーツであろうと見定めたということが言えるのではないかと思います。

庄野貞一について

- 明治20年4月　徳島県名西郡上分上山村字江田に生まれる（現　神山町上分字江田）
- 父・田中光三郎、母・マスの次男

　そこで、この庄野貞一という人物について、少し具体的にご紹介していく必要があるだろうと思います。そして最終的には彼の精神性についても掘り下げていきたいと思います。それではまず、庄野貞一の人生についてです。

　貞一は、明治二十年に徳島市から四〇キロほど離れた山間の、現在の神山町、当時の上分上山村字江田に生まれます。父親は田中光三郎、母親はマスで、次男でした。後に庄野貞一は養子に入りますので、もともとは田中貞一という名前でした。

　こちらの写真は、私が実際に八年ほど前（平成二〇年）に、この江田の地を訪れたときに撮ったものです。

庄野貞一について

- 『庄野貞一先生追想録』
- 本好きの勉強家
- 健康に恵まれ、明るく快活

『庄野貞一先生追想録』という項目がスライドにありますが、これは貞一が亡くなったあとに帝塚山学院から発行された本です。さまざまに関わりのあった人たちが、貞一を偲んで書いた文章が集められています。この本のなかに、彼の少年時代について書かれた文章がありますので、その中から、当時どんな少年だったかということをご紹介します。

貞一は非常に本が好きで、とても熱心に勉強をする子でした。例えば、畑に野菜を取りに行くときは必ず野菜籠と本を持って、畑のあいだの細い道を、籠を背負って歩きながら読書をしていたそうです。貞一にお風呂をたかせると、いつまでも湧かなかったという話もあります。なぜかというと、かまどの前に座って本を読みながらたくので、いつか本に夢中になって、火が消えているのにも気付かずに、いつまでも冷たいまま沸かなかったというような、そんなエピソードが残されています。また、本好きの勉強家というと、内向的でおとなしい子供だったのかと思われがちですが、そんなことはなくて、健康に恵まれ、明るく快活な少年だったそうです。どんな少年かといいますと、例えば村祭りのときに、率先して踊りの音頭を取ってみんなで踊るとか、あるいは学校の休み時間に車座の中心にいて、本で知ったお話を、身振り手振りを交えて語って聞かせ、みんなの人気者になるという、そんな少年だったようです。

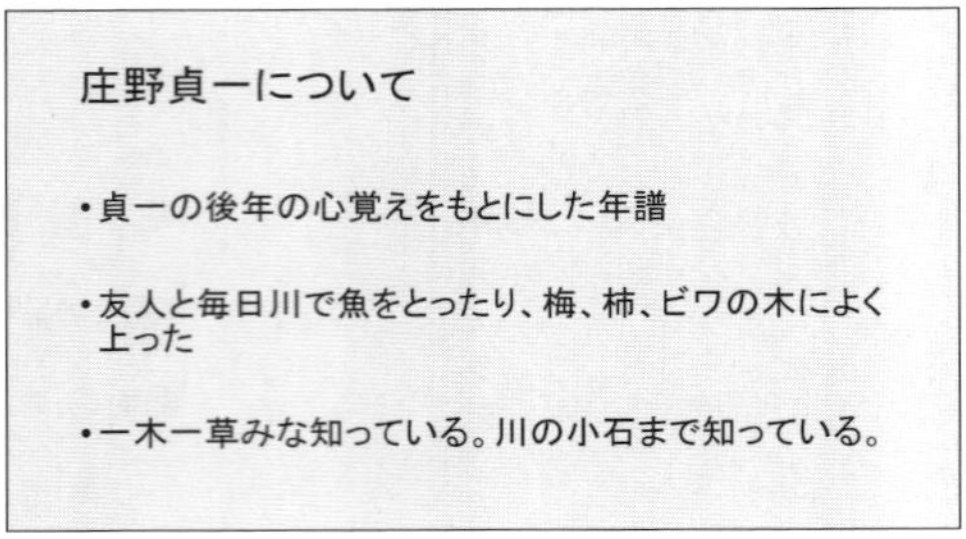
庄野貞一について
•貞一の後年の心覚えをもとにした年譜
•友人と毎日川で魚をとったり、梅、柿、ビワの木によく上った
•一木一草みな知っている。川の小石まで知っている。

『庄野貞一先生追想録』には年譜が収録されているのですが、これは貞一が大人になってから、心覚えのつもりでノートに取っておいたいろいろなことを、息子である庄野潤三とその弟の至氏とで年譜にまとめものです。その少年時代の項目には、「友人と毎日川で魚をとったり、梅、柿、ビワの木によく上った」とか、「一木一草みな知っている。川の小石まで知っている」というようなことが書かれております。これをあえて、大人になってから書き添えたということです。

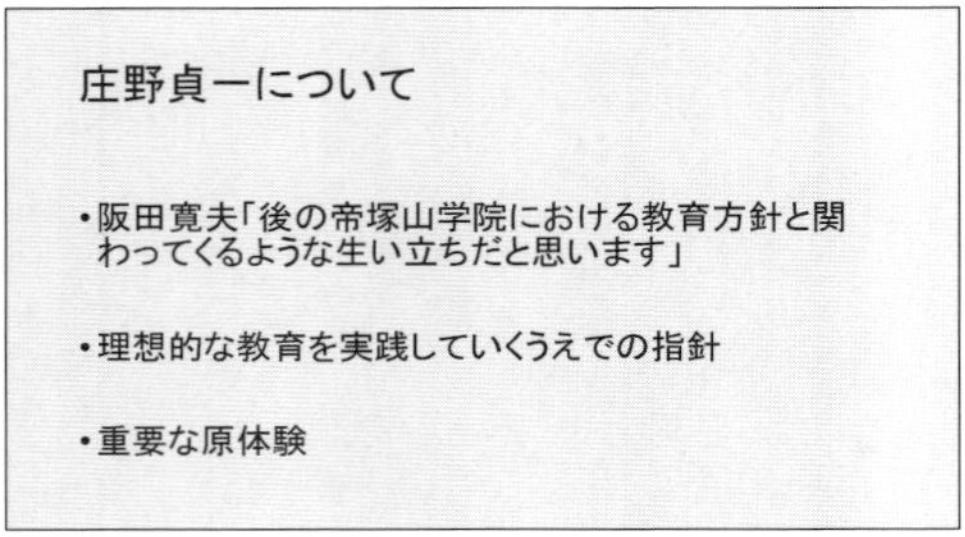
庄野貞一について
•阪田寛夫「後の帝塚山学院における教育方針と関わってくるような生い立ちだと思います」
•理想的な教育を実践していくうえでの指針
•重要な原体験

これについて阪田寛夫は、「後の帝塚山学院における教育方針と関わってくるような生い立ちだと思います」(『童謡の天体』)と言っています。この少年時代の生活が、後に、理想的な教育を実践していく上での指針になった、重要な原体験であったということですね。一木一草皆知っている、川の小石の一つ一つまで知っているというのは、つまりそれだけ自然に親しんで、よく遊び、その土地に深く根づいていたことを示しているわけです。そんな少年時代を送っていたのを大人になってから振り返って、あえて書いていることが重要だと思います。貞一は目指すべき理想的な教育として、自然の教育、自然と親しむ、そんな教育を考えていました。その根っこが、ルーツがここにあるということです。

庄野貞一について

- 徳島中学へ進学
- 日露戦争の徴兵を避けて徳島師範学校へ転校
- リッツンという英国人牧師のもとへ通って英語を学ぶ

この話はまた後で戻りますけれども、先ほどの続き、年譜的な部分ですね。さっと押さえていきたいと思います。貞一は江田の地で育つと、両親にお願いして徳島中学校へ進学をしました。これは推測ですが、もしかしたら中学卒業後は大学へも進みたいと本人は望んでいたのかもしれません。ところが日露戦争が起こりまして、家族の心配もあって徴兵を避けるために徳島師範学校へ転校をしました。ここで大学への道がとざされたという意味では、一つの挫折であったかもしれませんが、明るい性格の貞一はそんなことにはめげずに、リッツンという英国人牧師の元へ通って、非常に熱心に英語を勉強します。

庄野貞一について

- 『明星』に短歌を投稿し続ける
- 『徳島毎日新聞』に卒業旅行記を連載
- 与謝野鉄幹・晶子を訪問

その一方で、たびたび雑誌『明星』に短歌を投稿するなど、文学的な活動もしておりました。『徳島毎日新聞』に自分の卒業旅行の旅行記を連載したり、その卒業旅行で東京へ行ったときには、『明星』の与謝野鉄幹、晶子夫妻を訪れたりもしています。

庄野貞一について

- 明治40年（20歳）上山高等小学校 教頭として赴任
- 明治42年（22歳）庄野家と養子縁談　春慧と結婚
- 明治43年（23歳）徳島市新町小学校に転任

師範学校を卒業すると、明治四十年、二十歳のときですが、郷里の上山高等小学校に教頭として赴任をします。このときは、新しい教育方法をどんどん取り入れて、すごく人気のある先生だったそうです。二二歳のときには、先ほど一番はじめに話をしましたけれども、庄野家へ入婿し、庄野貞一となります。さらにその翌年には、徳島市内にある新町小学校に転任をします。

庄野貞一について

- 大正2年（26歳）　文部省中等教員英語科試験検定
- 大正3年（27歳）　山口県の萩中学校に赴任
- 大正5年（29歳）　大阪の桃山中学校へ（浅野校長）

貞一は、当時難関といわれた、文部省の中等教員英語科試験検定を目指して、二度落ちて、三度目で合格をします。年譜には、この出来事について、自分自身の運命を切り開いた感があると書いてあります。貞一はこの試験に受かったことによって、山口県の萩中学校へ赴任していきます。ここで二年ほど教えるわけですが、大阪の桃山中学校で、当時校長をしていた浅野勇氏から声を掛けられまして、大阪へと移っていきます。これが帝塚山学院の初代学院長になった最初の経緯といいますか、きっかけだと思われます。

この浅野勇氏の強い勧めによって、帝塚山学院の初代、小学部主事という言い方をしたそうですが、学院長に就任をします。それが大正六年。三〇歳でした。

昭和二年、四〇歳のときには、欧米へ教育視察などにも出ております。そして現在の帝塚山学院の基礎を固め、次々に新しいことをして学校を大きくしていきましたが、昭和二十五年、六三歳で亡くなります。

庄野貞一について

- 大正6年（30歳）　帝塚山学院小学部主事に就任
- 昭和2年（40歳）　欧米の教育視察へ
- 昭和25年（63歳）　10月9日狭心症により死去

貞一はまた幾つか本も出版しておりまして、先ほどの欧米への教育視察時の手記をまとめた『十八カ国欧米の旅』、ものすごく分厚い本ですけれども、こういった本も出しております。その他、やはり英語を勉強していたということもあって、小説の翻訳なども手がけていたようです。

庄野貞一について

- 『十八カ国欧米の旅』
- 『戦後に咲く花』（翻訳　シャルル・ルイ・フィリップ）
- 『これからの女性』
- 『学校をつくれ』

庄野先生校庭でお話
(大正7年)

こちらの写真は、大正七年、貞一が校庭で子供たちと話をしている様子ですね。

大正6年開校当時の校舎全景　幼稚園・女学部を含め、たびたび増改築は繰り返されたが、昭和10年11月までほぼこの姿を保っていた。

これは開校当時の校舎の全景です。

庄野貞一について

- 行動力
- 自主自学
- 自らの運命を切り開いていく力強さ

　ここまで、年譜をもとに人生をざっと見てきましたが、ちょっとまとめてみますと、庄野貞一という人物、非常に行動力があって、自主自学する人。懸命に勉強をして、自らの運命を切り開いていく。そういった力強さを持った人物だったように思われます。

庄野貞一の目指した理想の教育

- 理想家の貞一
- 「帝塚山学院小学部設立趣意書」
- 力の人を作れ

　ここからは、貞一が目指した理想の教育についてお話をしていきたいと思います。貞一は、しばしば理想家であったといわれております。そんな理想家であった貞一が、帝塚山学院を開設するときに、小学部の設立趣意書というのを書きます。ここに、その教育方針が五項目に分かれて記されています。これからその五項目を順に紹介していきますが、まずは一番はじめに掲げられていて、帝塚山学院の標語にもなっている「力の人を作れ」という項目です。

　『力の人！』何といふ勇ましい言葉でせうか！力は吾々の理想を表現するに無二の善い言葉です力の教育！力とは何か。意志の力、情の力、知の力、軀幹の力――広い意味の力の漲つた強い人物、これこそ吾々が学院の中で鍛へ上げねばならぬ人物なのです。（「帝塚山学院小学部設立趣意書」）

貞一は自分の運命を切り開いていく力強さがあったということを先ほどもお話ししましたが、子供時代は快活な、元気な少年であったし、その生い立ちや自分自身の生涯と、この教育方針というのが密接につながっているのが分かると思います。この後の四項目も全て、貞一の生き方と非常に関わってきます。

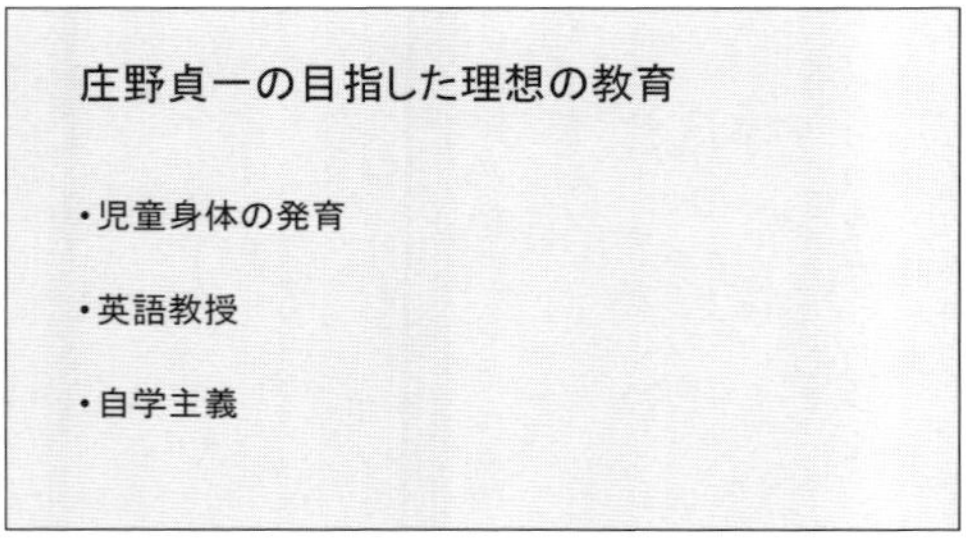
庄野貞一の目指した理想の教育
・児童身体の発育
・英語教授
・自学主義

まずは三つです。スライドの上から順に「児童身体の発育」、それから「英語教授」、最後に「自学主義」ですね。これらのどれもが、貞一の今まで見てきた人生から、自然と出てきたような教育方針だということが、ご理解いただけるのではないでしょうか。「児童身体の発育」は、体が資本であるという考えです。元気で健康な必要があるということですが、貞一自身がそうだったわけですから、これを目指させるというのは当然のことでしょう。それから「英語教授」ですね。一生懸命勉強して、自分の運命を切り開いたのがまさに英語だったわけですから、これを広く子供たちに教えていこうと。それから最後に「自学主義」です。こちらも自分自身で勉強をして、運命を切り開いた人生でしたから、やっぱり、ただ受け身で教わるということではなく、自分で学ぶということが重要だと考えていたのでしょう。

> **庄野貞一の目指した理想の教育**
>
> ・環境の利用
>
> ・自然に帰る

そして最後、「環境の利用」という項目があります。これはどういうことが書かれているかといいますと、当時、学校が造られるころは、帝塚山学院の周りはまだあまり何もなくて、自然豊かな場所だったわけです。とても良い環境であった。そういう豊かな環境の中で、子供たちの心を自然に返してあげられるような、そんな教育が理想だということが語られております。帝塚山学院では、こういった理想的な環境を利用して、教育をしていこうということが、わざわざ五項目目に掲げられています。この自然に親しむことを理想とした教育方針と、はじめの「力の人を作れ」という方針との二つが、貞一にとってはもっとも重要だったと考えられます。そのため、この部分をもう少し掘り下げていきたいと思います。

> **庄野貞一の目指した理想の教育**
>
> ・『十八カ国欧米の旅』
>
> ・森の学校
>
> ・「伯林日記」

『十八カ国欧米の旅』という本は先ほどご紹介しましたけれども、ここに、貞一が視察旅行先のベルリンで見た森の学校というのが出てきます。子供たちが森の中で、普通の学業とは別に、プールを造ったり花壇を造ったりしながら、自然に親しんで、土にまみれて生活をしている。そんな光景に貞一が感じ入るという場面が出てきます。

私が予て考へてゐた森の学校をこゝで見たのである。大阪の様な大都市には是非必要である。郊外電車が発達したから、子供を一時に輸送して郊外で教育する必要がある。吾学院の如きもつまり森の学校であつたのである。（庄野貞一『十八カ国欧米の旅』）

と、こんなふうに書かれております。最初は自然豊かだった帝塚山の地ですが、学校や住宅地の発展にともなって、どんどん環境が変わっていってしまった。でも、本当はそうじゃなかった。この森の学校みたいなのが、自分の理想だったんだというようなことが語られているわけです。

この手記を元に、息子の庄野潤三は「伯林日記」という小説を書きますが、森の学校の場面は次のように描かれています。

これだぞ、と真野は思った。自分がずっと前から空想していたのは、この森の学校なのだ。大きな都会には、どうしてもこういう学校が必要だ。赤松の林、豊富な太陽の光り、土に親しむ教育、学ぶことと働くことと遊びとが一つに融け合っている律動的な生活。十年前に彼が創立した学校も最初はこの森の学校のようなものを頭に置いて建てられたのだ。しかし、実際は普通の小学校と変らないものとなってしまった。

郊外電車が発達した現在では、子供を一時に輸送して、郊外のこういう環境で教育するようにしたいものだ。たとえば、一週間のうち、いつもどこかの学級が、その母校を遠く離れた松林の中の学舎で寝泊りしているという風にしたい。そこは山に近く、川に近いところがいい。病弱な子供は、そこへ通うことによって次第に丈夫になるだろう。勉強嫌いな子も何か熱を入れるものを見つけるかも知れない。そこをコロニー（植民地）という名で呼ぶことにしよう。（庄野潤三「伯林日記」《『庄野潤三全集第一巻』所収》）

自分の父親のことですし、森の学校を視察して、実際に貞一が帝塚山学院の教育に反映させたことなどを全て見たうえで書いているわけです。だからこれだけ詳しくなっている。ここにある「土に親しむ教育」というところが重要です。

森の學校

森の学校の写真です。これは『十八カ国欧米の旅』から取ってきた写真なので、ちょっと粗いんですけど、こんな感じですね。

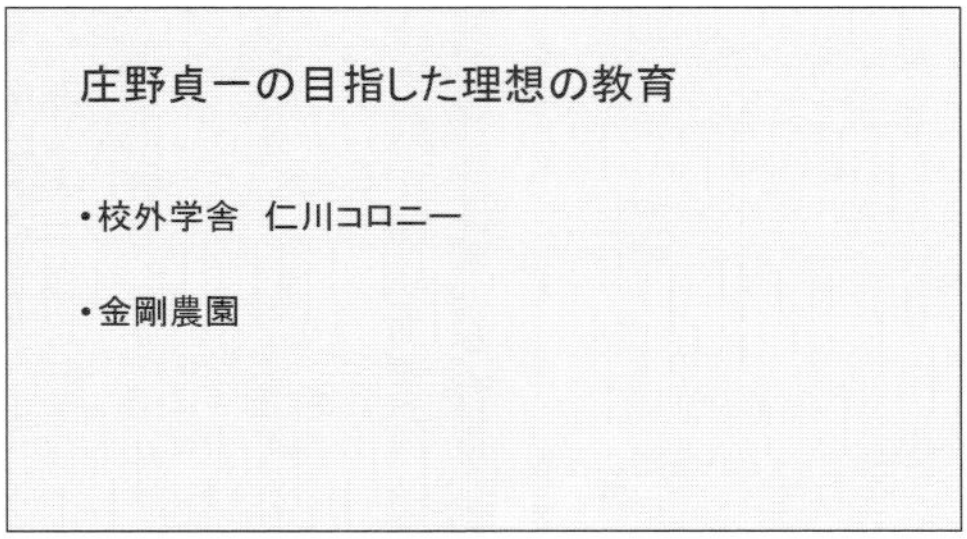
庄野貞一の目指した理想の教育
•校外学舎　仁川コロニー
•金剛農園

貞一は視察旅行から帰ってくると、森の学校にならって、郊外学舎の仁川コロニーをつくります。そして子供たちをそこへ連れてきて、先ほどのように理想の教育を施すべく、学院の教育の中に取り入れていくわけです。それ以外にも、土に親しむ教育を目指して、金剛農園という農園を造ります。子供たちに農作業を体験させて、それを教育の一環とするというような方策を打ち出します。この仁川コロニーに対する貞一の思いを知るのに、非常に分かりやすいものがあります。

一人木立の中に分け入って、虫と話すことができる。一匹の蟻が、一枚の枯葉の下で、いかに生活しているかがわかる。一もとのスミレの花の下で、小さな虫が一つの社会をつくっていることに気づく。一滴の露が、一匹の蟻が、一くれの土が、いかに自然の法則に従って、存在しているかがわかる。

都市に於て、赤い灯や青い灯や、目をくらませるネオン燈の、強いそして有害な刺激をうけて、人為的の表面ばかりの、利害を争うばかりの、浮っ調子の生活から、初めて自然の懐にわけ入った者のみが、味い得る何ものかに、接することができる。林の中に於て、野の中に於て、初めて自分自身と、話しあうことができる。しみじみとした気持、魂を自然にぶっつけて、草の心、土の心、木の心、水の心と、話しあうことができる。(『庄野貞一先生追想録』)

貞一がいかに、仁川コロニーにおける自然に親しむ教育というのを大切にしていたかが、うかがえる良い文章だと思います。

これが開設当時の仁川コロニーの写真です。

金剛農園
同上スケッチ
農園でとれたいも

続いて、金剛農園です。農作業をしている様子ですね。

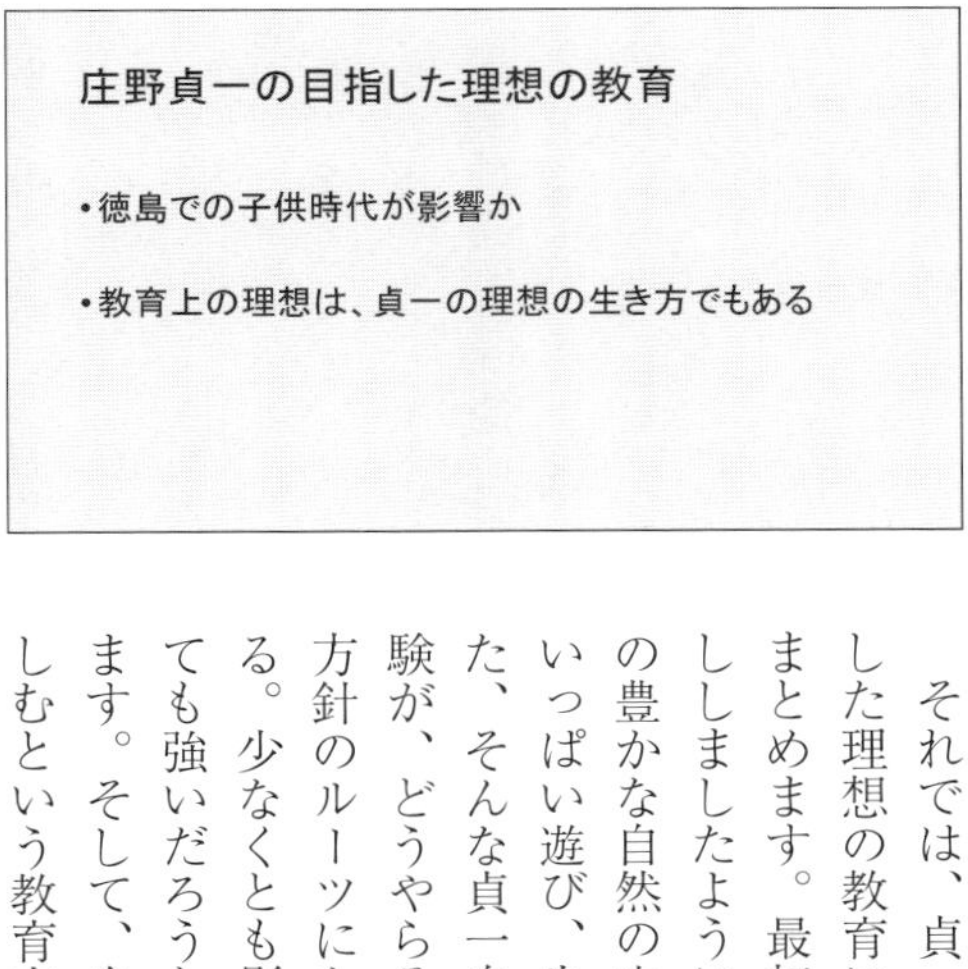
庄野貞一の目指した理想の教育
•徳島での子供時代が影響か
•教育上の理想は、貞一の理想の生き方でもある

それでは、貞一の目指した理想の教育についてまとめます。最初にお話ししましたように、徳島の豊かな自然の中で、目いっぱい遊び、生活をした、そんな貞一自身の体験が、どうやらその教育方針のルーツになっている。少なくとも影響がとても強いだろうと思われます。そして、自然と親しむという教育方針が特にそうですけれども、彼の考えた教育方針は、教育上の理想であると同時に、自分自身の理想の生き方でもあったんだということが、ここまでお話ししてきたことから分かると思います。

貞一から潤三へ受け継がれたもの

- フロンティアスピリット
- 自分の場所の形成
- 自然に親しむ生活

　貞一の精神性が息子の潤三に受け継がれたという話はすでにしましたが、それでは具体的に何が受け継がれたのか。庄野潤三の人生と、その文学についても前の章でお話ししましたので、それと比較しつつ主に三つに絞って、まとめました。スライドの最初の項目に「フロンティアスピリット」とあります。これはどういうことかといいますと、貞一は徳島に生まれて、大阪へ出てきました。自分が育った場所とは全然違うところ、知らない土地で、そこを自分の場所とするべく奮闘したわけです。そういう意味でのフロンティアスピリットですね。同じように、息子の潤三は大阪の帝塚山で育って、この貞一のフロンティアスピリットを受け継いで、その精神を持って東京へ打って出ました。そして生田の丘の上を自分の場所にすべく、貞一と同じように、方法は違いますが、奮闘したわけです。そんな力強さ、精神性を受け継いでいただろうと思われます。

　そして二番目、「自分の場所の形成」ですね。今のフロンティアスピリットとも、当然関わってきますが、貞一は帝塚山学院をけん引し、ちょっと大げさに言うと帝塚山の町そのものをつくったわけです。一方息子は、自分の家庭を中心として、自分自身が幸福と思える、喜ばしいと思える、そんな場所をつくった。と同時に、文学、言葉の世界にもそんな自分自身が良いと思える場所をつくった。そういう意味で、自分の場所を形成しようとする精神が、親から子へと受け継がれていったのだろうと思われます。

　そして最後、「自然に親しむ生活」ですが、これはもうご説明するまでもないかもしれません。今までこうやってお話ししてきましたように、貞一は自然に親しむ教育というのを、理想の教育方針として見定めましたし、それを受けて、息子の潤三は、庭を大事にして、そこに、自然と人間とが共に暮らす、そんな豊かな場所をつくろうと目指したわけです。そんな生活を志したわけです。

庄野文学の達成へ

- 「夕べの雲」における根づきの実践、場所づくりへ
- 生田の丘の上＝文学上の磁場
- 幸福な晩年の生活と作品

　そして受け継がれていったこれら三つのものが、先ほどもお話ししましたように、やがて庄野文学という形で結実をしていきます。振り返りますと、「夕べの雲」における根づきの実践、場所づくりを経て、生田の丘の上が文学上の磁場になる。そこを訪れた人が、強く庄野文学を思う、思わざるを得ない、そんな場所をつくった。そして、やがてそれが幸福な晩年、もしくは幸福だと人に感じさせる、そんな晩年の生活へとつながり、それと同時に文学作品として実を結ぶ。つまり生活と文学作品の両方をつくり上げていったわけです。さらにもうちょっと言いますと、その庄野文学、その幸福な作品群というのは、大げさな言い方をすれば、庄野潤三を介して、間接的にではありますけれども、父親の貞一がつくった、帝塚山が生んだ文学だということも言えるのではないでしょうか。

帝塚山派文学学会―紀要第五号―より

藤澤桓《たけ》夫《お》と菊池寛・川端康成

――文壇の大阪出張所長とあだ名されたわけ――（概略）

二〇二〇年一〇月一七日

高　橋　俊　郎

はじめに

藤澤桓夫は戦前の日本で有名な流行小説家だった。新聞連載小説が多く、親友の秋田實をモデルにした『花粉』や、六甲の町を舞台に小学教師を主人公にした『新雪』が特に評判になった。

戦後には、『棋士銘々伝』などの将棋小説を多作したように、文壇屈指の棋士であり、南海ホークスの熱狂的ファンとしても知られた。また、文壇をはじめとする交友関係を『大阪自叙伝』などのエッセイに残しており、昭和年代の文学界の証言者でもある。

さて、戦前の文学界では東京とその近辺に住んでいなければ仕事が無いという状況の中で、藤澤桓夫だけは大阪の帝塚山の近辺に住んで、流行小説家として筆一本で生活した。その藤澤桓夫の周りには、長沖一や秋田實、武田麟太郎という同級生や小野十三郎、織田作之助や杉山平一などの後輩たち、庄野英二や潤三らの帝塚山学院の面々が集まり、さながら文学サロンを成していた。それを見て、菊池寛は「文壇の大阪出張所長」とあだ名した。

藤澤桓夫が帝塚山文化の中で、特に重要である点について、川端康成と菊池寛との関係から読み解いてみたい。

一・藤澤桓夫の出生から大阪高校生時代の「辻馬車」まで

まず藤澤桓夫自身について略歴的に見てみたい。

大阪市東区淡路町（現中央区）の漢学塾「泊園書院」に生まれた。父親は院主藤澤南岳の次男黄坡（こうは・本名章次郎）、母親は院生石濱純太郎の姉カツ。その縁で、昭和八年（一九三三）に帰阪してから、昭和三〇年（一九五五）年に結婚して出るまで、住吉区墨江の石濱邸に寓居していた。

その叔父石濱純太郎は画家小出楢重と市岡中学校の同級生で、桓夫は小学生の頃から小出のアトリエに出入りした。読書好きで、アメリカ無声映画の「ブルーバード映画」をよく観た。武田麟太郎や林広次（のち秋田實）と同窓になった。大正一二年（一九二三）に大阪高等学校文科甲類（英語）に入学し、回覧雑誌「猟人」、「龍舫」を創刊し、表紙絵は小出楢重が描いた。これが一三年に「傾斜市街」となり、大正一四年（一九二五）三月一日創刊の「辻馬車」に続いた。「辻馬車」の表紙絵は小出楢重と宇崎純一が描き、昭和二年（一九二七）九月二五日発行の通巻三二号まで続刊した。第三号に桓夫が発表した短編小説「首」は、横光利一、片岡鉄平、川端康成が絶賛し、新感覚派の東京の雑誌「文藝時代」に対抗できる雑誌として認められた。

同人は桓夫、小野勇、神崎清、田中健三、中川六郎、上道直夫、福井一、崎山猷逸、崎山正毅、後に長沖一、

武田麟太郎が加わった。同人以外では小野十三郎や林熊王（林広次・秋田實）、小野松二（小野勇の兄）が寄稿し、桓夫が東京帝国大学に入学した大正一五年以降には、堀辰雄、今日出海、林房雄、中野重治、船橋聖一、阿部知二、竹中郁らが寄稿した。つまり、大阪高校の学生による同人雑誌ではあったが、次代を担う錚々たるメンバーが執筆していたのである。

二．桓夫という名前について

命名は祖父南岳で、日露戦争時に生れた初孫が勇ましい男子になるよう、武と同義の桓を選んで「桓夫」（たけお）とした。桓夫は終生ペンネームも本名で通した。

藤澤桓夫は文壇での交友を中心に、数多くの随筆も書いているが、その中でも菊池寛と川端康成の出番が多い。亡くなるまでの九年間、読売新聞に連載していた「人生座談」の「誤植」という題の項に、菊池寛が「菊地」と書かれたら激怒すると言うのを聞いて、自分も「恒夫」と書かれると落胆するのでその気持ちはよく分かると記している。さらに川端康成の逸話として、大阪高校生の頃、川端康成が編集長格の「文藝時代」に「青」と題した作品を投稿した際に、名前が「藤澤恒夫」と誤植されていてがっかりした。あとで川端康成に聞いたところでは、直ぐに誤植に気付いた川端が出版元の社長に指摘すると、「あれは私が直したんです。桓夫なんて名前はおかしい」「しかし、作者が原稿の署名を誤記しますかね」ということで「じゃ、十円賭けましょうか」ということになって、川端は十円をせしめたということだった。

現在、私高橋が気付いた「恒夫」問題は、ネットオークションやテレビドラマデータベースでは「恒夫」の方が当たり前になっている感がある。また、藤澤桓夫が主唱して始まった文学賞の贈呈式で、選考委員で大阪出身の有名作家が、しきりと「藤澤恒夫」と呼ぶのには、恥ずかしくて顔が赤くなった。本人が嫌だということが、いまだに続いている。いや、没後三〇年を超えて、ますます増えてくるのかもしれない。なぜ、もっとインパクトのあるペンネームにしなかったのかと思うこともあるが、名付けた祖父南岳へのリスペクトと、自分にしか書けない独自の小説を書き続けるという意思の上では、本名で世に問うことしか頭に無かったのだろう。

三、川端を頼って転地療養し、菊池のおかげでサナトリウムに入院して新聞小説を書きはじめた

大正一五年（一九二六）四月、東京帝国大学文学部英文学科に入学したが、翌年早春に健康を害して伊豆湯ヶ島の川端康成を頼って転地療養し、秋に復学して武田麟太郎とともに本郷の下宿屋長栄館に入居した。翌々年四月には秋田實（林広次）も入学し、長沖一ともども長栄館に住んだ。この間に東大新人会に入会したが昭和三年（一九二八）一月に再び健康を害して伊豆湯ヶ島に療養し、復学して同年七月には、武田麟太郎や高見順ら東京帝国大学内のプロレタリア文学の影響を強く受けた急進派が創刊した雑誌「大学左派」に加わった。その後、「戦旗」や小野松二が創刊した「1929」に参加し、雑誌「文学」（昭和四年一〇月号）に発表した「ローザになれなかった女」、雑誌「新潮」（昭和五年一月号）の「傷だらけの歌」などにより日本プロレタリア作家同盟（ナルプ）所属の小説家として地位を確立した。

ところが昭和五年（一九三〇）一月、喀血して市ヶ谷の久野病院に一ヶ月近く入院し、再び湯ヶ島の湯本館に

滞在していた川端康成を頼って予後の療養をし、梶井基次郎や宇野千代らと交流した。この間に東京帝国大学の国文科に転籍して卒業した。

同年秋に、菊池寛に富士見高原サナトリウムの正木不如丘博士を紹介してもらい入所し、以降三年間入院生活を送った。入院中に、「中央公論」に「燃える石」、「新潮」に「晴れ――或る生活風景――」などを執筆し、療養費を得るために菊池寛が紹介してくれた夕刊大阪新聞に、最初の新聞小説「街の灯」を連載した。この作品によって大阪を再発見して、ついに昭和八年（一九三三）に帰阪し、東成郡千躰村（現住吉区墨江）の叔父石濵純太郎邸の離れに寓居した。

人生の転機に、川端康成と菊池寛の存在があった。つまり、はじめての大阪在住の流行作家となれたのも、川端と菊池のおかげと言っても言い過ぎではないだろう。

四．川端康成「住吉」連作と藤澤桓夫・菊池寛

川端康成の「住吉」連作は、最初の『反橋』に始まり、『しぐれ』、『住吉』、そして少し間を置いた『隅田川』から成り、その古典文学や芸術作品の度が過ぎるほどの引用は、ノーベル賞受賞講演『美しい日本の私』に通じる川端文学の一つの頂点を成すものとされている。特に『反橋』は、単に住吉大社を舞台にしているだけでなく、この住吉を舞台にした人間関係から発せられたものであるところから、帝塚山文化圏の小説の頂点を成すものでもある。この連作は、菊池寛が亡くなった年の昭和二三年一〇月から三か月おきに書かれ、二一年後になって、三島由紀夫が自決した昭和四六年に『隅田川』が書かれた。川端はこれ以降、作品を書くことなく半年後にガス

自殺した。

菊池寛は昭和二三年（一九四八）三月六日に亡くなったが、その年の一〇月、「別冊風雲」に「手紙」と題した川端康成の短編小説が発表された。これが後に改題されて『反橋』になる。その書き出しは、

あなたはどこにおいでなのでせうか。仏は常にいませども現ならぬぞ哀れなる、人の音せぬ暁にほのかに夢に見え給ふ。この春大阪へ行きましたとき住吉の宿で、梁塵秘抄のこの歌を書いてゐる友人須山の色紙を見ました。須山がなくなる前の年にあたるやうでありります。

川端は昭和二一、二二年頃に、住吉の石濱家を訪れ、その離れに寓居する藤澤桓夫に会った。川端はこの時のことを随筆『落花流水』（雑誌「風景」昭和三九年二月号）に、「『梁塵秘抄』のこの歌を、私が短編小説『反橋』の書出しに使ったのは、藤澤君の家で菊池さんの色紙を見て、心に刻み付けられていたからであった。」と書いている。

昭和一八年に菊池が来阪した際に、書き贈られた色紙は、藤澤の宝物だった。川端はそれを見て、所望したそうだ。旅館「錦戸」に泊まり、翌日に石濱恒夫と反橋を渡った時、「ちいさい時、母に抱かれて渡った記憶がぼんやりとある」と川端が呟いたという。名作住吉三部作の誕生譚である。

その成立について、藤澤桓夫は『人生師友』（昭和四五年九月　弘文社）で、次のように記している。

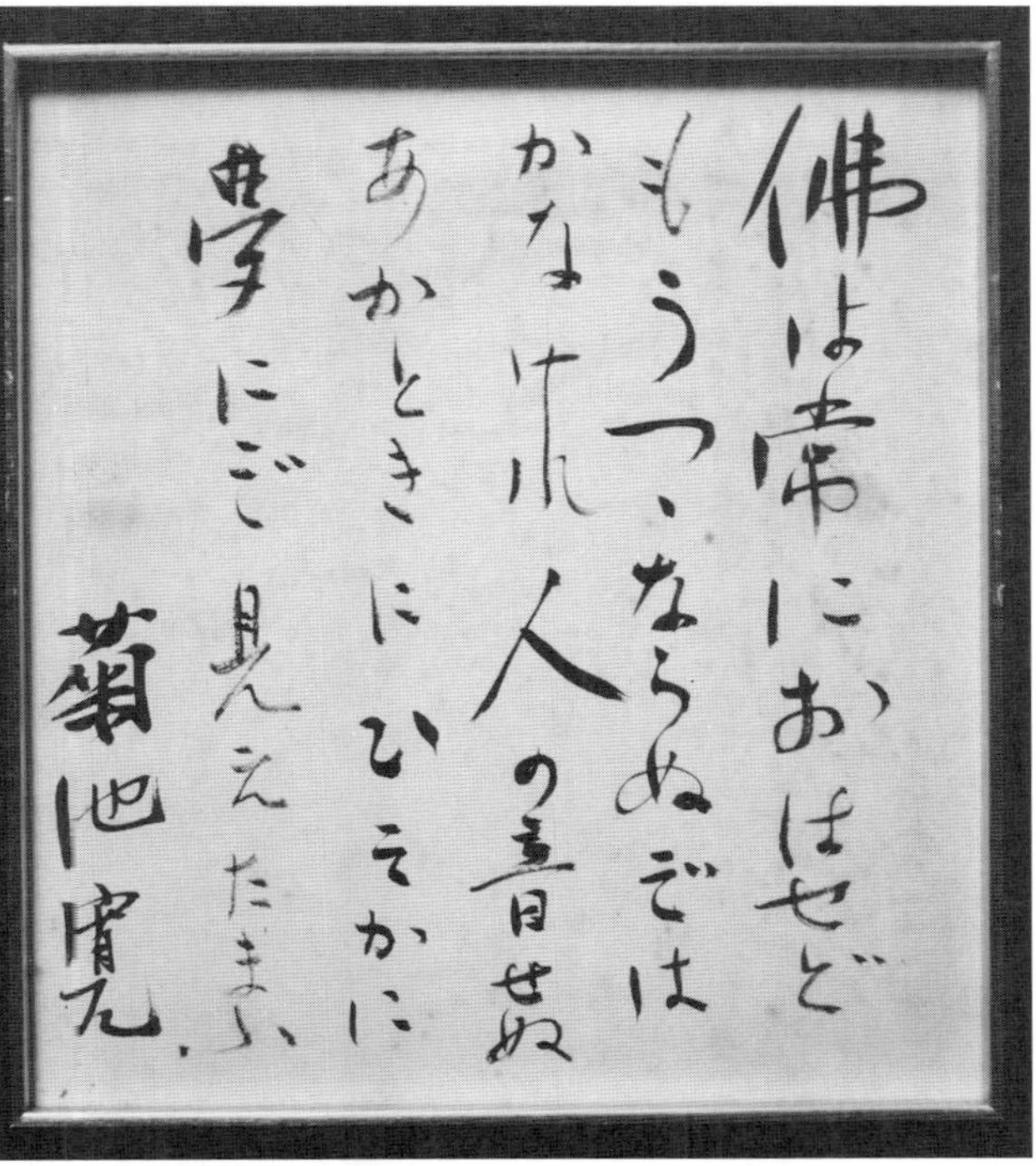

【写真１】桓夫の書斎に掲げられていた菊池寛の色紙
（帝塚山派文学学会所蔵）

川端さんの横顔

今も心に残るのは、川端さんが私たち年少の後輩にも一度だってぞんざいな言葉遣いをされなかったことだ。「そうでしょうね」「そうですね」といったふうの言葉を使われた。私の極端な出無精のため、近年は久しくお目にかからないが、十年余り前に、大阪へ来られた序に、住吉の私の寓居へ訪ねて来てくださったことがあった。その時のことを、川端さんは後に短編に書いておられるが、私たちの話題がすでに故人となっていられた菊池先生の思い出に触れ、菊池先生の墓碑の字を川端さんが書かれたことなど話しているうち、思い出して、私が菊池先生から頂いた珍しい筆書きの長い手紙を袖屏風にしているのを取り出して見せると、川端さんは「僕は菊池先生の字を一つも持っていないんですよ。」といわれた。私は菊池先生に書いてもらった色紙を二枚持っていたので、「一枚差し上げましょうか。」というと、非常に喜ばれて、「ぜひください」と持って帰られた。

「只看花開落、不言人是非」という菊池先生らしい文句の色紙だった。

川端さんの能書は文壇的に有名である。名僧のような雄渾な実に立派な字を書かれる。川端さんから頂いた手紙の字を見ていると、これだけ立派な字の書ける人が下手な小説を書くわけがないと、川端さんの作品の立派さが、その字だけでわかるような気が強くして来る。ただ困るのは、川端さんの字があまりに見事なので、返事を書く気がしなくなることだ。

（昭和四三年十月）

この時のことは、川端康成の唯一の入門弟子であり、藤澤桓夫の従弟である石濱恒夫も『追憶の川端康成』（昭和四八年四月文研出版）の中で触れている。

菊池寛、川端康成、藤澤桓夫、石濱恒夫が、住吉という坩堝の中で溶け合ったから、川端康成の「住吉」連作が生まれた。

おわりに

藤澤桓夫は最初、川端康成や横光利一らの新感覚派の若手として出発し、大学生時代はプロレタリア文学、のちに通俗小説の分野に自ら飛び込んだ。その神髄については「純文学のトリデの狭さに強い抵抗を感じ、あらゆる階層の人たちが読んでくれ、しかも芸術の高い香りのものを書いて来た」とも語っている。その創作活動は新聞連載小説や雑誌連載を中心に、単行本化も二〇〇冊を超え、映画化、演劇化、放送ドラマ化は四〇作品以上に上る。つまりは大衆に支持されていた小説家に他ならない。中央文壇と距離を置いていたところから、文学評論の対象となることは少なく、戦前の文学界において唯一の大阪の地にて活躍した小説家とも言える。その活躍の背景には、重要な転機に際して、菊池寛と川端康成の関与があった。

そのことを端的に示しているのは、川端康成の住吉三部作、中でも『反橋』である。菊池寛が藤澤桓夫に贈った梁塵秘抄の色紙を発端に物語が展開してゆく。終戦後まもなく藤澤桓夫のもとを訪れた川端康成、終戦後に公職追放の中で大阪を訪れ間もなく急死した菊池寛、この二人にとっても、藤澤桓夫の存在が大きかった。すなわち、菊池寛が呼んだように、藤澤桓夫が「文壇の大阪出張所長」だったからである。

帝塚山派文学学会―紀要第三号―より

父庄野潤三を語る

今村夏子

一　帝塚山時代

初めまして。庄野潤三の長女の今村夏子です。こんなに暑い中、私の話を聞きに来てくださって、本当にありがとうございます。

父はとても運の強い人で、たいていい出かけるときは晴れなんですね。晴れ男です。亡くなってからも、不思議な良いことが色々起こっていました。一つ一つ言えませんけれども、ここ帝塚山で帝塚山派文学学会ができて、みなさんがこうして会員になって支えてくださっているというのも、すごくうれしいことです。私たち家族一同感謝しています。

さっき、司会の方が、帝塚山派文学者の多くはその文学的血脈を、内藤啓子さんを初めとして長女が引き継いでいるとおっしゃいましたが、私は専業主婦で、男の子を四人育て、食べることばかりしてきましたので、こういう場は慣れていなくて、講演を控えて、今とても緊張していますが、家族一同の感謝の気持ちを込めて、家族の中で父がどういう人であったかを、写真も交えて、ありのままの父の姿をお伝えできれば、うれしく思います。

父はほとんど引っ越しをしないで、住んだところは三個所です。生まれ育った帝塚山と文学を志し東京に出てきたとき住んだ石神井《しゃくじい》というところ、それから、終の棲家になった生田の丘です。今日はその三つの時代に分け、最後に晩年を入れて、順番に話してゆきたいと思います。

最初に帝塚山時代です。父の父、庄野貞一《さだいち》おじいさん、私たちは愛情をこめて、庄野のおじいちゃん、おばあちゃんと呼んでいましたので、これからはそう呼びますけれども、庄野のおじいちゃんは徳島の自然豊かな山の中で育った、とっても元気な方で、若い頃は明治の英語青年でした。生き生きとした、活力あふれる方で、皆さんご存じのように帝塚山学院の初代院長として、生涯、力を尽くされました。私の母は、帝塚山学院に幼稚園から女学校まで十四年間も通いましたが、母が言いますには、校長先生は、校長先生というのはおじいちゃんのことなんですけれども、何時でもどうしたら子どもたちが楽しく過ごせるか、そのことばっかり考えておられた、と言っていました。本当に子ども好きの、明るい顔をした、いいお顔のおじいちゃんです。母はまさかその頃は校長先生の家《うち》にお嫁に来るとは思ってもみなかったでしょうね。

そして、父の母はやはり徳島生まれの、武士の一人娘で、しっかりした働き者の、心の温かい人です。子供は七人いましたが、母の話では、いつでも一人おぶって、くるくるよく働き、忙しいおじいちゃんを支えていました。母が結婚したときは、おじいちゃんは家長として家族を集めて一個所で暮らすのが好きなので、大家族で暮らしていました。結婚したてで、何にもできない母だったので、おばあちゃんがお出かけのときに、晩ご飯の支度をしようとして、天ぷらを揚げたら、台所を焦がしてしまったんだそうです。もうちょっとで火事になるところでした。それでどうしようとしょげていたら、帰ってきたおばあちゃんが、たった一言、「ケガはなかったかえ」と言ってくれたそうです。そういう心の温かい方で、母は一生このお姑《しゅうとめ》さんについて行こうと思ったそうです。

父はきょうだいにもとても恵まれていて、七人きょうだいの三男に生れたんですけれども、上には童話作家の庄野英二おじさんがいますし、下には晩年いい作品を書いて織田作之助賞をとられた庄野至おじさんもいます。庄野のおばあちゃんはその大勢の子どもたちに、いつもおいしい家庭料理をつくって、元気に育てたんです。

父は作品に食べることをよく書いていて、「かきまぜ」というのが出てくるんですけれど、「かきまぜ」というのは阿波徳島の郷土料理で、まぜずしのことです。おばあちゃんの「かきまぜ」は中に、椎茸、高野豆腐、アブラゲ、ニンジン、ジャコ、きぬさや、ゴマ、それらが細かく刻まれて、味付けされて入っています。一番の特徴は、関東のまぜずしはちょっと甘ったるいのですが、おばあちゃんのは塩と砂糖が半々で、すごくさっぱりしています。口に頬張ると、色んな味が交ざって、とってもおいしくて、父は一生の間に食べたもののうちで何か一つ、と言われたら、たぶん「かきまぜ」と言うと思います。晩年はビールと一緒に食べると旨いぞ、と言って、「かきまぜ」を頬張っては、ビールを飲んでいました。

そういう恵まれた家庭で、父は本当に幸せな少年時代を過ごしました。トンボとりとか、水泳が大好きで、夏休みが一番楽しみだったそうです。元気な少年なので、入道雲が沸きあがって、ワクワクするのがうれしかったんだと思います。それで、秋に生れた私にわざわざ夏子と名前をつけたので、私は「夏に生れたんですか」とよく聞かれます。父が子どもの頃のことをよく書いている中で、私がとても印象に残るのは、嵐が近づいてきたときに、庭のプラタナスの大木に登って、空に向かって、「嵐だ！」って叫ぶんだそうです。それがすごく愉快だったそうです。私は父の少年時代のその姿を思い浮かべますと、とても父らしいなと思います。

そんな父が中学のときに、国語の先生が詩人の伊東静雄先生だったので、文学に目覚めていくんですけれども、私はたぶん父の生涯で一番の出会いは、伊東先生と母だと思います。父は二十代のときに伊東先生の堺のお宅に通って、玄関の横の小さな二畳の部屋で、先生のお話をとても長い時間、聞かせてもらったそうです。あんまり頻繁に行くので、庄野のおばあちゃんが、「厚かましくて悪い」と言って、その頃食糧事情も悪かったのですがけれども、家にあるお酒とか食糧をいっぱい持たせてくれて、父はせっせと通いました。

伊東先生は庄野のおじいちゃんと違って、物静かで、病弱な方ですが、きびしさの中にも不思議な人格の魅力を持った先生だったそうです。だから、タイプは違いますけれど、私は父の本を読んで、伊東先生は本当の父親のような愛情を父に注いでくれたと思います。父もまた伊東先生からどんどん吸収して行ったんだと思います。伊東先生の教えに導かれて、父がどんな作品に惹かれて行ったのかを見ますと、十代・二十代の頃の愛読書が、佐藤春夫・井伏鱒二・内田百閒・梶井基次郎・福原麟太郎。外国の作家でもウイリアム・サロウヤンとか、キャサリン・マンスフィールド、それからチャールズ・ラムなど、名前を知らない人もいるのではないかというくらい渋い作家たちばかりです。私なんか二十代の頃、クリスティばっかり読んでたんですけれども、よくこういう作品にやんちゃな少年が惹かれていったなあと驚きます。それはやっぱり伊東先生のお力だと思います。愛読書は一生変わりませんでした。

また、父の書評はとても面白いのですが、こういうところに惹かれたということが書いてあって、それを読むと、こちらも読んでみたくなるような書き方をしています。本当に心から惹かれたんだと思います。すぐれた文学者のすぐれた作品に伊東先生が導いてくださったのだと思います。

何と、父が結婚したときに、一番にしたことは、それらの渋い本を母に読ませたことでした。母がどう反応したかと言いますと、「ガーンと何かに打たれたようだった、世の中にはこんな文学があるのかと思った」と言っております。

母はどんな人だったかと言いますと、帝塚山学院に十四年間通って、宝塚歌劇と読書に明け暮れ、まあ、言ってみれば、夢見る乙女みたいな人ですね。去年のこの文学学会の総会の講演で、小林晴子さん（庄野英二の長女）が母のことを称して、「千壽子おばちゃんはレースとリボンの好きな不思議ちゃんだった」と言っています。ほんとうにピッタリの表現です。結婚しても、ずっとリボンをつけていましたし、晩年でも、レースの服が好きでした。

そんな母が、現実的な、勢いのある庄野家に入って、さぞかし大変だったと思うんですけれども、その母が結婚したての頃、「ひとつ忘れられない言葉がある」と言っています。それはたぶん父には言っていないと思います、私だけに教えてくれたんだと思いますが、佐藤春夫先生が遠くから父を見ていて、「庄野君には守り神がいる」とおっしゃったそうです。その言葉の意味は、深くは分かりませんけれども、母はそれを心の中に秘めて、一生父について行ったんですね。

父と母が、どうして結婚したかと言いますと、ちょっとさかのぼってしまうんですけれども、その前に戦争があります。庄野家の男兄弟は四人とも軍隊に行ったのですが、本当に幸せなことに、四人とも無事に戻ってきたんです。おじいちゃんとおばあちゃんは、どんなにうれしかったかと思います。父は最後は海軍少尉でした。それで人間魚雷に乗る直前に終戦になりました。乗っていたら、もちろん私も生まれていません。

父は若い頃、戦争文学を二つ書いていますが、一つは完全に未発表で、父の死後発表された（『逸見《へみ》小学校』）。もう一つは同人誌で、仲間内だけで書いて発表したものです（「青葉の笛」。『山の上の家』に収録）。でも、それ以後、一切戦争のことは書きませんでした。

理由は、私が思うのに、戦争の残酷なところを目の前で見て、人間魚雷に仲間が乗っていくわけですから。でも、それを書くのではなくて、本当に恙《つつが》なく毎日暮らせる、平凡な生活の中の幸せを書くことで、戦争はイヤだと言いたかったのではないかと思います。

無事に庄野家の兄弟が帰ってきて、庄野のおじいちゃんは父性愛と行動力の人ですから、皆に仕事とお嫁さんを見つけて来ました。父に最初に見つけてきた仕事は、今宮中学の歴史の先生です。父はとても若かったので、頼まれて、野球部の監督になりました。そうしたら、たまたま春の選抜高校野球で、地区予選を勝ち進んで、とうとう甲子園に出場してしまったんです。残念ながら、強豪と当たって、いい試合はしたんですけれども、一回戦で敗けてしまいました。作家で、甲子園出場監督というのは例がないだろうと、ちょっと私は自慢です。そのとき大阪の藤澤桓夫先生が、作家としてもう立派に活躍されてたんですけど、野球がとってもお好きで、練習段階から応援に行って、ああやれ、こうやれ、とアドバイスもくださったそうです。それで父は終ったときに、全選手を連れて、藤澤さんのお宅にお礼の挨拶に行ったそうです。

父はその頃、藤澤さんを慕って、文学好きの若者たちが集まっていた藤澤サロンのようなものが帝塚山にあって（藤澤が寓居していた石濱純太郎邸の離れ）、それにも参加していました。ですから藤澤サロンとか、伊東先生の知り合いのお友だちとか、色んな文学者たちと親しくなっていったんですね。ですから、東京の三島由紀夫さんとか、吉行淳之介さんとか、そういう方とも伊東先生を通じて親しくなっていって、若いうちから、父も習作を書きはじめました。

あ、母と結婚したことを言わなくてはいけないんですけれども、おじいちゃんは仕事の次にお嫁さんを見つけてきました。母は近所に住んでいたのですけれども、お見合いから結婚まで、たった一週間だったそうです。もともと庄野家の男性陣は、同じＤＮＡが流れているんです。それは、せっかちということです。口癖は、みんな、「早《はよ》せえ」です。おじいちゃんも庄野英二おじさんも父も「早せえ」ばかり連発していました。出かけるときなんか、男の人は簡単ですから、さっさと支度して飛び出しますよね。外から、「千壽子、早せえや」と言って、「早せえや」を三回言うまでに飛び出さないと、機嫌が悪いから、大変なのよと母は言っていました。庄野のおばあちゃんも必死で、早足のおじいちゃんのあとをぞうりを履いてついて行ったみたいです。庄野家の男性はみんなそうです。

父は新幹線のホームにも、一時間前に行っていないと気のすまない人でした。一生、そうでした。そういう「早せえ」結婚をした母ですけれども、全く家風の違う庄野家に嫁いで、大家族の中で戸惑いもあったと思うんですけれども、佐藤先生のおっしゃった「守り神」をおまじないのように心の中に留めて、最後まで必死で努力して、父について行きました。父の文学の一番の理解者として、六十三年間、父が亡くなるまで添い遂げて、父を支え続けました。ですから、父があちらの国で迎えてくれたときには、「ようやった。ご苦労さん」とねぎらってくれたと思います（母千壽子は平成二十九年六月二日没）。

こんなことが、駆け足ですけれど、父の帝塚山時代の姿です。

では、パワーポイントの写真で説明します。父と同じで、私も電化製品に弱いのです。写真、出ますでしょうか。この時代には、「雪・ほたる」という処女作や、「愛撫」とか「舞踏」とかの瑞々しい作品を発表しています。

これは二歳の頃の写真です。すごくやんちゃな顔をしています。

これは庄野のおじいちゃんとおばあちゃんですね。晩年の父とおじいちゃんは、瓜二つだったそうです。学院の校庭に銅像があるんですけれど、みなさん父とそっくりだと言われます。

これは八木先生が探してくださった小学校六年生のときの写真です（帝塚山学院小学校卒業記念アルバムの写真）。我が家にはありません。

これはおじいちゃんと写った中学生の頃の父です。

スポーツが好きで、何でもしましたけど、右が父です。相撲部のキャプテンをしていました。

これは恩師伊東静雄先生です。伊東先生と一緒の写真はあんまりないんです。一度私、お墓参りに行かなければならないと思っています。

これは九州大学の、学徒出陣に出る前の頃で、この頃、島尾敏雄さんと大変仲よくしていて、『前途』という父の作品がありますが、物のないときに、みんなで実家から送ってきたものを一緒に食べて、自分たちのこれからの運命も分からないのに、文学を語り合うという、瑞々しい、とてもいい作品です。

これは、父と母と私です。新婚の頃です。

これが「かきまぜ」です。中に入っている色々な具を私が作って、写真を撮ってもらったんですけれども、本当においしいんですよ。何か、不思議に元気が出るんですね。上に錦糸卵を乗せて、完成です。どうぞご自分の家の味付けで、作ってみてください。

祖母慧恵

祖父貞一

潤三二歳

潤三　小学校六年生

潤三中学生　父貞一と

住吉中学校で　右潤三

恩師伊東静雄先生と

新婚時代の母千寿子、
父潤三と長女夏子

九州帝国大学時代

かきまぜ

二　石神井時代

次は石神井時代です。

父が文学を志して東京へ出て行ったのが、三十二歳のときです。私が六歳、下の弟が二歳でした。おばあちゃんは、そんなことしたら家族が飢え死にすると言って、大反対だったんですけれども、当時勤めていた朝日放送の東京支社が銀座にあったので、そこに転勤というかたちで東京行きが実現しました。

そのときの心境について父が書いていますが、村田英雄の歌「王将」の歌詞、「明日は東京に　出て行くからはなにがなんでも　勝たねばならぬ」を「書かねばならぬ」に変えれば、自分の心境とピッタリだったというのです。私、うまいこと言うなあと思ったのですが、それぐらいの覚悟で、出てゆきました。その頃の父は若々しくて、生き生きとして、体格も良かったので、雰囲気的には「王将」ではなくて、家族を幌馬車に乗せて、新しい世界へ向った西部開拓時代のお父さんといった感じでした。

また、引っ越した石神井は東京の郊外で、周りに畑・小川・牧場が拡がる、幌馬車隊にはピッタリのところでした。そこで待っててくれたのが、あとで写真をお見せしますけれども、父の東京の文学仲間で、吉行淳之介さん、安岡章太郎さん、小島信夫さん、島尾敏雄さん、あと、大阪からは阪田寛夫さんも駆けつけてくださって、阪田さんはお友達の、力持ちの三浦朱門さんを連れてきて、三浦さんは引っ越しに大活躍だったそうです。

そういう方たちが待っててくださって、母はその方たちの奥さまとお友だちになったので、知らない土地へ来ても、ちっとも淋しくなかったと言っております。皆さん、本当に友情が厚くて、今、ああいう作家のグループというのは、ネットの時代ですし、もうないのではないかと思うのですが、たとえば家《うち》に来られたら、楽しく飲んだり食べたりして、それからお散歩に行って、戻ってきたら、小さな家でレコードかけて、畳の上でダンスをされるんです。吉行さんご夫妻は美男美女でしたので、私も見とれてしまったような記憶があります。

夜になったら、私と弟を寝かしつけて、皆でマリリン・モンローやジョン・ウェインの映画を見に行くんですね。そういう楽しいグループで、皆さん、お金が全然ないんですけれども、助け合って、文学への夢はいっぱいで、心の中では皆さん、燃える思いを持っていらしたんでしょうね、次々と芥川賞をとられました。父も二年後に三十四歳で芥川賞をいただきました。でもあの頃の芥川賞は今みたいな、マスコミにもてはやされるものではなくて、文芸春秋の小さな会議室で賞状と時計とかもらって、「これからせいぜい気張ってやりなさいよ」という引導を渡されたような、そういう感じだったようです。

父は石神井では大阪の大家族から離れて、伸び伸びと自分の家族を育てていったんですけれども、どこへいくのも何時も家族は一緒でした。父は昔風の黒い、大きな荷台の自転車の前の籠に弟を乗せて、うしろに私を乗せて、母は横を小走りに走るという感じで、どこへでも行きました。近くに檀一雄さんのお家《うち》があって、当時はまだ珍しいテレビがありましたが、プロレスやボクシングをやっているときに、行って見せてもらいました。私たちだけではなく、近所の人が映画館みたいに大勢集まっていました。

父は自転車は好きだったんですけれども、一生、自動車の運転免許は取りませんでした。それはお酒が好きということもありますが、もともと文明の利器というのはあまり好きではなくて、「人間は自分で身体を鍛えて、元気に逞しく生きなきゃいけない」という考えだったんです。ですから、随筆に書いていますが、本当は機械に弱いんですよ。一生、ファックスとかワープロとか使いませんでしたし、パソコンのようなものは全く駄目でした。私も駄目なんですけれども。たとえば、ラジオなんか聞いていて、ガーガーピーピーいいますよね。そうすると、「夏子、行って叩いてきなさい」って言うんです。叩くと、結構直ってしまうんですね。それがテレビになりましたら、テレビの方が高級で、性能もいいので、「叩いたらあかんぞ。一回コンセントを外して、もう一回差してごらん」となりました。でも、そうすると、ついたりするんです。

父は庭に鉄棒を作って、大技を繰り広げて、身体を鍛えていました。

夏には私たちをわざわざ波の荒い千葉の外房総海岸に連れて行って、徹底的に海で、背の立たないところで泳ぐように仕込んでくれたんです。それは庄野のおじいちゃんが帝塚山学院で、全校生徒が元気な子になるようにと、「臨海学舎」という合宿性の臨海学校を大阪南部の海岸で開催して、全員泳げるようにしたのですが、それを見習ったのです。父も小学校五年のときに、二里八キロの遠泳に合格しています。私たちも背の立たないところで泳がされたので、お陰で泳ぎは達者になりました。

私、大きくなってから、船会社を受けたんですが、そのときに面接で、「海が好きで、船が好きで、沈没しても、しばらく泳いでいます」と言いましたら、採用してくれて、しかも、外国航路の客船の係りになって、船に乗って外国に行ったわけではないですけど、切符を切ったり、出航の日に行ったりして、「芸は身を助く」で楽しいOL時代を過ごしました。

私たちの家族は大食いで、とても食べることが好きで、何よりもチャブ台（四脚の、低い食卓）を囲んで、みんなで食べる夕食が大好きでした。お金もなかったので、食べていたのはモヤシ炒めとか、卵かけご飯とか、そんなものだったと思うんですけれども、誕生日などは特大のカツレツとか、すき焼きが出て、メリハリがありました。だから、何かすごくいいものを食べていた気がするんです。原稿料が入ったら、銀座に繰り出して、デパートの食堂で洋食を食べて、不二家でケーキを食べて、夢のようでした。

うれしかったのは、父の兄の英二おじさんが大阪から上京してくるときなんですけれども、おじさんはすごく夢のある方なので、真っ黒に日焼けした顔にパナマ帽をかぶって、大きなバナナの房を抱えて、「南洋のおじちゃんが来たで」と言って現れました。その頃、バナナはすごく高級品だったので、弟も未だにあのうれしさは忘れられないと言っています。

父の子育ての方針は、自分は家事をほとんどしませんが、子どもにはさせませした。特に私は後から生れた八歳下の弟をおんぶしたり、だっこしたり、寝かしつけたり、オムツを替えたり、何でもやりました。そんな時父はいつでも必ず褒めてくれるんですね。「夏子は我慢強い。えらい」とか言ってくれるんです。それがうれしくて、手伝ったのかも知れません。

結婚したときに、私はお陰で、専業主婦でしたけど、家事がイヤだってあまり思ったことがないんです。だから、本当にありがたかったです。

もう一つ感謝したいのは、父が本を読む喜びを教えてくれたことです。当時、講談社の少年少女世界文学全集という、分厚くて、全五十巻です、それを取ってくれて、月に一冊か二冊か、届くのですが、本を読んでいると、雨の日でも、友だちと会えなくても、時の経つのを忘れて、読みふけりました。本当に楽しかったです。

当時学校で「りぼん」とか「マーガレット」とか、少女マンガ雑誌が流行っていたのですが、ある時、借りてきて、読んでいたら、うしろから父が覗きこんでいるんです。「夏子、面白いか」って言うから、「うん」と言ったら、何かすごく真剣な顔をして、私と向かい合って、こういうようなことを言うんですね。「夏子はいつも本を読んでて、楽しそうだね。何もなくても、本があれば淋しくないのだろう。でも、もし今マンガを読んでしまったら、たぶん、字ばっかりの本は読めなくなる。それでもいいのかい」って言われたんです。あまりの真剣な顔に、私は「分かった」と言って、次の日、それを返してきて、それからは二度とマンガは読みませんでした。

でも不思議なことに、二人の弟は中学校の頃とか、部屋に「少年マガジン」とか、「少年ジャンプ」とかゴロゴロ置いてありました。私が思うに、子供に教えるというのは大変なことですから、一番上の子だけ教えて、それで息切れしちゃったのかな、って、そういう感じです。

この頃のことは、初めて父が註文を受けた新聞小説、日経新聞に連載した『ザボンの花』という小説になって、若い家族の話がその当時のまま、伸び伸びと書かれています。父はまだ朝日放送に勤めていたので、会社へ行く前に一回分書いて、置いていきました。肩の力が抜けて、自分でも伸び伸び書けたと言っています。その中に登場してくる女の子、私のことなんですけれども、その女の子の名前が「なつめ」といいまして、阪田寛夫さんが次女のお嬢さんに「なつめ」と名前を借りてつけました。父はそのお嬢さんがのちに宝塚に入られたときに、自分の本の『夕べの雲』の中から「大浦みずき」という芸名をつけました。阪田なつめさんは本名も芸名も、父の日経連載の小説からつけられたわけです。その後、大浦みずきさんが宝塚のトップスターになられたので、父は喜んでいました。

父は芥川賞をとって、会社を辞めました。そうしましたら、どうなったかと言うと、お金がなくなって、暇ができたんです。それで例の黒い自転車に私を乗せて、二十分くらいのところに井伏鱒二さんのお宅があったんですが、たびたび、そこへ行きました。父と井伏さんがお話をしている間、私は奥様に遊んでもらったりしていました。そのご縁で、私は今の主人と結婚するんですけど、それはあとからお話しします。

大きな出来事としては、アメリカのロックフェラー財団から招かれて、父と母が一年間アメリカに留学したんです。それは『ザボンの花』を出したときに、坂西志保さんがとても褒めてくださって、その坂西さんのご推薦でした。アメリカは夫婦単位の国なので、奥さんも行かなければ意味がないということで、母も行って、留守宅には母の母、おばあちゃんが来てくれたんですけれども、本当に太陽と月が沈んでしまったような淋しい時期でしたが、父はしょっちゅう子どもに手紙や葉書をくれて、クリスマスにはお人形とかプレゼントを送ってくれました。

当時の小学校三年くらいの日記を父がとっておいてくれたのがあるんですけれども、二つ三つ読みます。

八月十九日、今日は夜タンパほうそうをかけました。きょじんとタイガースです。私たちはタイガースをおうえんしていたのに、五たい〇できょじんが勝ってしまいました。お父さんが二かいから、「ああ、ピンチだ」といっておりてきたので、お母さんが「何がピンチなの」というと、お父さんは「げんこうを五まい書いて、またはじめから書きなおしだ」といったので、私は「五たい〇と五まい書いてはじめから書きなおすのと同じことね」と言ったので、家じゅう大わらいをしました。

八月二十五日　今日はお父さんがどこかに行くので、バスに乗って行こうとして門を出たとき、バスが「ブー」と来ました。バスのえきは私の家よりもう少し先です。と思ったら、お父さんとバスのかけくらべ、私たちはまどに乗って、すだれをおしのけてわいわい言います。お母さんまで子どもみたいにまどに乗ってわいわい言ってます。はじめはお父さんとバスといっしょのはやさで、だんだんお父さんがおいぬかされてきました。お父さんは私たちのわいわい言っている声も聞こえないように、必死になって走っています。お父さんがやっとバスにおいついて乗ってから、お母さんは「しんぞうまひをおこさないかしら」としんぱいしていました。私もお父さんがそんなにはやいとはゆめにも思いませんでした。

九月一日　今日は朝起きてみると、お母さんが「きのう買ってきた森ながのチョコレートがねずみに取られたわよ」と言ったので、私はびっくりしてしまいました。そのチョコレートはきのうの夜お父さんとお母さんがえいがを見に行ったので、私と弟と赤ちゃんでおるすばんをしたのです。そしてお母さんたちの帰りがおそかったので、「おみやげに本を買ってきてあげるわね」と言っていたけれど、お店がみんなしまっていたので、ドロップスとチョコレートを買ってきてくれました。それをねずみにとられてしまいました。私はねずみの一家がやねうらでチョコレートを食べていると思うと、とてもにくらしいでした。

まあ、こんな感じのサザエさんみたいな一家です、あの時代を生きた方は分かるかなと思うんですけれど。

その頃は、父が私をどこへでも連れていってくれましたし、明るく、元気で、お話をしてくれるお父さんがいつも家にいたので、楽しい子ども時代でした。

写真を見てゆきます。

これが家の前の芝生のところです。石神井の家です。

この方たちが、引っ越しを手伝ってくださった作家仲間の方たちです。

これはよく使われる写真ですけれど、吉行淳之介さん、遠藤周作さん、近藤啓太郎さん、父、安岡章太郎さん、小島信夫さん。

これは牧場ですね。右が英二おじさんで、真ん中が父です。石神井の家の近くです。こんなどてら姿で歩いていたんですね、あの頃の人たちは。

私と弟です。

これは、家族がチャブ台を囲んでいるところです。芥川賞をとったあと、グラビアの撮影に来たときに、こんな感じでケーキを食べていました。本当にうれしそうでしょ。不二家のケーキは贅沢品なんですよね。

スイカもこうやって上半身裸で、食べるときは大きく切って、今みたいなちっちゃい三角みたいなものではなくて、種を吹き飛ばして、恥ずかしいんですけど、パンツ一つで食べています。

これは原稿料が入ったので銀座にお出かけですね。ちょっとおめかししています。

これが、父の鉄棒大回転じゃないんですけど、身体を振って、パッと足から降りるんですね。この横にちっちゃい低鉄棒があって、私たちもそれで練習させられました。父の頭は天然パーマですし、全然作家という感じではないです。

あ、これは井伏鱒二さん、父、私と、河盛好蔵さん、それからこれは誰だったでしょう、忘れてしまいました。熱海の文芸春秋の寮に泊ったときのものです。そのあと、志賀直哉さんのお家《うち》に行きました。女の子を連れてくるようなところではないんですけど、どういうわけか、父は私を連れていきました。

父たちがアメリカに出発したときの写真です。吉行淳之介さんとか安岡章太郎さんとか、皆さん、見送りに来てくださいました。あの頃は船の旅で、クリーブランド号です。三十日くらいかかりました。ボーという汽笛の音が何とも言えなく悲しかったです。その代り、帰ってきたときはうれしかったです。

これは父から届いた手紙。裏がきれいな絵葉書になっています。

近所の牧場
右は英二おじさん

石神井の家の前で

引っ越しの日
手伝いの作家仲間

チャブ台を囲んで

父と散歩

銀座に集う第三の新人たち

父の鉄棒

銀座へお出かけ

スイカを食べる

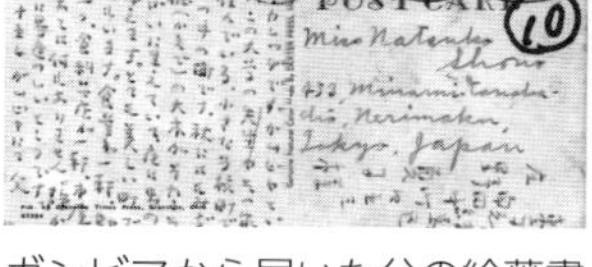

ガンビアから届いた父の絵葉書

クリープランド号で
アメリカへ横浜港

井伏さんたちと伊豆の寮で

三　生田時代

次は生田時代です。

あんなにのどかだった石神井公園がとっても賑やかになってしまったので、父はいい環境を求めて、神奈川県の多摩丘陵の丘の上に、四十歳のときに家を建てて、引っ越しました。周りは杉林やクヌギ林が拡がる、石神井よりもっと自然の豊かなところで、そこで再び自然の中での生活が始まりました。駅から家まで、道に何か落ちていたら、家族の物だから拾ってくるように、というくらい人気《ひとけ》のないところでした。

自然の脅威もすごくて、初めての台風のときは、みんなで雨戸を押さえていて、あまりの風当たりにびっくりして、それから井伏鱒二さんのご指導で、せっせと風よけの木ばっかり庭に植えました。それで森みたいになってしまいました。雷も落ちたんですけど、本当に落ちたんですよ。でも、外の金具を伝って家の中に入って、台所の冷蔵庫を一周して、出て行きました。ですから家は燃えなかったんです。何でそんなえらそうなことを確実に言えるかというと、冷蔵庫に二つ針で刺したような穴が開いていて、周りがポッポと焦げていたんです。冷蔵庫は壊れました。それが電気屋さんに言わせると、雷さんが入った穴と出た穴だというんです。そのお陰で家が燃えなかったんだそうです。

それから、山の中なので、大ムカデが出たりしました。ムカデは夫婦仲が良くて、一匹出ると、必ずまた一匹出るんですね。で、次に何時出るかとハラハラしてました。

その頃のことを、また日経新聞から注文が来たので、書いたのが、父の代表作となった『夕べの雲』です。ですから、私たちは日経新聞しかとりません。父もこの小説はとっても気に入っていて、「若い頃は、それはそれで一生懸命書いたからしょうがない。その頃は夢中で、それでいいと思って書いた。だからいいんだ。だけど、皆さんに読んでいただくのなら、やっぱり『夕べの雲』を読んでもらいたい」と言っておりました。

この頃からが父の作家活動の充実期です。私は小説もいいと思うんですけれども、父の随筆集とか、短編集とかが面白いと思います。そういうものを沢山残して、『夕べの雲』も読売文学賞を取りましたし、そのあと芸術院賞や、野間文芸賞、毎日出版文化賞などもいただきました。

交友関係も、石神井のときの若い作家たちから、神奈川に引っ越したということもあるんですけれども、井伏鱒二さんや、井伏さんの紹介で河上徹太郎さんや、井伏さんのお弟子さんの小沼丹さんとか、そういう方に変わって行きました。

父はお酒は井伏さんに教えていただきました。文壇一の酒豪で、酒豪というのは飲む量だけではなくて、飲み方がご立派なんです。ゆっくり時間をかけて、お料理もちゃんと召しあがるんですね。「酒というのは日本酒のことだ、日本酒なんて言ってはいけない」とおっしゃって、チビリチビリと飲むほどにお話が面白くなって、外で飲んだときは、五軒も六軒もハシゴするんですけど、お仲間が一人二人と脱落してゆく中で、井伏さんだけはしっかりと歩いてご自宅まで帰られました。

その頃の生活は、父は酉年ですので、朝が早いので、絶対に寝坊しません。よく作家は夜仕事すると言いますけど、とんでもない。「起床！」と言って子どもを起こして廻るのが趣味みたいで、家族全員そろって朝ごはんを食べます。もちろん、一日中家にいるので、昼も食べます。夜も食べます。みんなで食べるのが当たり前でした。子どもたちは育ち盛りで、みんなよく食べたんですけど、一番おいしそうに食べるのは父で、父のカレーライスの食べ方なんて、スプーンを近づけたら、空中から口の中に飛び込むんですね。そういう雰囲気の食べ方なんです。本当に父は何でもおいしそうに食べました。ですから、作品にも食べることがよく書かれています。

その頃、一番家族で燃えていたのは、百人一首です。小さい頃は、父がオハコを選んでくれて、私は「大江山」

で、弟は「嵐吹く」、下の弟は「由良の戸を」。それが読まれるまで、札に手をかけて、待っているというやり方でしたが、この頃は育ち盛りですし、一枚でも多く　取りたい、勝ちたいという気持で、正月が近づくと、ブッブツブツブツ上の句と下の句を練習していました。読み手の母が、残りの枚数が少なくなってくると、恐ろしくて読めないというくらい、シーンとして、ピーンと緊張して、読まれたとたんに、取り札にあちこちから手が飛んでくるので、終ったら手は真っ赤、ヘトヘトという感じの百人一首でした。今思いますと、あんな楽しい百人一首は、あのとき、あの家族でしかできなかったことでした。

父は明るいことが好きな人ですが、決して楽天的ではないんです。すごく心配性です。私が年頃になると、門限とか、男女交際はとっても厳しかったです。ちょっとでも暗くなると、駅まで迎えに来ていたので、二十歳過ぎてからは、「早結婚《はよ》せえ」と言うようになりました。しかも、「サラリーマンと結婚しろ」と言うんですね。それでお話が来たのが、さっき言いましたように、小さい頃よくおじゃましていた井伏鱒二さんからです。「庄野君、サラリーマンを見つけたよ」って。しかも自分が会ってみたら、酒も飲むし、食べっぷりもいいということで、その三つで大丈夫だとおっしゃいました。父は尊敬する井伏さんがおっしゃることですから、大喜びです。

私はいいんだか悪いんだか分からないまま、結婚したんですけど、ひとつ良かったのは、子ども時代に放任主義で育ったら、結婚して旦那さんがあれやこれや言う人だったら、辛かったと思うんですけど、今の主人は父と正反対で、何をしていても全く心配しない人です。ですから、あれこれ言われることもなくて、楽でした。

弟たち男の子の場合は、ただ身体をきたえろという感じで、スポーツに邁進させました。二人の弟はサッカー選手と陸上選手になりましたが、その弟たちが、お父くん――私たちは父をそう呼んでいました――にはどんなに頑張っても、腹筋だけは勝てなかった、と言うほど父は身体の丈夫な人でした。

そんな父に大試練が訪れたのは、六十四歳のときです。散歩に行こうとして、靴を片一方履いて出かけようしたので、母が止めて、救急車を呼びました。脳出血だったんですね。半身麻痺になってしまいました。病院に行ったとき、父の姿を見て本当に悲しかったです。野生の動物が檻に入れられたようで、父はどんどん落ち込んでいきました。それでも、私たちが帰るときには、「わしの枕元に黒い財布と靴を置いといてくれ」と言うんです。逃げて帰ろうとしていたんだと思います。実際、脱走しようとして、点滴の管を引っ掛けて、転んでしまったので、次に行ったら、縛られていました。それでもう悲しくて、私のお父さんを縛るなんて、と思って、阪田寛夫さんのご尽力もあって、虎ノ門病院のリハビリ専門の病院に転院させることに成功しました。

そうしましたら、そこで父の主治医になったのが、何とのちに長嶋茂雄さんの主治医をされた石川誠先生でした。石川先生は若い頃ラグビーをしていて、明るい、活発な方で、父の大好きなタイプです。父は好きな人には素直に従うんですね。一生懸命歩く練習をして、本来なら半年かかると言われたのを、たった一ヶ月半で、杖なしで退院しました。

生田時代の写真です。

『休みのあくる日』とか『おもちゃ屋』は短編集です。充実していた時代の作品です。

これが生田の山です。でも団地が建つことになっていたので、この景色はどんどん変わっていきます。

これは、我が家の建設中に井伏鱒二さんが見に来られたときの写真です。

これは丘の上の、雷が落ちた一軒家です。右見ても左見ても、三六〇度の展望です。

家開きの日、井伏さんが鷹かぶりをもって来てくださいました。これは家開きの日の父と母です。

これは梅の土用干しです。父と弟たちです。父は家事は一切しませんでしたが、土用干しだけはしました。ひっくり返すのが好きだそうです。

これは私たち三きょうだいです。健康で、ムチムチしています。石垣が完成して、今跳び下りようとしているところです。

これは父の海辺の姿です。父は水泳に関して一種の信仰のようなものがありました。一年に一回海の水を浴びれば病気にならないという考えでした。

これは河上徹太郎さんのお宅です。生田から四つ先の駅で近くにお住まいでした。ご一緒に山歩きをしました。元子爵ご出身の奥さまで、グランドピアノを弾かれる素晴らしい奥さまでした。

これは生田の丘で佇む父です。

これは、どういうわけか、「本の雑誌」の企画で、イケメングランプリで優勝した写真です。中原中也とか、吉行さんとか、ああいう人を差し置いて優勝した理由というのが、八眉で、のどかな顔をしていて、平和な感じがするということでした。

お迎えする父と母

建築中の山の上の家
井伏鱒二

生田の丘

三人の姉弟

梅の土用干し

家開きの日

河上徹太郎さんと山歩き

お花畑の中の父

水泳の父　太海海岸

四　晩年

最後に、晩年です。私の話も第四コーナーに来ました。

父が奇蹟の復活を遂げ、家に帰ったのが、六十四歳のときです。本当に父が偉かったのはここからなんですけれども、最後に倒れるまで二十年間同じペースでコツコツと仕事をして、十二冊の本を出しました。父の仕事ぶりは職人さんと同じで、毎朝早起きをして、書きたくても書けなくても必ず机に向かいます。とにかく、駄目でも机に向かうというやり方です。テレビとかラジオとかの講演は一切お断りして、書いたものを読んでもらえばいいという考え方でした。その頃に書いた、「自分の羽根」という随筆があるんですけれども、一部分だけ、ちょっと読みます。小さい頃の私と羽子板をしたことに続けて、書いています。

　私は自分の前に飛んでくる羽根だけを打ち返したい。私の羽根でないものは、打たない。私にとって何でもないことは、他の人にとって大事であろうと、世間で重要視されることであろうと、私にはどうでもいいことである。人は人、私は私という自覚を常にはっきりと持ちたい。「当たり前のことで、何も珍しいことではないかも知れないが、自分はいっておきたいことがある。別に誰が聞いてくれなくていいことだが」ということは、しっかりと書きたい。つまり、そいつこそ私の打つべき羽根に間違いないだろうから。

これが父の文学に対する考えです。これを貫き通しました。

父の生活は仕事と散歩と食事、それが柱なんですけれども、父は仕事の合間に一日三回散歩に出るのが楽しみで、愛用のハンチングをかぶって、母に「散歩に行ってくるよ」と言うときはとってもうれしそうでした。「自分のは、ウォーキングではなくて、散歩だよ」と言うので、「どう違うの」と聞きましたら、「ウォーキングというのはうんと腕を振って、いかにも健康のために歩く。そうではなくて、トボトボ歩くのがいいんだ」と言うんです。「トボトボでもうれしいんだ」って言うんです。コースは三つくらいあって、日によって変えますけれども、決して、たまには変わったところに行こうということはしないんですね。

泊まるホテルでもそうです。同じフロントの方がいらして、同じ仲居さんがいるようなところです。いい人がいるのに何で変える必要がある、そういう考えでした。

父はさっき言いましたように家事をしない人でしたけれども、母が日に何度も山をくだって買い物に行っていましたので、晩年、珍しいことに、「わしも買い物してこようか」と言うようになったんです。母は空想力豊かな人ですので、「まあ、すてきね。ドリトル先生に出てくる韋駄天のスキマーみたいね」とおだてて、「つばめのスキマー」というのがドリトル先生のお使いをするのですが、父用に「スキマー」と名づけた買い物袋を作って、「今日もスキマーお願いします」って渡します。お願いするのがキュウリとアブラゲとフランスパンなど、食料品しか頼みません。父の好物ばかりです。父も嬉々として買い物に行って、店のおばさんと顔見知りになって、「まあ、庄野先生、お元気ですね」とか言われて、喜んで帰ってきていました。

最大の楽しみは晩の食事なんですけれども、母はそのために一日中台所に立っていました。日替わりビールで、五種類のビールを毎日替えて飲みます。そのあと、もちろんお酒も飲みます。その順番を間違えないのが不思議だ、って母が言っていました。

食後は母がクリスマスにプレゼントしたハーモニカで「紅葉《もみじ》」とかスコットランド民謡などを吹いていました。

楽しみは、お正月、みんなが集まる大集合とか、それから阪田さんと母と行く宝塚とか、年二回の大阪へのお墓参りでした（阿倍野墓地の五代友厚墓所の手前左側に庄野家の墓がある）。

でも八十過ぎた頃から、親しかった人が一人また一人と亡くなっていくんですね。井伏鱒二さん、小沼丹さん、最大の親友だった阪田寛夫さんも先に逝かれました。阪田さんには、「わしが死んだら、阪田はん、葬儀委員長してくれや。流す曲はドボルザークの『新世界』だよ」。そんなことを言っていたのに、阪田さんが先に逝ってしまわれました。

母は「お父くんはきっと淋しいのね。随分歳をとられたわ」と言っていました。そんな父が最後に倒れたのが八十五歳のときです。しっかり宝塚を見てから倒れたんですけれど。最初のときは脳出血で、血圧が高いのに、医者嫌い、病院嫌いで放っておいたからなんです。今度のは脳梗塞で、夕方のビールをおいしく飲みたいために、母がどんなに頼んでも三時以降は水分を摂らなかったんですね。で、脳梗塞になったと思うんですけど。今度の場合はすごく重篤で、一挙に介護度五になってしまいました。

母はそれでも絶対お父くんを家に連れて帰るという信念を貫き通して、庭に家を建てて、弟たちが引っ越してきました。在宅介護をお願いして、ヘルパーさんや看護師さん、入浴サービス、それから床屋さんとか、マッサージの先生まで入れて、三十名くらいの介護艦隊のようなものが出来あがりました。とても皆さんいい方で、お風呂に柚子《ゆず》を入れてくれたりしました。とにかく父が穏やかな病人だったんですね。不平不満の顔をしたことがないんです。動けない、物が食べられない、物も言えないんですけど、周りに起こっていることは全部分かってました。私が朝「お早う」と行くと、ニコッとしてくれるんですね。分かっているんです。だから、私の方がすごく力をもらいました。

こういう状態で規則正しく毎日が過ぎていったんですけど、みんなが感じてたことは、結局はすべてを父が指揮していたんじゃないかなっていう気がします。物は言えなくても、ああしたらいいよと教えてくれて、みんなが動いている、そういう気がします。だから、介護艦隊の艦長は父だったのだと思います。

そんなふうに二年間が穏やかに過ぎて行ったんですけれども、二〇〇九年九月二十一日のお彼岸の日に、何時も通り父の朝の支度をしようとして、ふと気がついたら、もう息がなかったんです。こんなに楽に大往生ができるのかという位。たぶん本人も分からないうちに亡くなったのだと思います。

父が亡くなったとき、二つの不思議なことが起こりました。一つは、ふだん来ないような小鳥がいっぱい庭に来ました。それで弟は葬儀のときに、小鳥たちが父に別れを告げに来た、と言いました。もう一つは、母の顔に長い間あった大きな黒いホクロが消えてなくなっちゃったんです。母はとっても身ぎれいにする人でしたので、すごく喜んでました。当たり前みたいに、「ああ、よかった、お父くんが三途の川にポイと捨ててくださったのよ」と言っているんです。父は母がどんなことをしたら喜ぶのか一番よく知っていた人なので、たぶんそれが父の最後のプレゼントだったんだと思います。

父は仕事に対しても、自分の羽根を打つことを貫いて、全力で家族を守ってくれました。出かけるときは大抵晴れでしたし、何よりも大好きな晩酌を亡くなるまでしました。一つ言い忘れたんですけど、父が介護度五で寝ていたときに、母がいいことを思いついて、母はアイデアウーマンなので、夜の食事の胃瘻《いろう》のときに、日替わりビールを綿棒に浸して、お口の中に入れてあげるんです。そうすると、父は分かっていて、何時ビールが来るかと待っているので、パーと顔が輝いて、ピンクになるんです。「今日はアサヒですよ」「今日はヱビスですよ」とか言って、そのあと母が帝塚山学院の校歌（庄野貞一作詞の旧学院歌）を歌って、「おやすみなさい」と言って一日が終わります。そういう最晩年でした。

本当に幸せな人でした。私は、父は日本一幸せな作家だった、そして、素晴らしい読者を全国にもって、本当にいい人生だったと思います。父も今、「皆さん、ありがとう」と言っていると思います。

では、写真を見ていただきます。

これは父がハーモニカを吹いているところです。おじいちゃん、おめでとうの会です。八十歳のお誕生日です。

父と母です。やっぱり八十歳位のときです。ビールが好きなので、私の家の近くのビール園に一族皆で行きました。

これはお酒を飲んでいる父です。

これは晩年の楽しみ。宝塚の大浦みずきさんを囲んで、阪田家と庄野家です。右端は今日ここに来ていらっしゃる内藤啓子さん（阪田寛夫の長女）です。

これはさっき言ったビール園です。庄野家の孫・曾孫《ひまご》もいます。

これはいつも父が手を合わせていた、仏壇替わりのピアノの上です。おじいちゃんの写真とか、英二おじさんの絵とか、小林晴子ちゃんの絵が飾ってあります。

これは原稿を書いているところです。父はパソコンを使いませんでしたので、原稿用紙にステッドラー社の3Bの鉛筆で書いていました。

これが使い切った、短くなった鉛筆の山です。これで私たち子どもをすべて育ててくれました。学校に行かせてくれて、おいしいものを食べさせてくれた、その証拠品です。

これが書斎と、書斎から見える景色です。

これは父の一番好きな言葉ですね。ただ一言、簡潔に「ありがとう」が好きでした。

これで終りです。皆様長い間、聞いていただいて、どうもありがとうございました。

うれしい晩酌タイム

父と母

ハームニカを吹く父

アサヒビール園で母の誕生日祝い

大浦みずきさんの名付親に
なったとき阪田家と

原稿を書いている父

父の使った鉛筆

ピアノの上が御仏壇

父の書斎と庭

みなさん、ありがとう

帝塚山派文学学会―紀要第二号―より

父庄野英二を語る

語り手：小林晴子（庄野英二長女）
聞き手：伊藤かおり（帝塚山学院大学専任講師）

伊藤――では庄野英二先生の長女である小林晴子さんからお話を伺います。よろしくお願いします。

小林――長い間の準備期間がありながら、父英二はどんな人であったかと尋ねられて、いろんな本を読みだしたり、ますます父のことがふくらみ過ぎて、分からなくなって。それで一月ほど前に、木部純子（水野印南）さんらによる今日の音楽劇を見ました。そうしたらその予行が素晴らしかったので、父の作品に触れられることは近ごろは滅多にないですから、「ぜひそれを観ていただきたいわ」と思って、今日のご案内を書き出しましたら、宛先が長い間父とゆかりのあった生徒さんとか、身内とかお友だちになりまして、何だか父の法事しているみたいな気になりました。ちょうど二十三回忌なんですね。わたしの話はうまくできないんでしょうけれども、皆さんにお集りいただいて、皆さんからどうだった、こうだったというお声もうかがって、良い会に盛りあげて行きたいと思っています。

伊藤――まず、晴子さんの帝塚山学院とのかかわりをお話ししていただければと思います。

小林――生まれまして、帝塚山学院の幼稚園はあったんですけれども、入りたい方が多いですし、また帝塚山はお高いので、父の給料では行けなくて、万代池にありました万代幼稚園に行きました。小学校一年生からは当然のことにように帝塚山に入ったんですけれども、ちょうど同じ学年に父の長兄鷗一の次女である庄野育子が一緒に入りました。それから、二年上にはその姉の啓子がいまして、三年上には父の妹である滋子叔母の次男の章夫がいました。また、幼馴染たちもおりましたので、緊張せずに、大きな顔をして通っていました。

伊藤――帝塚山学院の幼稚園にいらっしゃらなかったというのは意外で、親が帝塚山学院の教員をしていると、優先的に入れるのではないかと思ったりするんですけれども。

小林――いや、入れたかもしれませんけれども、授業料がお高かったですから、無理だったと思います。ついでに申しますと、今日ここに来ております江梨花が、父の曾孫にあたりますけれども、イタリアで生まれ日本語練習のために毎夏六月に夏休み前の一ヵ月だけ地元の金剛の伏山台小学校で日本語を習うために一ヵ月留学をさせていただいているんですけれども、幼稚園のときからですので、もう四回目ぐらいになりますか、それで帝塚山学院小学校の七夕祭りにも連れて来るんです。すると、とても楽しい雰囲気ですので、ずっと公立の伏山台小学校に通っていたんですけれども、「江梨花、帝塚山学院小学校に入りたくなっちゃった」と言ったので、昨年育子に電話しました折、「江梨花がこんなこと言うのよ」と言ったら、「その考えは止めさせて！」と二人で大笑いしました。でも私たちのころは、教員の子どももそうですが、啓子ちゃんと育ちゃんもお父さんが亡くなったあと、お母さんが帝塚山学院の事務局員として働いていましたので、授業料は半額で行かせていただいておりました。

伊藤――その後は、帝塚山学院の学校に進まれたのですか。

小林——中学校、高等学校、大学と行かせていただきました。

伊藤——大学は狭山キャンパスですか。

小林——狭山です。できて二年目の年でした。

伊藤——帝塚山学院大学は創立五〇周年記念事業として一九六六年に開学していますので、小林さんが大学に入学されたのは——。

小林——はい、一九六七年です。

伊藤——では、庄野家について伺います。こういう場ですからはっきり言ってしまいますが、小林さんは昭和二十三年生まれですね。そうすると、昭和三十年に小学校へあがることになりますが、そのころのお父さまって、子ども心にどんな印象でしたか。

小林——私が小さいころは、一緒に電車に乗っていても人に席をゆずったりとか、社会的なモラルがあって、どこのご家庭でもそうですけど、尊敬すべきお父さんだなあと思っていたのですけれども、徐々に父の個性が見えてきました。父は私が小学校一年生ぐらいから、小出楢重先生の息子さんの泰弘さんに、戦争でできなかった夢を果たしたく、絵を習いはじめました。家族にも習わせたかったので、後ほど父は祖父の家の庭に家を建てることになるのですが、そこへはまだ移っていなくて、日曜日には庄野の母屋に行きまして、広い座敷で里子伯母、その娘たち二人、隣の家におりました至叔父、私たち兄弟と家族ぐるみでみんなで油絵とかクレパス画を習いはじめました。暖かくなると、皆一緒に、神戸港や動物園に連れていってもらいました。

伊藤——そういうスケッチ旅行は面白いものなんですか。

小林——そうですね、エピソードというか、メリケン波止場へよく行きまして、帰りに小出先生なじみの中華街の中華屋さんへ行き、太ったおばさんがいて、ヤキブタ・メシという感じの中国なまりの発音で注文を聞いて、神戸のそういうところでご飯を食べたのがなつかしいです。とにかく、みんなでピクニックで楽しかったです。

伊藤――今のお話は小学生のころのことですが、中学生になると、思春期に入って、お父さんキライというお嬢さんもいらっしゃるかと思うんですけど、そのへんはいかがでしたでしょうか。

小林――私の場合は、お父さんキライ、プラス絵大キライ、になりました。というのは、父は絵に関しては教育パパ過ぎて。家には画用紙がいっぱい積んであって、油絵用の絵の具のチュウブは、今でもそうですけど、お高いです。キャンバスも高いですけれども、父は糸目をつけずに私に習わせました。中学校受験の前の日も、大阪で有名な油絵画家の鍋井克之先生と一緒に寒い中、油絵を描きに紀州の梅林へ連れてゆかれました。それから六年生のころは、ひとりでチンチン電車で綾之町という、昔はさびしいところで、そこに堺市の労働会館があって、夜学の絵画教室が開かれていましたが、そこでの石膏デッサン。彫刻の先生が教えてくださるんですけれど、あたりはまっくらでした。又天王寺の美術館の地下にマロニエ社という画材屋さんがあって、横に教室があって、みんな石膏をイーゼルをひしめくように並べて紙に木炭で描いているんですよ。その中に混じって画学生と描きました。かといって自分はまだ子どもですから、油絵をさわっても、木炭をさわっても手が真黒になり、絵の具の処理とかできないで、いつも手にも服にも絵の具がついていました。

でも従姉妹の啓子ちゃん、育ちゃんは帝塚山に住んでおられた山田康子先生にピアノを習いはじめ、熱心に練習しておりました。そして高校卒業後は神戸女学院大学音楽学部に進みました。従姉妹たちがとても熱心に勉強する音楽には、ピアノだったら音符の計算とか暗譜とか、何か知的なものを感じるんだけれども、父が情熱をぶつける絵は子供心にそらおそろしくて、何だか自分は絵というものに魅力を感じることができませんでした。父がいくら汚してもいいからと言っても、せっかく建てた家の二階の床も油ですぐにギトギトになり、家は汚いし、学校の成績は落ちるし、コンプレックスに陥ってしまって、もう絵大キライで、しばらく絵から離れてしまいました。
伊藤――しばらく離れていらっしゃって、戻ってきて、大学に展示してある庄野先生の絵の修復をやってくださったのですね。
小林――そうですね。絵がキライになったとは言っても、父に連れられて、また自分で、一般的な青春時代の教養として、展覧会とかに行ってるうちに、美術は素晴らしいと段々気がついてきました。父とは相いれなかったんですけれども、小さいときに教えてくださった小出泰弘先生がとてもおおらかな、やさしい方で、人当たりがいいし、上手に引っ張っていってくださったので、やっぱり主婦になってからかな、再び小出先生のところへ行って、ときどき教えていただきました。
伊藤――叱られたこともあるのですか。
小林――父にですか？　ありますね。ここにいらっしゃる方で、父に叱られた人、手を挙げてといえば、何人ぐらいいらっしゃいますでしょうか。正直に手を挙げていただいたら――、ああ、そちらにも、こちらにも。特に水泳部の指導やドラマの練習のとき、父は熱血漢になっておりましたから、叱られる方もいっぱいあったと思います。ここにおられる土岐さんみたいに自分とは違う音楽畑で優秀な方にはたぶん叱ることもなかったと思います。
伊藤――晴子さんが叱られたというのは意外でした。庄野先生が書かれた年譜を見ていると、晴子さんだけ誕生日のところに月日が書いてあるんですよ。弟さん二人になるとだんだんそれが簡略化されています。晴子さんの場合は年譜に結婚されたことも記されていましたが、弟さんたちも結婚されているんでしょうか。
小林――上の弟は独身です。上の弟は小学校の頃から子供二科展とか学校からの出品に必ず賞を取っていました。絵の才能があったと思います。父が昭和四十七年に垂水書房から『小鳥の森』という童話集を出すんですけれども、そのときの挿絵と表紙絵を弟が画くことになりました。中一のときです。それが素晴らしかったので、エッセイストの吉田健一さんが、戦後間もなくのころの吉田茂首相の息子さんですね、その絵を気に入られて、「ぜひ僕の本の挿絵も描いてください」とおっしゃったんですけれども、恥ずかしがり屋の弟はおことわりするというようなこともありました。

弟は子どもの頃は万代池でセミをとったり、魚をすくったり、少年らしく外で遊んでいました。帝塚山学院はその頃男子は中学校まででしたので、高校は天王寺の星光学院に行って――、大学は、帯広畜産大学に行くんですけれども、それはやっぱり何とはなしの父の影響を受けて選択したんだと思います。

それから、弟は小学六年の頃、神宮輝夫さんの訳されたアーサー・ランサムの『ツバメ号の伝書バト』を読むんですけれども、それにもすごく影響されまして、伝書鳩に夢中になってゆきました。それも当時流行っておりましてね、帝塚山の上町線に面したカタオカのパン屋さんの子どもさんとか、今も郵便局の向かいに木が鬱蒼とはえて残っているお屋敷があるんですけれども、そこの元木君、うちの斜め向かいに住んでいた黒田君、粉浜の吉岡君とか、学校は関係なく、仲良しの六人くらいのグループがありまして、鳩に夢中でした。弟はある日、「パパ、ここの本、全部のけていいか」と言って、二階の書棚に全部鳩を入れたいと言いまして、それは叶いませんでしたけれども、小出先生が設計してくださった、すっきりとしたデッキが、いっとき金網を張った庄野鳩舎となって、三〇羽くらいの鳩に占領されていましたね。私の家は帝塚山という住宅街にあったんですけれども、私は子どものころから鳩の糞とそれから父の教え子さんがもってきてくださって飼うことになった白色レグホンの糞とに悩まされて、ハエだらけの家で、何でこういうことになるんだろうと少しいやでした。

伊藤――学校でも動物を飼い、おうちでも動物を飼い、というような感じだったんですね。

小林――はい、そうですね。でもうちがめずらしいのかというと、そうでもないようなんですね。戦後は、いろんな方の生活を見てますと、田舎の方ですと、山羊を飼ったりとか、それが直接ミルクを飲むことになったり、栄養補給につながったり、牛を飼ったりということがあって、それは戦後の続きであったような気もします。もうひとつ、ちょっと話が飛びますけれども、動物と言えば、父の弟の庄野潤三の奥さんも、潤三一家が東京へ行くまでは、同じ一角に一緒に住んでおりました。叔母はフウワリとした、かわいらしい雰囲気のお医者さんのお嬢さんでして、結婚してもいつもリボンをつけておられたそうです。リボンとレースの大好きな叔母だったんです。その千壽子叔母は庄野家へ嫁いでからなんですけれども、どこからか山羊を買ってきて、当時まだ私の家は建ってなくて、庄野家の庭は畑になっていましたので、そこで山羊を飼いはじめたんです。それはよかったんですけれども、やっぱり近所が住宅街で、山羊の鳴き声がうるさいとか、糞がにおうとか、近所の人たちから顰蹙を買いまして、結局は大阪府立大学かどこかへ持っていったようです。それは不思議ちゃんの千壽子おばちゃんらしいエピソードだと思います。それから父が早い時期に中一の生徒さんの担任になり、次の中一の担任を受け持つ間なのかしら、ヨーロッパ、中東、インドへ約四ヶ月かけて旅行するんですけれども、スイスとか各地で農村へ行ったりして、山羊を飼ったり牛を飼ったり犬を飼ったり鵞鳥を飼ったりの、自然の生活をうんと見てきていますので、『こどものデッキ』（ミネルヴァ書房、昭和三十年＝一九五五年）を書きましたときも、千壽子おばちゃんの影響もあるかも分かりませんし、動物たちに関しては、ヨーロッパで見た風物もすんなりと受け入れて、自然に話に取り入れていったのではないかと思います。

伊藤――『こどものデッキ』に限らず、ほかの童話集でも動物の出てくる話が非常に多いというふうに感じていまして、学校にもいつも動物がいるという環境とつながっているのでしょうか。

小林――そうですね、子どもにとって土に親しむことと同様、動物が大事だという認識は父はもっていたのではないかと思います。でも、父は特に動物が好きで世話をするというタイプではなくて、戦争中にインドネシアで特派員として朝日新聞から来られた佐藤春夫さんを案内することになって、佐藤春夫との知己ができるんですけれども、佐藤春夫さんがおうむを飼われていたんですね。佐藤春夫さんも東京の関口台町の家でおうむを飼われていたのは、インドネシア滞在の影響か、それはよく分からないんですけれども、佐藤先生に憧れていた父は佐藤先生の真似をするのが大好きでしたので、鳩もまだいましたが、鶏がいなくなったころに、おうむを飼いだしました。母は犬が大好きで、ただ、ちゃんと躾をするというタイプでなくて、ざっくばらんな飼い方の愛犬家ですが、おうむの場合は毎日水浴びをさせないといけないんです。だから、籠から出して、ホースで水をかぶせるのにも相当な力がいるんですね、おうむは重いし。籠をきれいにお掃除したりとか、ヒマワリの種とかオノミとかあげたり、それは母が毎朝していました。

伊藤――とっても肝っ玉母さんだったんですね。

小林――そうですね、帝塚山学院育ちの大阪人なんですけれども、千壽子叔母ちゃんがお医者さんの娘で山の手的。父の長兄の妻の里子伯母はクリスチャンで、お家が陶器の仁清なんかの鑑定をする、そういうお茶の学者の家。でも、うちの母の悦子の実家は船場で着物の畳紙などを扱う問屋さんだったんですね。だから、私もときどき思うんですけど、帝塚山の学長夫人というよりは、学生さんにご飯を食べていただいたり、お菓子を作って出したり、大学の入学試験で忙しい先生方への差し入れにケーキをもっていったり、山本あや理事長夫人の教会のバザーで売られるケーキを頼まれて作ったり、母は働き者で肝っ玉母さんの御寮人さんの雰囲気を祖母や大伯母から引き継いでいたかも分かりません。

伊藤――今学長をなさっていたという話が出ましたが、庄野先生が学長をなさっているときに、晴子さんは卒業していたんですか。

小林――はい、私は父の前の学長の西本三十二先生のときに在籍していました。

伊藤――お父さまは帝塚山の中学校・高等学校・大学で教員をなさっていましたが、そういう学校に通うというのは、どんな感じなんでしょう。

小林――ご想像の通り、気恥ずかしいことも多かったです。

父も矛盾するところがありまして、一般的に女の子は早く下校させて親を安心させたい、安心な学校環境を作りたいわけですね。ですけれども、私が中一か中二のときに、クラス代表で代議会というものがあって、子ども同士が委員長とか副委員長とかクラス代表とかの役割で、ああだこうだと生徒主体でいろんなことを話し合い、つまりみんなで会議をして、いろんなことを決めるんです。独立精神にあふれた帝塚山のよいところではあるんですけれども、そうすると夕方の五時くらいになってきて、だんだん暗くなっちゃうわけです。本当は中学校の校長先生か誰かがやってきて、もうやめなさいというようなことになるはずなんですけれども、それもなくて、子どもの自主性に任せているんです。そのようにして延々と会議をやっていると、開け放った窓の下から、私の弟が自転車に乗ってきて、このへんに会議室があるということが分かるでしょう、「ハルー、パパが怒ってんでえ。早よ帰らなあかんで」って、何回も叫ぶんです。父がそうっと中学校に電話かけて、中学校の先生に「早くやめさせるように。こういうことを続けていると保護者も心配するから」と言えばいいんですけれども、そのときは高等学校の教員をしていた父は、中学校の領域を侵してはいけない、中学校の先生の指導を尊重しなければいけないから口出しできないと思っているんですね。でも一介の親としては、娘のことを、それから同じ年ごろの娘さんを早く帰らせないということで、それで弟が自転車のうえから、「ハルー、ハルー」と呼ぶことになるんです。そういうことが多くて、とても恥ずかしかったです。

伊藤――庄野先生は教員としても非常に気を遣っておられたんですね。

小林――そうです。だから台風のあとなんかでも、近くに住んでいましたので、学校に一番に飛んでゆきまして、木が折れてないかとか、どこかの窓ガラスが割れてないかとか、見てまわっていました。また、生徒さんのご家庭で火事にあわれた方があるときには、お見舞いに行く父について二人で行ったことがありますし、病気や手術で入院されている生徒さんのお見舞いにも行っておりました。

伊藤――ここまでは教員としての庄野先生についてお聞きしたんですけれども、ここからは作家としての庄野先生についてお尋ねします。最初の童話集『こどものデッキ』が出版されたとき、晴子さんは小学校にあがられたころでしょうか。

小林――はい、そうですね。

伊藤――では『星の牧場』（理論社、昭和三十八年＝一九六三年）が出版されたのは中学生のころでしたか。

小林――はい。

伊藤――出版されたそのとき、作品をお読みになりましたか。

小林――『こどものデッキ』はさっき朗読していただきましたけれども、小学校一年生のころに読むのは、とっても難しかったです。その中で唯一分かったのが、インドネシアの民話をもとにしたかのような創作童話の「イブーイブー」です。漁師の息子がお母さんを放って、外の世界に出て、インド人のもとで働いて、交易をして、大金持ちになって帰ってきて、奥さんと美しい帆船で自分の生まれた漁村にも立ち寄るんですけれども、そこで自分を待っていた母があまりにもみすぼらしく、「あれは私の母ではない」と一言いって、ほんとうの母を悲しませてしまうんですね。結局、嵐が起こって、神さまのバチが当たったのか、お金持ちだった青年は、鷹でしたか、鷲でしたか、そういう鳥になってさまようことになって、夜になると「イブーイブー」と鳴く。それはその地方の言葉で「お母さん」という意味なんですけれども、その話は小学一年生でもドラマティックでしたので、よく心に響いて、今でも憶えています。

伊藤――『星の牧場』はどうですか。

小林――『星の牧場』は私に感受性がなかったのか、私の同学年のお友だちはすごく感銘を受けて、何人かの人はすごく良いと言ってくださったんですけれども、私は現実的なストーリーがあるほうがついていきやすくて、『うみがめ丸漂流記』とか、それは現実的な漁師のディーテイルを組み込んできっちり書いた話なので、よく分かったんです。ファンタジーのようなものは――、アンデルセンとかストーリー性のあるワクワクするような、また、プリンス、プリンセスの出てくるような話だと夢中になれたんですけど、モミイチをどうとらえたら良いのか、戦争のことも難しいし、そのファンタジーは深いところがもうひとつよく分からなかったです。

伊藤――その後、読み返すようになって、理解されたのだと思いますけれども。

小林――それも情けない話なんですけれども、あとになって劇団民芸でご縁のできました若杉光男さんが私財三千万円、自分の家を担保に入れて、お金を借りて、映画を作ってくださったんです。寺尾聡さんとか、フランキー堺さんとか、楠トシエさんとか、常田富士夫さんとか、石田純一さんとか、壇ふみさんとか、錚々たるメンバーが出演してくださったのが出来あがり、その映画を見ると、もう素晴らしくて。主人公モミイチがツキスミの馬の蹄の音が幻覚のように戦争が終ったあとも、聞こえてくるので、おかしいんじゃないかと言われて、つきそわれてお医者さんの診察を受けに行く。そのかえり、道端に金魚屋があって、牧場主が金魚を買ってくれる。夕暮ですので、その金魚の入った缶にお月さまが映っているんですね。ああ、何という美しい風景、と思って、「若杉監督、感激しました。何てきれいなイメージをお作りになるんでしょう」と言いましたら、「晴子さん、何を言うんですか。ちゃんと書いてあるじゃないですか。私は先生の作品に忠実に映画にしたまでですよ」と言われました。私は父を見くびっていて、そのあとは何度も読み直しました。というのは、さっきの「朝風のはなし」でもそうですけれども、字面を追っているだけだと、心に入ってきませんですけれども、映画とか朗読とか音楽とか、そういうものを交えますと、心に響いて、印象が強くなって、童話も何倍もの成果をあげると思います。今日、父の作品を父の童話を読んでくださっている方は一部だし、また覚えてくださっている方も少ないと思いますけれども、こういうふうに、「朝風のはなし」と「汽車にのった仔牛」の話でも、聞いてみれば世界が拡がって印象が強くなるので、やっぱりこういう機会はありがたいですね。そういう意味で父もラジオの、あるいはテレビのはじまった黎明期に一生懸命脚本を書いて放送にも携わったんだと思います。いまは画面だけですけれども、ラジオを聞いていた人たちはもっと耳を澄まして物語に集中していただろうし、またみなさんのお子さんやお孫さんに朗読を聞くチャンスを勧めてあげてほしいと思います。

伊藤――『星の牧場』をめぐってお話をいただきましたが、作家としてのお父さまはどんなふうに執筆されていたのでしょうか。

小林――学校へ行っているときは、一〇〇パーセント学校で力を出し切って、家に帰りますと、毎晩ほとんどビール・ウィスキー・日本酒の三種混合で、クッタクタに酔っ払って、食卓で椅子から落ちそうなくらい酔っ払ってフニャフニャと言って、そのまま寝室にあがるんですね。それから夜中に起きまして、絵を描いたり、執筆をしておりました。私も夜中にときどきですけど勉強して、寝られないときには、降りてきますと、父がナイトキャップでワインとかウィスキーとか飲んでて、そこで父に私の友人の話をしたり、読んだ本の話とか、映画の話とかを、三〇分ほど、ちょっと私も父にすすめられてアルコールをいただきながら、するのが二十歳過ぎてからの楽しみでもありました。

伊藤――お父さまの作品を読むというのは、娘として、お父さまの知らない面を知るということもあって、恥ずかしいとか照れくさいとかいうことはないのでしょうか。

小林――父の作品と言っても、子どもの頃に読んだのは「童話」ですから、素直に受けとめていました。でも父が晩年に書いた作品には、教職という立場を離れて初めて、自由に女性を讃美した詩や小説を書いたので、それにはやはり当惑気味で照れました。

絵に関しては、私が小学校高学年の頃に、裸婦のモデルさんを家に来ていただいて、グループで描いていましたので、女性は美しく、それをクロッキーしたりすることは良い勉強になると、子どもながらに自然に受けとめていました。

伊藤――ありがとうございました。では、会場から質問がありましたら。

質問――庄野先生が毎晩すっかり酔っ払って、それで夜中に起きて執筆するというのは、ちょっと信じられないことですが。

小林――そうです。夜中から明け方まで。午前二時ころから五時ころまで仕事して、少し寝て、大学へ行っていました。でも、とにかく絵を描きたいので、入試のときとか、原稿の締め切りの迫ったときとかは、やっぱりイライラするんですね、私が結婚しまして、また絵を習いはじめて、小出先生のアトリエへ行ったりして、それで実家に遊びに行って、子どもが幼稚園に行っている間に、父は忙しいので、勝手に父のキャンバスで父の絵の具で父の筆で絵を画いていて、母が作ってくれたごちそうを食べて、何とも贅沢な時間を過ごしていました。すると父は自分は絵を描きたいんですね、本当は絵を画きたいものだから、「晴子、おい、何をしている。それわしのキャンバスやないか」、また降りてきて、「その絵の具、高いねんぞ」、そして三回目は、「ちゃんと筆、洗っとけよ。お前の使こたあとはカンカチになっとる。ちゃんと洗いなさい」とイヤミばっかり言って、それで五回目か六回目に降りてきて、「ええなあ」とやっと褒めてくれたりしました。

こんなふうに父は絵が大好きでしたので、昨年、帝塚山学院大学開学五〇周年記念のイヴェントとして河崎良二先生たちのご尽力で庄野英二絵画展を開催していただき、またその図録も刊行していただいたことをとても喜んでいるのではないかと思います。

伊藤――お酒を飲んで、朝まで執筆して、それから出かけていって教員の仕事をするというのは、私からしたらちょっと信じがたい。すごい体力をおもちだったのかなあと思います。

小林――エネルギーの塊で、すごい大食漢でしたから――。これは潤三叔父ちゃんが言ったんですけれども、「英ちゃんはギョウザとかスブタとか中華料理が大好きなので、悦子さんに『わしのことは日本人と思わんといてくれ。台湾人と思ってくれ』と言ってたそうですね。」私、それを潤三叔父ちゃんから聞いてびっくりしたんですけれども。それくらいよくお肉とか食べてたので、エネルギーが湧いていたのだと思います。

質問――今日のお話では、動物のことがいろいろ出てきましたが、庄野英二先生は植物がお好きでした。大学にお勤めのときも、学監という副学長のようなお立場だったときに、一年中何かの花が咲いているようにキャンパスの緑化を進められ、また教員と学生が一緒になった「植物同好会」という組織をお作りになったりしていました。そういう庄野先生の植物についてのお話も伺いたいのですが、たとえばご自分の庭にどんな植物を植えておられたとか。

小林――はい、動物より植物の方が好きだったのは確かなんです。童話に動物が多く出てくるのは、子どもが入りやすいように、子どもの世界に合わせて動物に焦点を当てて童話を書いたからだと思います。植物はほんとうに好きでした。家にはライラックとかオリーヴとか、葡萄も植えていましたし、ノウゼンカズラも植えていました。ノウゼンカズラといえば、佐藤春夫先生が慶応義塾大学のヴィッカース・ホールのことを交えて、「ヴィッカース・ホールの玄関に咲きまつわりし凌霄花」、リョウショウカというのはノウゼンカズラで、そういう詩を詠まれて、東京の関口台町のご自分のおうちでも育てておられたんですね。それでうちもノウゼンカズラに挑戦しまして、七回失敗したんですけれども、八回目にやっと成功しまして、ノウゼンカズラが大きく花を咲かせました。それははびこりすぎて、樋を壊して、塀に喰い込んで家がかたぶきそうになったので、八年前に弟が母の介護のために帰ってきて、車を置くスペースを作らないといけないので、ライラックとか月桂樹とかブルームーンとかと涙を呑んで木を伐りました。

質問――先生の作品を読んでいると音楽がよく出てくるのですが、音楽は毎日聴いておられたんですか。

小林――父はモーツアルトが大好きでしたね。戦争中インドネシアでオランダ人の捕虜を預かる仕事をしてたんですね、陸軍中尉として。捕虜から一人の病人も出さずにみんなを護ったというのが父の誇り、兵士としての誇りなんですけれども、そのときにピアニストのリリー・クラウスがそのキャンプ内にいまして、リリー・クラウスが毎日ピアノを弾くのを贅沢にも聴かせていただいていました。リリー・クラウスはのちのパリのコンセルヴァトワールのピアノの教師でもありますし、日本にも来られて演奏会がありましたし、ヨーロッパやアメリカ、世界中で弾かれたピアニストです。そのリリー・クラウスが練習されるのを毎日聴くことができたのですから、父は仕合せだったと思います。

伊藤――では最後に、晴子さんにとって今庄野先生はどんな方ですか。

小林――難しいですね。ときには、従姉妹も「同じだ」と言うんですけれども、困ったことがあると、「ああ、空のお父さん、助けてください」とお願いしたり、面白い映画や素敵な映画を見たり、素敵なお話を読むと、ああ、これを読んでほしかったとか、この映画を一緒に見たかったとか、これを知らせたかったとか思います。父は面白いものが大好きだったので、ジミー大西とか北野武とか、その若いときに「面白い」と父が見込んでいた人が、やがて画家とか映画監督になったりしたので、それも父に見せたかったです。

伊藤――今日は貴重な話をありがとうございました。

帝塚山派文学学会――紀要第二号――より

父阪田寛夫を語る

内藤啓子

父阪田寛夫はとてもシャイで、こういう人前でしゃべるのがほんとに苦手な男でございました。そのDNAを私もしっかり受け継いでおりますので、支離滅裂な話になるかと思いますが、ご容赦くださいませ。

父がどれくらいひどい話し手だったかを申しあげますと、『土の器』で芥川賞をいただいたときに、受賞のスピーチをしますね、それを聞いた庄野潤三さんが「こういう賞をもらうと、これから講演の依頼などがいっぱい来るだろうけど、躊躇せずに断りなさい」と言いました。それくらいひどいのですね。それで、どうしても断り切れないで、対談とか講演とかしてきますと、家へ帰ってきて、「ああ、おれはダメだ」というなりだったんですね。とある断り切れずに出演した座談会の三〇分のラジオ番組で、司会者の方が一所懸命父に話を振ってくださったにもかかわらず、父がしゃべったのは三〇分のうち、総計一七秒間でした。

そういう父がよく使っていた手なんですけれども、話の間に歌を何曲もはさみ、少しでも話す時間を短くするということをしていました。私もそれを真似して、合間合間に父の作りました歌を聞いていただいて、話を進めたいと思います。

先ほどご紹介いただいた『枕詞はサッちゃん』には、各章に父の書いた詩の題名がついております。この本を書いたきっかけは、いくつかあります。七年前に妹のことを書いた『赤毛のなっちゅん』（河出書房新社）という本を出させていただきました。妹は、宝塚出身の女優で大浦みずきという芸名でしたが、その妹を忘れないでほしいという気持から書きました。同じような気持から、父のことも書けたら書いてみたいなあと思ってたんですね。それが一つ。

それから、平成二十三年に『阪田寛夫全詩集』が理論社から出ました。編集者の伊藤英治さんが一六年かけて編んでくださった詩集です。父の生前からあった企画なんですが、父が亡くなってしまって、東京都中野区鷺宮にある実家の鍵を伊藤さんにお渡しして、思う存分調べてくださいとお願いしました。その結果、たくさんの詩が発掘されまして、実に一〇八七編の詩が載った詩集が出来あがり、思わず広辞苑と並べて記念撮影したほど分厚い詩集になりました。我が父ながら、面白い詩をたくさん書いたものと感じ入ったことも一つ。

『全詩集』が出来上がったあとのことですが、実家は公団住宅の中の小さな一軒で、全室、父の本やら資料やらで溢れかえっておりました。これを一体どうしたものかと悩んでいたところへ、庄野潤三さんの長女の今村夏子さんからお電話がありまして、帝塚山学院の創立一〇〇周年で帝塚山学院小学校の卒業生である二人の芥川賞作家、庄野潤三さんと父の作品や資料を恒常的に展示してくださる計画があるとのことでした。渡りに舟で、資料をそのまま帝塚山学院の方に置いていただくことはできませんかとお願いしたら、よろしいということになりまして、ここにいらっしゃる八木先生にも大層ご迷惑をおかけしたんですけれど、実に段ボール二〇〇箱近くの資料をお送りしました。荷物を送る作業をしているときに、父の残したメモや日記とかを片付けながら、思わず読んでしまうんですね、するとなかなか面白くて、片付けの手が止まったりしておりました。それも一つ。『枕詞はサッちゃん』という題名はそのまんまなんですが、初対面の方に父のことを説明しようとして、物書きですと言うと、大抵、「ペンネームは何とおっしゃるんですか」と聞かれるんですね。「ああ、ご存じないなあ」と思って、「サカタヒロオそのままです」と答えて、芥川賞のことを言えば分かってもらえるかなと思って、「『土の器』という芥川賞をいただいた作品があるんです」と言うと、「ああ、ドラマや映画になった？」と言われるんです。松本清張さんの『砂の器』と間違えられるんですね。最後、奥の手で、「『サッちゃん』という子どもの歌をご存知ですか」と言うと、「ああ」とうなずかれて、それで「あの詩を書いたのは父です」となるわけです。父の枕詞はサッちゃん、ということでつけた題名です。

父が亡くなりましたときに、訃報を知らせる新聞やテレビニュースとか全部「童謡サッちゃんで知られる阪田寛夫」とついておりました。では、その枕詞の「サッちゃん」を聞いていただきます。よろしかったら、一緒に歌ってください。

サッちゃんはね
サチコって　いうんだ
ほんとはね
だけど　ちっちゃいから
じぶんのこと
サッちゃんて　よぶんだよ
おかしいな　サッちゃん

サッちゃんはね
バナナが　だいすき
ほんとだよ
だけど　ちっちゃいから
バナナをはんぶんしか
たべられないの
かわいそうね　サッちゃん

サッちゃんがね
とおくへ　いっちゃうって
ほんとかな
だけど　ちっちゃいから
ぼくのこと
わすれてしまうだろ
さびしいな　サッちゃん

「サッちゃん」のことは、この前大阪朝日放送が、父の残した仕事について作ってくださったラジオ番組でも取りあげられていました。「サッちゃん」はひとつひとつの話しことばが自然にそのまま音になったようで、詩と曲とがほんとうにぴったりと合っています。作曲は父の従兄の大中恩です。初めて聞いたとき、父は「昔から知ってるような気持がした」そうです。歌がポピュラーになりますと、「替え歌にしてCMに使いたい」とか、「英語訳したい」とか、いろんなお話をいただいたんですが、『サッちゃん』だけは一字一句変えることはできません」と父はずっと断り続けておりました。もちろんお子さんたちが自分の名前に変えて、「なっちゃんはね」とか「よっちゃんはね」とか歌うのは自由ですし、そういうのは父もニコニコ聞いておりました。おもしろいのは、一番の最後「おかしいな　サッちゃん」を替え歌にすると、大体「かわいいね」とか「かわいいな」になっちゃうんですね。それは歌っている本人にしろ、お父さん・お母さん・おじいさん・おばあさんにしろ、何とかちゃんがかわいいという気持がそうさせるんだなあと父も微笑ましく思っていたようです。

父は「サッちゃん」のモデルのことをよく質問されていました。モデルの方にご迷惑がかかってはいけないというので、「動物園のチンパンジーの名前です」と言ってごまかしてきたんですけれども、『週刊文春』の阿川佐和子さんとの対談に父が出たとき、実は幼稚園で父の一級上に「さちこ」さんがいらして、名前の響きが好きなのと、風のように走る女の子だったので使わせてもらった、ということを発表しました。阿川佐和子さんは自分がモデルだと思っていたらしいので、がっかりしたそうです。

二番の「バナナがはんぶんしかたべられないの」は自分のことです。小さいとき、おなかをよく壊す子だったので、バナナを半分しか食べさせてもらえなかったということも話しておりました。

では、「サッちゃん」の次にヒットしました、同じく大中恩作曲の「おなかのへるうた」をお聞きください。

どうしておなかがへるのかな
けんかをするとへるのかな
なかよししててもへるもんな

かあちゃん　かあちゃん
おなかとせなかがくっつくぞ
どうしておなかがへるのかな
おやつをたべないとへるのかな
いくらたべてもへるもんな
かあちゃん　かあちゃん
おなかとせなかがくっつくぞ

この「おなかのへるうた」が初めてＮＨＫで歌われるという話を聞いたときのことですが、私はいまはしゃべるのが苦手ですけれど、子どものころは団地――といっても、二〇軒ほどでしたが――団地の宣伝カーと言われるほどおしゃべりでした。「父ちゃんの歌、ＮＨＫでやるんだって」とみんなに言いまくったんですね。そしたら、ＮＨＫが「かあちゃん　かあちゃん　おなかとせなかがくっつくぞ」の「かあちゃん」がいけない、問題だ、「かあさん」とか「ママ」に変えろ、と言ってきたんです。

みんな怒っちゃって、「それはおかしい。絶対『かあちゃん』でないとおかしいって子どもでも分るのに、ＮＨＫって変だね」と文句を言っておりました。同じ団地に阿川弘之さん一家もお住まいで、佐和子ちゃんもいたものですから、佐和子ちゃんも一緒になって怒ってくれました。しばらくして、ようやく「かあちゃん」が通りまして、ＮＨＫで放送されることになりました。みなで「バンザーイ」と喜び合った思い出がございます。

昭和三十八年に、父はそれまで勤めていた朝日放送を退社しまして、物書きになる決意をします。先ほど中尾務さんのお話にもありましたように、暗い、つまらない、売れない小説ばかり書いていたんですけれども、会社を辞める決意をしたのは、「サッちゃん」や「おなかのへるうた」で音楽著作権使用料というのが入る、それがひとつの大きな要因だったと思うんです。そのころ、「うたのえほん」のちの「おかあさんといっしょ」とか「みんなのうた」、ラジオの「うたのおばさん」など、子ども向けのいい歌番組がたくさんあったんですね。そういう放送が始まりますと、家族一同ラジオやテレビの前に坐りまして、父のつくった歌が流れますと、「ああ、これで今日はお肉が食べられる」と喜び合いました。そうでないと、ガッカリしたものです。「今度は少ないねえ、おんちょ」とか知ったかぶりを言っていました。「おんちょ」とは音楽著作権使用料の略です。

会社を辞めるにあたり、両親は毎日のように激しいバトルを繰り返しておりました。今考えれば、妻子抱えてほんとうによく辞めたなと思います。それで遂に両親は別れる・別れないというところへ来たときに、ある日、父が「今日からおれを『オジサン』と呼べ」と言い出したんです。私が小学校の五年で、妹が一年のときですね。その理由がふるってまして、「自分は離婚して、別の女の人と結婚する。そこにまた新しい子どもができる。その新しい家族に対してお前らがおれのことを『とうちゃん』と言ったら、新しい家族に悪い」って言うんですよね。そんな勝手な理屈ってありますか。そのころ素直だった私どもは、そういうものかなと思って、「オジサン」と呼ぶことにしました。ついでに、「オジサン」と「かあちゃん」では変なので、母のことも「オバサン」にして、「オジサン」「オバサン」と呼びました。これはこれで面白かったんですけれども、のちのちちょっと困ったことになりました。

母は三回くらい死にかけましたし、父も危篤になったときに、「耳は最後まで聞こえるから、呼びかけてあげなさい」とお医者さんや看護師さんに言われます。呼びかけようと思って、「オ」まで言って止まるんです。ここでオジサン、オバサンはまずいだろう、家族ではないのかと不審に思われる、仕方ないのでお茶を濁して、名前で「ヒロオさん」とか「トヨさん」とか呼んで誤魔化したんですね。「トヨ」は分ったらしくて、蘇ったのですが、「ヒロオ」は分らなくて、そのまま逝ってしまいました。

話はさかのぼりまして、父は大正十四年十月、大阪に生まれました。両親は大変熱心なキリスト教徒で、母親は教会のオルガンを弾いておりましたし、父親は聖歌隊を指揮して、家は聖歌隊の練習場になっていました。讃美歌を中心とする西洋音楽に満ちた家で育ちました。九歳上の兄の一夫、二歳上の姉の温子《はるこ》がいました。寛夫という名前は熊本バンドの重鎮である大阪教会の宮川経輝牧師につけていただきました。余談ですが、宮川牧師は、NHKの朝ドラの「朝が来た」のヒロインのモデルの広岡浅子さんが六三歳でクリスチャンになったときに洗礼を授けた牧師さんです。父が生れたときに、ちょうど祖父が商用でアメリカに行っておりまして、帰りの汽船で命名の電報を受け取りました。その電文が間違っていて、「ユロヲノユロハ、クワンヨウノクワン」(ユロオのユロは寛容の寛)と書いてありました。「ヒロオ」が「ユロオ」になっちゃったんですね。

で、兄の一夫は弟を冷やかすときに、よく「ユロオ」と呼んでいたらしいんですけど、弱虫のヒロオは名付けてくれた宮川牧師には悪いけれども、ユロオの方が自分に似合っているなあと自分で諦めていたそうです。真面目で元気な兄からヒロオはよく「がしんたれ」と怒られていたらしいのですが、河内弁で意気地なしのことですよね。九歳差は子どもには大きいですから、ヒロオにとって遊び相手、喧嘩相手はもっぱら二歳違いの姉の温子でした。

小学校四年生の夏に姉温子から「桃次郎」の話を教わるんですね。「桃太郎」の弟の「桃次郎」です。日曜学校の夏休みのキャンプで温子が聞いてきたんだそうです。桃太郎の弟の桃次郎は何故か頭に角が生えている。それを悲しんで桃次郎は軽石で角をこするんですね、角をなくして人間の子どもに戻りたいと泣きながら。気はやさしくて力持ちの、鬼が島へ鬼退治に行って、帰りにはお宝をいっぱい持って帰ってくる孝行息子の桃太郎。その弟の桃次郎は立派な兄に比べて、弱虫で泣き虫。自分によく似た「がしんたれ」の桃次郎のことが、いやだけれども、ヒロオ少年はとっても気になったそうです。話をした当の姉の温子はすぐに興味をなくしてしまったんですが、ヒロオ少年の心にそれはしっかりと住み着きました。角を削って、その後桃次郎がどうなったのかをヒロオは知りたかったのに、忘れてしまった温子とまた大喧嘩をしてしまったそうです。

この桃次郎の話を聞いてからしばらくして、時局は悪い方へ進みました。二・二六事件が起こって、翌年には中国との戦争が始まります。父の文章を引用します。

同じ頃中学に入った私は一層臆病な人間になり、学校では隠れキリシタンを決めこみました。そして自分の家の宗教がキリスト教でさえなかったら、どんなに気楽だろうかと夢想しました。鬼が島生まれの桃次郎が自分のツノを削り取ろうと試みたのと、それは全く同じ心情ではなかったでしょうか。

これは『受けたもの　伝えたいもの』という短編集の中の言葉です。この暗い時代と戦争の話を父はあまりしませんでした。家は特高に見張られて、敵国の宗教を信じている。そういう意味ではいじめられたに違いないと思うんですが、「アーメン」とか「非国民」とからかわれるたびに、たいした「感激もなしに着せられたキリスト教という肉のシャツ」を脱ぎたいと思ったそうです。

戦争が終わって、キリスト教徒が大手を振って歩ける時代が来ましたら、かえって父の信仰は白けてしまうんですね。それまではこっそり教会に通っていたのに、まったく行かなくなります。

物書きになりたいというような不毛な夢を追いかけていた弟と違って、兄の一夫は戦争から戻ってくると、父親の会社阪田商会、現在のサカタインクスに入ります。昔から英語が好きで得意で、他の商社が目をつけるより先にアメリカに渡って、録音機や写真のフィルムの輸入権を取ってきたりしました。小さなインキ屋が大きな会社に成長したのは、一夫のおかげですね。祖父は長男を大いに頼りにしていました。兄一夫のような商才も経営手腕もなく、実家の手助けもできない、そんな生涯持ち続けた兄への劣等感が投影されておりまして、父の様々な作品に桃次郎が顔を出してまいります。その名も『桃次郎』という本があるんですけれども、その「あとがき」を読んでみます。

私の両親は熱心なキリスト教徒で、明るい表側ばかりみたいな生活をしていた。兄も姉もその明るさの中に生きているのに較べて、私は「どうしてこんなにスケベエなのだろう」と悩んでいた。自分の卑しさやずるさが目について、それをまた隠したりわざと露したり、色々やっている自分が、我ながらいやだった。

それから四十年間に、私が綴り方だの、詩・小説まがいのもので書いて来た自画像は、おおむねこの桃次郎であったと思われる。小説に限っていうと、どの作品もひどくてこずって、息苦しいものになった。その上悪いことに、どの作品も同じ「おれは駄目」という歌になるのである。小説の数を年数で割ると、およそ年に一回ずつ、同じところをぐるぐる回った跡を、三、四十枚の原稿に書き残してきたような気がする。

と書いております。

桃次郎というのは、二つ本がありまして、一つは詩劇などの台本集で、今も劇団四季でやっている「桃次郎の冒険」の原案になっているものが載っています。もう一つは『桃次郎』という短編小説集で、その表題の一編がございます。それは、桃次郎の話を書こうと思った私、作家が、岡山まで取材に行くという話なんですけれども、その短編の中に「鬼の盆踊り」というのが出てきます。これは父が小学校一年生のときに、帝塚山学院の林間学舎であった仁川コロニーで習った桃太郎踊りで、それが最初の部分に使われています。「モモジロウ」という歌はあるんですけれども、残念ながら音源がなくて、代りに「鬼の子守歌」を聞いていただきます。中田喜直さん作曲です。

鬼が島の鬼の子は
やっぱり夜ふけに泣くのです

こわいよ　かあちゃん
桃太郎がきたよ
はちまきしめて
のぼりもたてて
ガッパ　ガッパ
海からきたよ

ねんねよ　ぼうや
桃太郎もねんねだよ
西の空まっくろけ
東の空まっくろけ

ガッパ　ガッパ
こんやはさむい

童謡の「桃太郎」は戦意高揚の目的にも使われていたみたいですけど、父が、というか桃次郎が発見するのは、鬼も同様に弱くて悲しい生き物であるということでした。

次は「塩・ロウソク・シャボン」です。父はとても宝塚が好きで、小学校五年生のときに学校の先生に連れられ宝塚を見に行き、いっぺんにハマッてしまった。それから亡くなるまでずっと宝塚を愛し続けておりました。宝塚が大好きな父なんですけれども、戦後アメリカから入ってきたミュージカルにも魅せられました。和製ミュージカルという言葉が流行りましたが、父は自分もミュージカルを作ってみたいと思っていたようです。それで念願のミュージカルを書きまして、一九七〇年に「さよならTYO！」という作品が東京は日生劇場で、大阪はサンケイホール他で上演されました。「TYO」とは東京をあらわす航空用語です。

どんな話かというと、終電間際の地下鉄で大きな地震が起こるんですね。一三人の人間が閉じ込められてしまう。その中でいろいろ世代の断絶ですとか、犠牲ですとか、裏切りですとか、さまざまのテーマが出てきます。第二幕の終盤で、逃げ道が見つからなくて、死を覚悟した全員でこの「塩・ロウソク・シャボン」という歌をうたいます。

「さよならTYO！」は劇団四季といずみたくさんのオールスタッフプロダクションの提携作品で、当時人気の佐良直美とかピンキーとキラーズの今陽子とか劇団四季の浜畑賢吉、松橋登、歌舞伎の中村米吉（今は歌六）などが出ていました。大体父の書いたものは当たらないんですけど、これも入りの悪いミュージカルでした。

雑誌の『話の特集』というのが劇評を扱うコーナーをもっていまして、その中でいろんな人にインタビューしてるんですね。三浦朱門さんは、「阪田寛夫は三十年前には熱心なクリスチャンだったけれども、その後は教会にも行っていない。ところが今度の作品を見て、彼がまともなキリスト教徒であったことに驚いている」。三浦氏自身はキリスト教に関心があるから、公演を面白く見たけれども、キリスト教に関心がなければ、わからないところがたくさんあるだろうとも言っています。

父自身は、「作者の宗教観が前面に押し出されているような印象を受けるが、そういう意図があったのか」と問われまして、「まったくありません。それがいちばん恥ずかしいところというか、弱いところというか、そう見られてはかなわん、としか言いようがない」と抵抗しております。しかし、新聞評にも「主題と思われる犠牲の精神が、キリスト教的なものによって、日本の観客を説得してかかろうとするところに無理がある」と書かれてしまいました。抗ってみせる不良クリスチャンの父ですけれども、「さよならＴＹＯ！」にはなるほどキリスト教を彷彿する場面や設定がいろいろ出てきます。「罪のむくい」という原罪のようなことをいう場面があるかと思えば、地震で閉じ込められたのが一三人というのは、キリストと弟子による最後の晩餐が一三人であるのと同じ数ですね。

こうして抗ってみせた父ですが、他にもキリスト教の匂いのする作品がいくつかあります。オペラも書いておりまして、大分県民オペラの「吉四六昇天」というのがあるんですが、その中でも隠れキリシタンの女の子をかくまう場面があって、女の子がうたう「きりえ　れえぞん」というお祈りの歌に合わせて、吉四六が「なんまんだぶ」というデュエットが出てきましたり、「イシキリ」というラジオドラマで市原悦子さん演じる女性が憧れる相手は、日本の東北にキリストがやってきて亡くなるという伝説を調べている牧師さんであるという設定になっています。

また父の文章を引用します。

皮膚の色が洗っても落ちないように、いや、洗おうとするのに、却って自分の中だけ鮮やかにキリスト教が発色した。そして戦争に敗れ、キリスト教国の占領軍が進駐して、逼塞していたこの宗教が息を吹きかえすのと引き換えに、元通り彼——彼というのは父ですね——のキリスト教は白けてしまった。

『大事の小型聖書』の中にこういう文章があります。

このように作品を振り返ってみますと、父はキリスト教と決別していったわけではなくて、キリスト教に背を向ける姿勢を取っていましたが、結局さまざまな作品を通して、キリスト教に関わっておりました。キリスト教なのに譬えは変ですが、お釈迦さまの手の中から抜けだせなかった孫悟空みたいだなと私は思います。

『聖書』には「地の塩」「世の光」(「山上の垂訓」)という言葉があるんですけれども、それが「塩・ロウソク・シャボン」の元になっております。父が最初この詩を書いたときは「塩・ロウソク」だけでした。作曲するいずみたくさんから「メロディをつけるのに語呂が悪いから、もう一つ何か加えてくれ」と言われて、「では身をすりへらすものとしてセッケン」と言ったら、「それならシャボンに直そう」ということになり、この「塩・ロウソク・シャボン」が生まれました。妹がディナーショーでよくうたっておりまして、父の葬儀でも妹のお別れの会でもこの曲をうたっていただきました。歌は川口京子さん、演奏は妹のタンゴの師であるタンゴアンサンブル・アストロリコです。お聞きください。

ロウソクは身をすりへらして
ひたすらまわりを　明るくしてくれる
誰もほめてくれるわけじゃないのに

それでもロウソク　身をすりへらし
さいごまでロウソクを　やめません
ああこれが　新しいつながり
塩、ロウソク、シャボンになりたい
それがわたしの　よろこび
それがわたしの　よろこび

塩もまた身をすりへらして
まわりのいのちを　ながらえさせようと
誰もほめてくれるわけじゃないのに
ましろい結晶　おしげなく棄て
とけてあともなく　消えていく
ああこれが　新しいつながり
塩、ロウソク、シャボンになりたい
それがわたしの　よろこび
それがわたしの　よろこび

次は「かぜのなかのおかあさん」、これも大中恩作曲です。『土の器』のモデルになった祖母が病に倒れるのですが、「ノートをもってらっしゃい」と言われたんですね。祖母が何か話したいことがあったらしいのです。それが何のことだったか分からないんですが、ともかく父は一所懸命ノートをつけています。『土の器』は芥川賞をいただきました。その前に書いた『音楽入門』も芥川賞の候補になっています。いずれも身内の死までを描いた作品です。それで父の兄の一夫が評して、「お前は屍肉にたかるハイエナみたいなやっちゃな」って言うんですね。ハイエナ阪田寛夫はその兄一夫の入院中も伯父の作曲家大中寅二の手術のときも、必ずメモなり手帖なりをもってお見舞いに行くんです。あとでそれを素材にして短編小説や童話や詩を作っております。

母の幾度かの入院に際しても、ノートを忘れたことはありませんでした。枕元に坐っては、何か書きつけておりました。家族の中で母が一番先に死ぬとみんなが思っていたんですけれども、ところがどっこい、父が一番先に死んでしまいましたので、母の作品は完成しませんでした。

かく言う私も、妹のことを書いてハイエナデビューをさせていただきました。このたび第二弾『枕詞はサッちゃん』を書かせていただきました。

祖母は、その『土の器』を読んでいただければ分かるんですが、大変厳格なクリスチャンで、私が息子たちを怒鳴っていますと、父は「頼むから、その声はやめろ」て言うんですね。かわいい孫を叱るなと言っているのかと思ったら、そうじゃなくて、「おばあちゃんがおれを呼んでいる、叱っている声にそっくりだから、やめてくれ」なんです。こういう柔弱な少年を鍛えようと祖母は躍起になっていたらしいです。

戦争のしのび寄ってくる時代の中でも、阪田家は食事の前に讃美歌を大きな声でうたいます。家族で郊外へピクニックに出かけたときも、必ずうたう。敵国の宗教の歌なので、人目を気にして父がうたうのをやめると、祖母はうたい続けながら木の枝を引き裂いて脆弱な息子の膝の裏を打ったといいます。その様を祖父が16ミリフィルムに撮っていたそうです。それが残っていたらしいのですが、今どうなったかは分かりません。

長じては、祖母の忌み嫌う飲酒をしたりする不良息子、教会へ行けと言っても行かない不良クリスチャンの放蕩息子だった父なんですけれども、祖母が最後の病と闘っているときに、父は「かぜのなかのおかあさん」の詩を書いたんですね。それを祖母に読み聞かせたんですが、残念ながら反応は得られなかったらしいんです。お聞きください。

おかあさん
としをとらないで
かみがしろく
ならないで
いつでもいまの
ままでいて
わらっているかお
はなみたい

おかあさん
ねつをださないで
あたまもいたく
ならないで
どこかへもしも

でかけても
けがをしないで
しなないで

おかあさん
はながさきました
かぜもそっと
ふきますね
いつでもいまが
このままで
つづいてほしい
おかあさん

また話は飛んでしまうんですけれども、私が結婚する前に、両親の葬式をどういうふうな段取りでするかを、いざというときにあわてないために、聞いてノートに書いておきました。父が好きな讃美歌は39番と49番で、どちらも夕方の歌です。夕方の歌ばっかり好きなんだと思って、ちょっとクリスチャンとしては邪道かも知れませんが、父は夕方の雰囲気と曲調とかが好きだったんじゃないかなと思います。葬儀のときに、声楽家の従姉が39番をうたってくれました。会堂の中にとても美しく響いていたのを覚えております。

キリスト教の葬儀ですから、最後に献花があって、その間に流す曲を何にしようかとなって、父と大中恩のコンビでつくった曲がいいんじゃないかとなりました。その中に「日曜学校のころ」という合唱組曲があって、この歌があったのを忘れておりました。

ああめん　そうめん
ひやそうめん
夕日にそめた
ひやそうめん
ぶりきたたいて
かんからかん
とうさんいびょうで
死んじゃった
ああめん　そうめん
ひやそうめん
夕日にまっかなひやそうめん

教会の中でこの「ああめん　そうめん」を流しちゃったんですね。「ああ、まずい」と思ったんですけれども、今さらとめられなくて、斎場からの帰りに親戚一同から「教会の中で『ああめん　そうめん』やて！」と呆れられました。

先ほども父は夕方の讃美歌が好き、と申しましたが、夕暮れをうたわない詩人はいないんじゃないかと思うんです。父の書いた詩にはほんとに夕焼け、夕日、夕方がたくさん出てきます。詩集の題名にも『夕方のにおい』と『夕日がせなかをおしてくる』の二つがあります。父の敬愛する詩人のまど・みちおさんが「夕焼けにはこんなにお世話になりながら、まだ恩返しもできずにいます」とおっしゃっていますけれども、父もさんざんお世話になっております。

今もあるのかどうか分かりませんが、小学校三年生の国語の教科書に「夕日がせなかをおしてくる」が載っていました。それを勉強する時期になりますと、父のところに小学校三年生から手紙が毎年やってくるんですけれども、うちの息子たちも小学校三年のときに、この「夕日がせなかをおしてくる」をやりまして、「内藤君のおじいちゃんだから、手紙を出しましょう」ということで、みなさんが手紙をくださいました。孫がお世話になっているところだから、返事を出さないわけにはいかないので、父は返事を出したんですね。その下書きは残っていなかったんですが、その当時担任だった先生が、父が亡くなった二〇〇五年に同じ小学校に校長先生で戻ってらしたんです。たまたま道でお会いして、「あ、お父さんの手紙、いい手紙だから持ってるわよ」と言って、返してくださったんです。父の「メモリアル・コンサート」を二〇〇九年三月、白寿ホールで行ったときに、妹がその手紙を朗読しているのが残っているので、聞いてください。

歌は川口京子さんがうたっています。ああ、そうだ、「夕日がせなかをおしてくる」は二つバージョンがありまして、父は常々読むための詩とうたうための詩は違うんだと言ってたんですが、ここにお配りした資料は曲がついた方で、二番が「くるりふりむき　太陽に」となっており、読むための詩は「ぐるり」になっています。

明化小学校三年二組のみなさまへ
前略　「夕日がせなかをおしてくる」という詩を書いたのは今から二十何年も前です。しかし、あの詩に出てくる元気な子どもたちと、その子の背中をおすような強い明るい夕日を見て詩を書こうという気持になったのはもっと前です。三十何年か前に神戸の街の坂道で見た景色があの詩の元になりました。そのとき元気な子どもだった人も今は三十歳をすぎたおとなになっています。今年の一月の神戸の地震でケガをしたり、家がつぶれたりしなかったでしょうか。みなさんのお手紙を読んで、そんなことも思い出すことができました。あのとき夕日にむかって、そんなにおすな、あわてるな、と言ったり、あしたの朝ねすごすな、と言った元気な子どもたちですから、地震の朝、こわれた家の中にいる人を助けだしたかもしれません。泣いている人をはげましたかもしれません。そうだったらいいですね。私もむかしむかし小学校三年生だったときがあります。でもあの詩の中の子どもほどには元気な子ではありませんでした。みなさんのお手紙にはげまされて、七十歳の私が少し元気になれたような気がします。ありがとうございました。

　これからクリスマスやお正月が来ますね。どうかかぜを引かないように、元気に仲よく勉強したり、あそんだりしてください。そして夕日がまっかな夕方には、ときどきあの詩を思い出してください。

平成七年十二月二十一日

阪田寛夫

ちょうど阪神淡路大震災があった年ですね。

夕日が背中を　押してくる
まっかな腕で　押してくる
歩くぼくらの　うしろから

でっかい声で　よびかける
さよなら　さよなら
さよなら　きみたち
晩ごはんが　待ってるぞ
あしたの朝　ねすごすな

夕日が背中を　押してくる
そんなに押すな　あわてるな
くるりふりむき　太陽に
ぼくらも負けず　どなるんだ
さよなら　さよなら
さよなら　太陽
晩ごはんが　待ってるぞ
あしたの朝　ねすごすな

夕日が背中を　押してくる
でっかい腕で　押してくる
握手しようか　わかれ道
ぼくらはうたう　太陽と

さよなら　さよなら
さよなら　きょうの日
すてきな　いい日だね
あしたの朝　またあおう

さよなら　きょうの日
さようなら

不良クリスチャンの父は讃美歌の歌詞も書いております。一九六七年に出版された『讃美歌第二篇』という副読本的な讃美歌なんですが、「幾千万の母たちの」です。『全詩集』では「幾千万の母たち」になっています。自分には讃美歌を書く資格はないと思っていたらしいんですけれども、お手紙をいただいて、書くことに決めました。

また父の文章を引用します。

それなのに、讃美歌を書いてしまったのはなぜか。うまく私には答えられません。強いて言えば、まず与えられた主題が、「戦いに終れ」で、具体性がありました。更に、手前勝手な考えですが、私は依頼者のお手紙から、「逃げないで、身の周りの事実と、事実をそのようにあらしめている大きな力との間に自分を追いこんで、うめき声でもいいから出してごらん」と諭されている感じを受けたのでした。

と『讃美歌　こころの詩《うた》』の中に書いております。

前にも申しましたけれども、父の口から戦争の話はあまり聞いたことがないですし、書いたものも少ないです。昭和十九年に召集されて、中国へ渡って間もなく、肋膜炎にかかって、おまけに赤痢にもなって、陸軍病院に入っておりました。全快したあとは、炊事兵として病院に残りました。日本を出て丸二年後に、父は復員します。阪田の家では、父の兄も中国へ行っていたんですが、これも無事に帰ってきました。終戦前に結婚して新潟に住んでいた姉と将校だったその夫も無事でした。

ところが母の家、吉田家は違っておりました。その前にちょっと説明しますと、吉田家の長女三枝《みえ》と阪田家の長男の一夫が恋愛結婚しまして、母の説によりますと、面倒くさい親戚を増やしたくないから、弟と妹をくっつけようといって、父と母が結ばれたそうです。父は母を憎からず思っていたらしいんですが、母は結婚しても、「あなたを好きにはなれない」と言い放ち、父を傷つけたようでございます。

阪田家と吉田家という裕福なクリスチャンの家が近所にあって、子どもたちも仲よく過ごしていました。吉田家は女五人、男三人の八人きょうだい。母は一番末っ子です。にぎやかな家族だったんですが、次女と四女が戦争中に結核で亡くなりまして、次男は中国で戦死、長男は帰国はしたんですが戦病死、フィリピンへ渡った三男も戦死。祖父は二人の娘の死に責任を感じていたらしいんですけれども、葬儀のときに原罪について教会側と意見を分かち、結果、キリスト教を棄てて、新興宗教に走りました。これは父が『背教』という小説に書いております。

ともに南大阪教会の運営、子どもたちのための日曜学校、附属の幼稚園の設立に力を尽くした、クリスチャンホームであった阪田と吉田の両家が、戦争を境に明暗を分けました。吉田家は子ども五人を亡くして、戦争中に工場も接収されますが、そのままにしてしまいました。

父は直接に人を殺すことも、殺されることからも免れましたが、おそらく後ろめたい気持を抱えていたのではないかと思います。仲がよかった吉田家の兄弟の戦死、同じ部隊の戦死した人たちのことを考え、自分だけが生き残ったという罪悪感が父の心には生涯重かったと思います。

吉田家の祖母は戦後祖父が教会を離れたことで、教会へ通うことを遠慮していたらしいんですね。祖父が教会を離れたことと、教会側の嫁ぎ先阪田家との間で板挟みになって苦しんだと思われる長女の三枝が祖母にこういうことを言いました。「男の子に三人とも死なれたあんたが、にこにこして教会に出席しているだけで、皆さんの励ましになるんだから、大いばりで出かけなさい。」

「幾千万の母たち」の歌詞は、この祖母をはじめ、世界中で戦争で身内を亡くして悲しんでいる多くの母親たちへの祈りが込められていると思います。四番まであって長いんですけれども、お聞きください。

幾千万の母たちの
幾千万のむすこらが
たがいに恐れ　憎みあい
ただわけもなく　殺しあう
戦いの真昼　太陽もなまぐさく

風吹きぬける焼け跡に
幾千万の母たちは
帰らぬ子らの足音を

いつもむなしく　待っていた
戦いの日暮れ　まっかな陽が沈む

むなしく裂けた天の下
焼けてただれた樫の木が
それでも青い芽をふいて
神のめぐみを　あかしした
戦いはとだえ　夜明けは近づいた

幾千万の母と子の
こころに合わせせいまいのる
自分のなかの敵だけを
おそれるものと　なるように
戦いよ、終われ、太陽もよみがえれ

父には先に詩を書いて、あとから曲をつけてもらうという歌も勿論ありますが、先に曲があって、――外国の曲とか、日本の作曲家でも山本直純さんとかに多くあります――そこに言葉をはめるという歌もたくさん作っております。『全詩集』を編んだときに、父は最初そういう詩を入れていませんでした。父の死後、編集者の伊藤英治さんと相談しまして、「音はめ」というのも父の才能の一つだし、意訳ですから、詩として読んで面白いものが多いんです。それで「入れちゃおう」ということになりました。

妹は宝塚を退団してからタンゴを勉強しはじめました。タンゴを始めたきっかけは、もと宝塚のオーケストラにいて、今はタンゴアンサンブル・アストロリコのバイオリニストの麻場利華さんに勧められたからです。勧められたその日に、妹は父と偶然新幹線の中で一緒になったんですね。「これはもう神の思し召し」と彼女は言うんですけれども、タンゴをやろうと決めたらしいんです。父も学生時代タンゴバンドでピアノを弾くというアルバイトをしておりまして、「タンゴはいいぞ」と勧めたらしいです。

妹は父にはタダで仕事をしてもらえるものですから、父にピアソラの「チェ・タンゴ・チェ」に「詩をつけて」と頼みました。「チェ」というのは「おい」とか「ねえ」という意味のスペイン語です。ピアソラが歌手のミルバのために書いた曲だそうです。読み方が分からず、最初は「シェ・タンゴ・シェ」と書いた父の第一稿があります。父からなつめ宛にファックスで送ったものが残っていました。

なつめ様　遅くなりました。ちょっとこの歌にはエネルギーが足りず、未完で申訳ありません。註文つけて下されば訂正します。

と但し書きがついています。

妹のタンゴショー「Che Tango」を見てくださった安岡章太郎さんが「チェ・タンゴ・チェ」の父の訳詞を絶賛したハガキをくださいました。その一部を引用します。

しかし貴方の「チェ・タンゴ・チェ」の歌詞は完全にピアソラの音楽と噛み合って毛ほどもギコチなさを感じさせません。「タテタテ・ヨコヨコ」なんて文句は天来の詩人でなければ吐けないものです。大浦さんもこれを歌ひ踊るときが一番冴えてゐると思ひました。

このショーに先駆けて、アストロリコの皆さんと妹はアルゼンチンのブエノスアイレスでCDの制作をします。妹の歌う日本語の「チェ・タンゴ・チェ」を聞いた、著名なレコーディング・エンジニアのダ・シルバさんという方が、すごくいいと褒めてくださいました。褒められたことを妹は覚えているものですから、繰り返しその話をしておりました。では聞いてください。

チェ　タンゴ　チェ
迷わせて　その気にならせて　はいサヨナラ
チェ　タンゴ　チェ
凄いやつ　おどしておだてて　吹きぬける
チェ　タンゴ　チェ
だからよ　あとは野となれ　山となれ
チェ　タンゴ　チェ
気まぐれ　日の暮れ　やさぐれ

チェ　タンゴ　チェ

からまって　たてたてよこよこ　ダンス！
チェ　タンゴ　チェ
物狂おしい　夜の風
チェ　タンゴ　チェ

気まぐれ　だから　気まぐれ　だから
わたしをひきずり　わたしをひきむく
気まぐれ　だから　気まぐれ　だから
わたし炎　わたし酔うわ　わたし奴隷　わたしメチャクチャよ
TANGO！

チェ　タンゴ　チェ
ここはどこ　光と影との　修羅の街
チェ　タンゴ　チェ
あなただれ　紳士づらした　ならずもの
チェ　タンゴ　チェ
だけれど　これでいいのよ　最高よ
チェ　タンゴ　チェ
お月さん　あきれて見ている

チェ　タンゴ　チェ
それはなに　のたうちまわらせて
チェ　タンゴ　チェ
わたしを愛して　うばうもの
チェ　タンゴ　チェ！

いままで聞いていただいたのは、『枕詞はサッちゃん』の中に出てくる歌ばかりなんですけれども、最後に、本には入っておりませんが、父自身が「ねこをかうきそく」という詩を朗読しているのを聞いていただきます。

ねこをかうきそく

かわいいこねこもすぐどらねこになる
かわいいこねこもおしっこうんこをする
だからといっておこらぬこと
じぶんのきらいなおかずをそっと
ねこにたべさせてはならぬ
あついトタンやねにねこをおいて
おどりをおどらせてたのしんでもならぬ
つめをきってはならぬ

ひげをそってはならぬ
しっぽをぶらさげることをきんず
ねこをいじめたくなったら
ねこのせんぞはりっぱなトラであることを
よくおもいだせ
ねこがきんぎょをとったりしたら
ねこに、せんぞがトラであることを
よくよくおもいだささせてやる
ねこがふりょうになるのは
かいぬしのきょういくがわるい
　みぎのきそくをさいごまでわすれません
　8がつあつい日　　　　ぼく

ご清聴ありがとうございました。

帝塚山派文学学会――紀要第四号――より

秋田實

藤田富美恵

今回、帝塚山派文学学会入会の折に送って頂きました帝塚山派文学学会紀要創刊号と二号を拝読致しましたところ、私が帝塚山学院短大に通っていた頃の先生方のお名前に出会って懐かしい思いでした。

私が帝塚山学院短大に入学したのは、六十年以上前の昭和三二年です。中学や高校は、我が家と同じ阿倍野区にある私学の大谷学園に通っていました。この学校にも短大はあったのですが私が学びたい学部はなかったので、距離的にも同じくらいの帝塚山短大文芸学部に出願して無事入学できました。

当時の短大は高校時代の学校生活とほとんど変わらない感じで、教室は決まっていました。クラスメートは内部進学の方が多かったのですが、違和感なく馴染むことができたのは、席が出席簿の五〇音順に決まっていたからで、毎日一時間目から登校して、同じ教室の同じ席で授業開始を待ちました。これまでの学生生活と違っていたのは制服がなかったところです。また、昼食の時間は学校の外に出て、自由にパンなどを買ってもいいのも新鮮でした。短大には体育の先生がおられなかったので、体育は当時短大の近くにあった大阪女子大の女の先生の授業を受けていました。

席は二年間同じで、林（父の本名）だった私の周りは、同名の「ハヤシさん」、「フダノさん」「モリさん」「ヨシオカさん」「ヨネザワさん」などで五十音順で言えばハ行より後の方たちと自然に仲良くなりました。

授業が始まって担任は西宮一民先生。長沖一先生はもちろんですが、杉山平一先生、石濱恒夫先生、小野十三郎先生に教えていただきました。

高校時代とは違って、試験のためだけの勉強ではない授業が新鮮でした。また学部単位での遠足があり、担任の西宮一民先生や長沖先生の引率で、室生寺や天理図書館へも見学に連れてもらいました。二回生になると東北の「奥の細道」をたどる修学旅行もあって、学校に行くのが楽しい毎日でした。

大学生時代の杉山先生は、長沖先生や父が東京で下宿していた大学に近い長栄館に、父たちより何年か後に下宿されていたそうです。年齢は確か十歳近く違うかと思いますが、父たちは卒業後も定職にはつかずに長栄館に居続けて、東京と大阪を行ったり来たりしていたので、下宿の時代が重なっていたようです。

いつか杉山先生の出版のお祝い会でお目にかかった時に、「長栄館はまだ本郷の同じ場所にあるから、機会があれば行ってみたら」と勧められ、昭和五〇年代終わりの頃だったと思いますが、私が所属の児童文学者協会の講座が東京であって受講した折に、訪ねたことがありました。

父たちが下宿していたのは昭和の始めの頃から七、八年間ですが、この時期はまだ子供であった長栄館のご主人にお目にかかって、お話を聞くことが出来ました。

長栄館は代々文系の人が下宿をするそうですが、電車通りを挟んだ向かい側には理系の学生さん達の下宿があって、その方達は家庭教師などのアルバイトに励んでおられたので、下宿代の支払いは良かったそうです。ところが長栄館の人たち、中でも父たちは左翼活動をしていたので昼も夜も活動に時間を取られて、家庭教師のような率のいいアルバイトは出来ません。大阪の大国町でお茶やお花、縫い物を教えていた祖母がせっせと送金していたのですが、それはすべて活動費に回っていたようです。

だから最初は別々に下宿していた部屋も、そのうちに部屋代の節約で二人一緒の部屋にしたそうです。父は主に夜中に活動していたので、夜は長沖先生が寝ておられて、朝、起きて外出されたあと、戻ってきた父が寝るという風に、二人はうまく時間をずらして一つの部屋を有効につかっていたそうです。そんな工夫をしながら暮していたのに、下宿を引き上げる時には随分下宿代が溜まっていたようです。それで大阪に戻る昭和九年頃のあるとき、長沖先生と父はどこからか貰ってきた縦三〇センチ足らず、横は一メートル位の板に「長栄館」と書き、その文字を彫刻刀で彫って、額のような看板を作ったそうです。

で、その時に二人は「今に有名になったら、この看板の値打ちも上がる」などの冗談を言い、溜まっていた下宿代はこの看板で勘弁してもらったとか。当時はこんな大らかな大家さんもおられたようで、私が訪ねた時も、そのこげ茶色の看板「長栄館」は、まだ長栄館入って直ぐの受付のうえに掲げてありました。

庄野英二先生には、短大を卒業後の文芸専攻科で教えて頂きました。

短大在学中の昭和三四年頃、またまだ世間では花嫁修行という言葉が通用していまして、二年間を終えて卒業しますと、お茶、お花、お料理を習ってお免状をもらい、間もなく結婚というコースが、私のまわりでは普通でした。

四年制大学に行くと「いき遅れる」と言われていた時代でしたし、就職などは頭から思ってもいなかったと思います。たしか関西学院大学へは、編入試験を受けて進むことも可能だったようです。でも私は、もう少しこの楽しい学校に通いたかったこともありまして、その頃、短大卒業後に用意されていた一年間限定の、授業は確か週に三日しかなかった文芸専攻科に進むことにしました。進学のための試験はありませんでした。

そして、四月新学期の登校日。指定の教室に行きますと、短大と同じく四十人位入る教室に、生徒はたったの三人だけでした。一人は同じクラスだった方でしたが、もう一人は一学年上の見知らぬ方で、この三人で授業がはじまったのですが、しばらくすると一学年上の方がお父さんの転勤で東京へ引越しされてしまい、生徒は二人だけの授業が続きました。しかも和歌山から通っていた同級生はお休みが多く、そうなりますと生徒は私ひとりになり、寿岳文章先生や庄野英二先生には、一対一で向かいあっての授業を受けていました。

今思いますと、とっても贅沢な授業だったのですが、当時は居残り勉強を受けているようで緊張続き。ただただ窮屈で、専攻科でもう一年のんびり、という当てはすっかり外れてしまいした。

振込みはまだなかった時代だったので、授業料は受け付けへ持参していましたが、そんな時や、授業が終わっての帰りに受け付けの前を通った時に、事務の人の目に留まりますと必ず声がかかり、「休まないでくださいね。先生がお見えになっているのに、生徒がいないのは困りますから」と念を押されました。

庄野先生の講義は児童文学で、主に宮沢賢治のお話でした。でもその頃は童話や児童文学にはぜんぜん関心がなかったので、もったいない時間を過ごしてしまいました。

結婚後、三人の子育てが一段落した頃からカルチャーセンターに通って、童話を書く勉強をはじめました。数年後に初めて偕成社から出版ができました時、担当の編集者さんは、庄野先生のご著書も担当された方でした。それで学生時代に庄野先生に習ったことを話しましたところ、半ば命令のように「是非、先生にお目にかかりなさい」と勧められました。

先生の帝塚山のお宅へは、私の結婚後の住まい空堀《からほり》からも遠い距離ではなかったので、おそるおそる短大近くの庄野先生のお宅にお邪魔しましたところ、教室での印象とは全く違って、とても暖かい笑顔で迎えてくださいました。

以後はときどきお邪魔して、先生のお描きになった絵が沢山並んでいるアトリエで、先生が当時朝日カルチャーの絵の講座に通っておられるお話などをお聴きしました。こんな楽しいひとときと、一対一で講義を受けたという事実は、私が童話を書いていく上でとっても大切な支えになっています。


父たちは、東京で暮らしていた昭和初めの大学生の頃より藤澤桓夫先生の指導により競馬を親しみ、父たちにも競馬は性に合ったようです。それで以後も続けて楽しみ、私が短大時代、父もですが、長沖先生はカレジアンという名前の競走馬を持っておられました。

カレジアンが土曜日か日曜日のレースに出るか出ないかは、週の中程に出る『競馬週報』という情報誌で分かります。それを見て父は登校する私に、「カレジアンの仕上がり具合を聞いて来てんか」と。その旨長沖先生に伝えますと、先生の返事は決まって「この馬、名前が覚えられやすいからなぁ」でした。つまり、いつの場合も本命になりやすい、ということですが、こんな情報にはならないようなやりとりを、毎回繰り返していました。

一緒に京都淀の競馬場や仁川の阪神競馬場へ行くこともありまして、そんなときは私も同乗して姫松の先生のお宅へ車でお誘いに行き、早朝より競馬場へ向かいました。

車中での二人は仕事の話はぜんぜんせずに、ともに打ち解けた大阪弁で、私の知らない知り合いの消息などを「あのなぁ」「それでな」と語り合っていました。父はもちろん、長沖先生も普段は聞いたことの無いようなざっくばらんな大阪弁での話ぶりなので、本当に父たちは学生時代からの友だちだなということがよく分かりました。

長沖先生が、当時人気ラジオ番組「アチャコ青春手帳」や「おとうさんはお人好し」を書かれている作者だという感じは全くしませんでしたし、また父も漫才を書いているなんてそぶりは、みじんも感じられませんでした。

家庭でも、父は仕事の話はぜんぜんしません。毎日の予定ぐらいは知っていましたが、ダジャレを言ったことは本当に一回もありませんし、大声で笑ったのも聴いたことはなく、茶の間の掘ごたつを仕事場にして、夏はお布団を外して腰掛けて、起きている限りはここに陣取って原稿を書いていました。

そうでない時はいつも静かに将棋か競馬の本か、月刊誌『ミステリマガジン』を読み、寝るときは主に将棋の月刊誌か詰将棋の本を読んでいました。

本はミステリーが好きで、特にガードナーやアガサ・クリスティを好み、競馬へ行くときは早川の新書サイズをポケットに入れて持って行き、レースの合間に読んでいました。そんな父をみて「よく、この真面目さで漫才書けるなあ」といつも思っていました。

しかし、終戦直後の一時期は「世の中はもう漫才どころではないだろう」と漫才はきっぱりと止めて、学校の先生になろうと決心していたこともあったようです。


戦争が終わる数ヶ月前の昭和二〇年三月、父は満州演芸協会の仕事で渡満しました。満州で慰問にまわる芸人さんたちの世話を任されて単身で向かったのですが、満州へいったものの直ぐに終戦になり、その後は芸人さん達を無事日本へ送り返すのが仕事になりました。そして、すべて終えて終戦翌年の昭和二一年の十月末に、その年の葫蘆島からの最後の引き揚げ船で、家族が疎開していた福井へ戻ってきました。

このとき船の中で、「戦後の世の中ではもう漫才どころではないだろうから、兼ねてからの望みである学校の先生になって余生を過ごそう」と決心。大阪の家は焼けてなくなっていたので、とりあえず母の実家がある京都の鞍馬口に落ち着いて、とにかく仕事をしなければならないので、ボクシング雑誌の編集していた時、秋田Ａスケさんが訪ねてみえました。

Ａスケさんは戦前父が吉本興業在職中に「漫才道場」という、ノーブランドの漫才師養成所を企画したときの生徒でした。この道場では一般募集で合格した生徒を漫才師にするため、エンタツ・アチャコさんや、長沖一先生の講座もありました。

父が京都に落ち着いた時、藤澤先生や長沖先生には帰国を知らせたようで、長沖先生から父の消息を聞いたＡスケさんが来られたのでした。

Ａスケさんの目的は、父に再び漫才への力添えでしたが、このときの父は船中での決心通りにきっぱりと断ったそうです。でもＡスケさんは「せめて台本だけでも」と思い、京都に出て来るたびに鞍馬口に寄っていたそうです。そして何回めかの訪問の折に「今日はこれから富貴《ふうき》に出ます」といったところ、「ほんならいっぺん観に行こか」と初めて父は重い腰をあげて、Ａスケさんと新京極にある寄席の富貴に同行しました。

父によればその時のＡスケさんたちは、まだ二十前後で漫才師の卵、一人前になって行く途中で、とても心細げに見えたそうです。

そんな様子を目の当たりにした父は、今Ａスケさんたちの一番必要な相談相手・話し相手になってあげたいと思い、「漫」と「才」の頭文字から「ＭＺ」という「若手漫才研進会」を作ったのが、戦後漫才に係わった始まりです。

やがて民間放送が始まり、テレビ局も次々に開局して急に仕事が忙しくなり、京都から大阪へ通うのは無理ということで、私たち四人兄弟の通う小学校の三学期が終わるのを待って、昭和二六年三月、家族は京都から大阪の阿倍野区阪南町へ引っ越して、疎開先の福井で暮らしていた祖父母も一緒に、やっと家族八人の生活が始まりました。

この頃に父は、終戦直後の満州で一旦は死を覚悟したこともあり、また「戦前、楽しく過ごさせてもらった漫才界への恩返し」との思いも相まって、いっそう漫才に打ち込もうと決めたそうです。

以後漫才復活に向けて進み続けて、やっと漫才の仕事が一段落し会社も退職して、これからは仕残した仕事に取りかかろうと思った矢先、三回の入退院を繰り返した後の一九七七年、七二歳で生涯を終えました。

数年前、弟家族が住んでいた実家の建て替えにより、父の資料のすべては私が引き取りまして、ぼつぼつ整理をしている中で、私が一番気になったのは小説の類でした。

大阪高校に入学後の一八歳のときに、同人誌『花冠』に初めて発表したのは「二人の男」と言う短編小説です。『花冠』には、それぞれの作品について藤澤先生の批評が載っておりまして、父の「二人の男」に関しては〈発想はとてもおもしろいが、全体的が甚だガサツで芸術的な感動がすくない〉というちょっと厳しいものでした。

しかし、めげずに書き続けていたようで、大学に入ってからの左翼活動時代はプロレタリア小説やアジ・プロ小説。卒業後は週刊誌などに短編小説、吉本興業の社員だった戦時下では、編集を手伝っていた「大阪パック」という雑誌に小説を書き、終戦後は新聞にも連載していました。

今宮中学で出会って以来、ずっとお世話になり尊敬していた藤澤先生が小説家ですから、小説にはずっと憧れがあったのだろうと思います。

父が亡くなって六年後の昭和五八年一一月号の『オール讀物』に、父が戦前に書いた「ハルピンの夜景」という短篇小説が「四〇年ぶりの遺作」として掲載されました。この掲載も藤澤先生のお世話でしたが、この時、掲載するにあたって藤澤先生が添えてくださった説明には、「二〇代の秋田に最初の作品発表の場を与えたのが、創刊間もない『オール読物』だった、との縁で発表の場をとりもった」とありました。

父亡き後も私は、藤澤先生のお宅へはときどきにお邪魔をして、長沖先生や父の東京時代のことはよく聞かせてもらいました。もう少し長生きをして、藤澤先生に見てもらえる小説を書いて欲しかったなと今、私は思っています。（完）

帝塚山派文学学会―紀要第六号―より

島田陽子のこんにちは

福島理子

はじめに

島田陽子は、昭和四（一九二九）年に東京、今の大田区矢口に生まれた。旧姓は林。山口県の小郡、湯田、兵庫県西宮市と転居し、昭和一五（一九四〇）年から大阪府豊中市に落ち着く。昭和一七（一九四二）年に大阪府立豊中高等女学校に進学し、在学中に終戦を迎えている。卒業後は三菱倉庫に入社し、昭和二八（一九五三）年、同僚の島田滋と結婚して、大阪市内に住むが、昭和三三（一九五八）年からまた豊中市に居を構え、平成二三（二〇一一）年に永眠するまで、同市で過ごした。生まれこそ東京だが、大阪の詩人と呼んで差し支えあるまい。平成三年から一四年度まで帝塚山学院短期大学で非常勤講師として、「児童文学――詩」を講じている。

詩人としての足跡をたどると、一三歳にして、すでに詩作に手を染めていたという。二一歳のころ、『文章倶楽部』に、「弓積葉子」名で小説や詩の投稿を始め、小野十三郎の主宰する『夜の詩会』にも参加した。二〇代の島田は、物語にも力を注いでいた。『母の友』昭和三二（一九五七）年一二月号に童話「子犬とおもちゃ」が掲載され、昭和三七（一九六二）年にはラジオ物語「結婚」が佳作に入選。それにもとづく番組がＮＨＫで放送されている。昭和四五（一九七〇）年前後からは、作詩に重きを置き、『ゆれる花』（一九七五年）、『北摂のうた』（一九七八年）をはじめとする一三冊の詩集、及び童謡集『ほんまにほんま』（一九八〇年、第一一回日本童謡賞受賞）の共著がある。いずれも奇異な詩語は用いず、日常のことば、さらには大阪弁を使って、市井に生きる人々の、とくに女性の心に沿う詩を作り続けた。

また、『金子みすゞへの旅』（一九九五年）、『方言詩の世界　ことば遊びを中心に』（二〇〇三年）の詩人論、詩論、『じいさんばあさん　詩とうたと自伝』（二〇一三年）と、詠う意味を自ら問い続けた足跡を文章に残している。

一、「世界の国からこんにちは」

島田陽子の名を一朝にして高からしめたのは、その作が昭和四一（一九六六）年に毎日新聞社が公募した、日本万博テーマソングに選ばれたことだ。

世界の国からこんにちは
こんにちは　こんにちは　西のくにから

こんにちは　こんにちは　東のくにから
こんにちは　こんにちは　世界のひとが
こんにちは　こんにちは　さくらの国で
一九七〇年の　こんにちは
こんにちは　こんにちは　握手をしよう

こんにちは　こんにちは　月へ宇宙へ
こんにちは　こんにちは　地球をとび出す
こんにちは　こんにちは　世界の夢が
こんにちは　こんにちは　みどりの丘で
一九七〇年の　こんにちは
こんにちは　こんにちは　握手をしよう

こんにちは　こんにちは　笑顔あふれる
こんにちは　こんにちは　心のそこから
こんにちは　こんにちは　世界をむすぶ
こんにちは　こんにちは　日本の国で
一九七〇年の　こんにちは
こんにちは　こんにちは　握手をしよう

こんにちは　こんにちは　握手をしよう

（日本音楽著作権協会（出）許諾第２４０８６９４－４０１号）

この詩は中村八大による曲に載せられ、レコード会社八社がそれぞれの抱える歌手を選んで競った。

歌：吉永小百合　発売元：日本ビクター
三波春夫　テイチク
坂本九　東芝音楽工業
山本リンダ　ミノルフォン
叶修二　日本グラモフォン
弘田三枝子　日本コロムビア
西郷輝彦・倍賞美津子　日本クラウン
ボニー・ジャックス　キングレコード

この中で群を抜いて売れたのが三波春夫盤であることは、良く知られている。ただし、島田が応募し、入賞した当初の「世界の国からこんにちは」は、この形ではなかった。中村八大によって変更が加えられ、「なるほど、そのままでは作曲イメージが合わなかっただろうと納得できた」と島田自身が述べている（「詩的自叙伝　数ならぬ身の」『じいさん　ばあさん　詩とうたと自伝』編集工房ノア、二〇一三年）。次が、新聞発表時の原作である。

西のくにから　こんにちわ
東のくにから　こんにちわ
世界のひとが　こんにちわ
さくらの国で　こんにちわ
一九七〇年の　こんにちわ

月へ宇宙へ　こんにちわ
地球をとび出す　こんにちわ
世界の夢が　こんにちわ
みどりの丘で　こんにちわ
一九七〇年の　こんにちわ

笑顔あふれる　こんにちわ
心の底から　こんにちわ
世界をむすぶ　こんにちわ
日本の国で　こんにちわ
一九七〇年の　こんにちわ

（「詩的自叙伝　数ならぬ身の」）

「こんにちわ」の表記は、後に島田自身が「こんにちは」と改めている。

さて、変更点を見てみよう。まずは、語順。それから、各連の最後に加えられた「こんにちは　こんにちは　握手をしよう」の一句だ。島田の原案は、一部八・五があるものの、基本的には七五調で語が綴られ、各連の末句が五・七・五という、定型のリズムを持っている。この詩が作られた昭和四一年当時流行った曲を思い起こしてみよう。特に演歌に注目してほしい。たとえば、「はるばる来たぜ　函館へ」ではじまる「函館の女」（作詞：星野哲郎　作曲：島津伸男　歌：北島三郎）、あるいは、「ひとり酒場で　飲む酒は」ではじまる「悲しい酒」（作詞：石本美由起　作曲：古賀政男　歌：美空ひばり）。いずれの歌詞も七五調が基本になって構成されていることに気づくだろう。この、演歌に七五調が多いという特徴は、必ずしも一九六〇年代に作られたものに限らない。

中村による五・五・七のリズムへの変更は、原案の七五調のリズムが持つ歌謡的な湿りけを廃するところにあった可能性がある。クライマックスの「一九七〇年の　こんにちは」は原案通りだが、これは五・七・五のリズムだ。五・五・七の連続から一転した五・七・五のままでは収束感に欠ける。そこで、「こんにちは　こんにちは　握手をしよう」と、再び基調の五・五・七を加え、収められたことが分かる。

また、「こんにちは」の語を先に持ってきたのは、音律のためばかりではなく、この挨拶のことばが持つ普遍性をきわだたせたいという思いにもよるのではないだろうか。中村は既にもう一つの「こんにちは」ソングを世に出しているからである。

こんにちは赤ちゃん
永六輔　詞
中村八大　曲

こんにちは　赤ちゃん
あなたの笑顔
こんにちは　赤ちゃん
あなたの泣き声
その小さな手　つぶらな瞳
はじめまして　わたしがママよ

（日本音楽著作権協会（出）許諾第2408694‐401号）

昭和三八（一九六三）年作。多くの人に愛された歌だ。「こんにちは赤ちゃん」では、「こんにちは」「はじめまして」の挨拶は、旧い「家」から解放された、親と子の対等な出会いを演出する。そして、一度戦い合った国々、人々が対等に出会い、挨拶を交わすのが、島田と中村の協力によってできあがった「世界の国からこんにちは」だ。

昭和四五（一九七〇）年三月一五日から九月一三日まで、大阪郊外の千里丘陵を会場に催された日本万国博覧会、いわゆる大阪万博のテーマは、ガガーリンの宇宙旅行（一九六一年）をはじめとする宇宙進出の時代を背景に、「人類の進歩と調和」と設定された。この宇宙への進出という「進歩」が、「冷戦」とよばれる米国とソ連の熾烈な争いによるものだったのは事実だが、開催国の日本にとっては戦後二五年をかけた復興の成果を示すものだった。その最初の果実として東京オリンピックが昭和三九（一九六四）年に催され、万博がそれに続いた。

万博は平和の祭典だが、それぞれの威信をかけて準備されたソ連館とアメリカ館の競いあいは、しのぎを削る両国の関係を髣髴とさせ、万博の謳歌する平和も、あやうい均衡の上になりたっているという緊張感があったことは否めない。
そのようなあやうい平和の祭典に捧げられた島田の詞には、彼女の切なる願いがこめられている。そしてまた、注意深く読みなおすと、ここから展開する詩人島田陽子の業績の重要な要素が、すべて出そろっていることに気づかされる。その要素とは、大阪、女性、平和、世界の四つだ。次章では、それらをキーワードとして、島田の軌跡を追って行きたい。さらに、第三章では、「世界の国からこんにちは」を、詩たらしめているのは何なのか、すなわち、同作における詩のありかを考察してみたい。

二、島田陽子の詩における四つのキーワード

①大阪

「世界の国からこんにちは」第二聯の「みどりの丘」は、大阪万博の会場があった千里丘陵をさす。千里丘陵を開発した広大な住宅地、千里ニュータウンは、昭和三七（一九六二）年入居が開始された。千里丘陵は吹田市と豊中市をまたいでいるが、豊中で十代を送った島田は、結婚後再び豊中市のアパートに住むようになった。

　団地の四階
　南向きの台所の　流しの前の広い窓
　（中略）
　わたしは窓をあけて飛びこむ

未知の岸辺を洗う海へ
（中略）
いくつもの窓の中のわたしの窓
目の内なる窓

（「わたしの窓」『北摂のうた』ポエトリーセンター、一九七八年）

まだ平屋の多かった時代だ。アパートの四階から俯瞰する景色は、世界を見渡す高揚感を与える。しかし、同時に四角い窓は、社会から引いて家の中に納まり、その場所から外を覗き見る彼女の立ち位置をも示している。団地の窓はとりもなおさず、詩人自身の瞼《まぶた》となるのだ。

少女期から続く豊中での暮らしは、確定された詩語からの越境——大阪ことばで歌うこと——を彼女にもたらした。

私にとって大阪は、まさに「不思議の場所」であった。大阪府豊中市に暮らすことがなかったら私は大阪ことばに出会わず、大阪ことばによって童謡や「ことばあそびうた」を書くこともなく、方言詩への関心を深めるようにならなかっただろう。私の仕事の中の大切な一つは大阪に来たからこそ生まれたといえる。

（「詩的自叙伝　数ならぬ身の」）

筆者のように、共通語では事足りなくて大阪弁を使い解放された、という場合もある。

（『方言詩の世界　ことば遊びを中心に』詩画工房、二〇〇三年）

大阪ことばの特性を活かした表現は、『大阪ことばあそびうた』（一九八六年）、『続大阪ことばあそびうた』（一九九〇年）、『うち知ってんねん』（一九九七年）。『おおきに おおさか』（一九九九年）等の詩集に結実し、その意義が『方言詩の世界：ことば遊びを中心に』（二〇〇三年）によって論じられている。島田が大阪ことば・大阪弁に託していたものの一つを、ここで指摘しておきたい。

おまへん　でけへん　すんまへん
かめへん　せかへん　こまらへん
へんへん　おおさか　へんなまち

（「へんなまち」『大阪ことばあそびうた』編集工房ノア、一九八六年）

大阪ことばの持つ曲線的な音感が活かされているのもさることながら、ユーモラスに「NO」を表明できるしたたかさとずうずうしさが肯定的に描かれている。島田は大阪弁・大阪ことばの持つ、このたくましさに解放感を得るところがあったのではないだろうか。では、島田が感じていた抑圧とは何だっただろう。それは、次項で述べてみたい。

②女性

「世界の国からこんにちは」の詞に「女性」も「男性」もない。しかし、島田がこの作を投稿した契機が、昭和三〇年代当時、都市のサラリーマンと結婚した女性がいわゆる専業主婦として家庭に入り、家事に専念することが多かった時代にあって、そんな女性の一人が自己表現を求めることの是非を問われ、自ら問いなおすところに萌したことを、島田の残した言葉から知ることができる。

結婚前から詩と小説を書いていた私は、出産、育児、家事に追われながら、夜中に起きて未練がましく書き続けていた。空しさに襲われても書かずにはいられなかった。ところが、健康を心配した亭主が「金にもならんのに――」と言い出した。愕然とした。確かに、私は文学でお金を得ようとしなかったし、その能力もなかった。通常の価値観では認められない非生産性だったのだ。家にいて書くことで収入を得ようと決心した。世の中に懸賞募集というものがあるのに気づいたのは、その時である。

当時、昭和三十二年頃は、ラジオのＣＭやＣＭソング等の募集がさかんだった。私は詩のペンだけは離さずに、手当り次第応募した。

（「テーマソングの周辺」『関西文学』一九八四年一二月号「文学散歩」〈千里・万博記念公園〉）

「金にもならん」創作は、「非生産」なのか。この問いは、もちろん女や男に限定されるものではない。しかし、結婚と同時に職業を手放すことが多かった当時、「金にもならん」仕事を「非生産」とみなされ、自らのために時間を使うことに負い目を感ずるのが、多く女性であったことは否めまい。島田は結果として自己を表現する方法と場所を手に入れることができたし、その幸運を自ら認識していた。彼女が解放したかったのは、自らの母に代表される過去の、現在の、これからの女性たちの鬱屈した思いだった。そのかけらが自らの中にもあることを次の詩に描いている。

いいことはなんにもなかった

言葉にだしてそう言っていたし
時折りのさみしそうな目の内にも
鬼火のように燃えるものは見たけれど
本当に　いいことはなんにもなかったの?
（中略）
あなたよりずっと自由に生き
あなたの遂に知らなかった妻の平安を得ても
なお燃える
抑圧された性の　燐光
暁闇の中で　女たちの胸から胸へ伝達される
この火を
私もまた娘に渡そう

（「鬼火――母に――」『ゆれる花』ポエトリー・センター、一九七五年）

島田は詩人金子みすゞに傾倒し、評伝的エッセイ『金子みすゞへの旅』を残している。すぐれた童謡を世に出しながら、不幸な結婚と離婚を経て、自死を選んだ金子へのまなざしは、自身の母に向けたものと重なっている。そして、自身の母が成し得なかったこと、金子が成し遂げたかったことを、自らが引き継ぎ、次代に託すことを使命としていた。

彼女たち（与謝野晶子・平塚らいてう・林芙美子ら）にくらべると、童謡の世界でこそみすゞは華やかな存在だったが、実生活では市井の女のひとりとして、山口県から出ることなく短い生涯を終えた。同じ三十六年生まれながら、はじめから枠をはみ出していた林芙美子と異るのはその点である。そして私の母もまた明治三十六年生まれで、私が母とみすゞをどこかで重ね合わせてしまうのも、同じく家父長制下、自我を殺し忍従した女だったからである。だが母は、みすゞのように生きた証しは何ひとつ残さなかった。それが多くの女たちの在りようだった。

（『金子みすゞへの旅』編集工房ノア、一九九五年）

「生産性」をもって価値をはかり、その価値を「金」で表すなら、商業的な成果を上げられない創作は無価値だということになる。島田は、詩人として世に認められた、決して多くはなかった成功者の一人だ。しかし、自ら創作の市場に参入した島田だからこそ、確認し得たことがある。

お金にならないからこそ、文学はすべてから自由であり純粋であり得るのだ。お金になるものは、そのために妥協し、傷ついていることを、私は見ようとしていなかった。

（「テーマソングの周辺」）

商業性とは相容れない純粋性。その一方で、商業性と折り合いをつけなければ活きていけない矛盾。女性の苦悩を突き詰めていった末に、男女を超えた芸術家の苦悩に行き当たったということもできるだろう。

③平和

島田陽子は、昭和一九（一九四四）年から、勤労動員により神崎川沿いの押谷工業で働いていた。翌年六月七日、大阪市の北東部と豊中市、吹田市などを狙った空襲で、戦闘機「紫電改」の部品を作る石産精工で働いていた同学の女生徒らが命を落とした。島田は、「世界の国からこんにちは」にも反戦の思いを強くこめたことを、平成二二（二〇一〇）年七月、山田兼士の出版記念会席上でのスピーチで述べている。

私は昭和4（1929）年生まれで、（旧大阪府立豊中高等）女学校時代に学徒動員で駆り出されました。神崎川沿いの工場街です。昭和20年6月7日の大空襲で働いていた女学校の生徒が亡くなりました。後遺症に悩んだ生徒もいました。私の世代にとって戦争は体に染みついて嫌なことなんです。憎むべきことなんです。戦争反対と改めて言わなくても、私の詩の根底にそれは流れています。この歌でもうたいたかった。平和だからこそ、万博も開ける。平和は良い平和であれ、悪い平和であれ、私にとってはうんと大切なものであります。

（『毎日新聞』二〇一八年一二月一二日夕刊）

終戦から三〇年後の昭和五〇（一九七五）年、万博から五年を経たばかりのころ、島田は彼女らへの追悼というよりも激しい、怒りを吐露している。

あなた方は怒っているか
あなた方は悲しんでいるか

瞳の奥にほの暗くゆらぐ影
再び近寄る恐ろしいものの気配を知らず
失われた声を聞かず
同じ道を辿ろうとするおろかさへの
それは　絶望
それは　あわれみ
炎の下からゆっくりと立ち上がり
あなた方は戻ってくる
二度と殺されないために

（「レクイエム・ほむら野――豊中高女動員学徒の死――」『北摂のうた』）

この詩が作られた年、ベトナム戦争はまがりなりにも終結したが、冷戦は続いていた。昭和四八（一九七三）年には第四次中東戦争が起こり、翌年にはインドが核実験を行っている。まさに世界が「同じ道を辿」るおそれがあった。

島田の詩は社会性が強い。戦争、女性の権利に止まらず、たとえば「坊やはよい子だ」（『童謡』編集工房ノア、一九八八年）は、実母による子殺しの事件を材に取り、子供の声で詠う。島田の詩の力強さは批評者としてではなく、身近な出来事から、あるいは自分自身がそこに身を置いて、物事の本質をとらえようとしているところにある。

④世界

昭和四五（一九七〇）年の万博で、初めて海外に触れたという日本人は少なくない。多くの国々が建てたパビリオンにはそれぞれの国からやってきたコンパニオンがおり、お祭り広場では、海外のアーティストが公演を行った。島田の詞は、万博の四年前に作られてはいるが、もちろん世界の人々と直に結び合う喜びを期待している。戦後、日本はすばやく欧米の文化になじみ、人々の服装も生活様式も、趣味も嗜好も激変した。次の詩には、日本の文化をあっさりと塗り替えたアメリカという国、その文化への島田の視線を読み取ることができる。

ここはもはや異郷ではない
秋の陽を満喫し
わさわさ風にゆれながら
呼びかわしうなずき合う　第二の故郷
ネブラスカはすでに遠い
アラバマも忘れた
ケンタッキー？　知らないね
おぼえているのは
広大な原野を埋めつくした快感
鮮烈なその意志

（「セイタカアワダチソウ」『ゆれる花』）

セイタカアワダチソウは、北アメリカ原産だが、昭和四〇年代ころ爆発的に日本中の空地という空地に広がり、気管支喘息やアレルギーの原因になるのではないかと憶測され、あるいは日本古来の景観が失われることが懸念されるなど、極めて評判の悪い草だった。しかし、島田は決してこれを一方的に悪しき外来種と捉えてはおらず、むしろそのすがすがしいほどのたくましさに舌を巻いている。セイタカアワダチソウの後ろに見えるのはアメリカだ。と同時に、昨日まで殺し合っていた国の文化を、もろ手を挙げて受け入れている日本人への皮肉な目線をも持ち合わせており、その辛みがこの詩を骨太なものにしている。

それにしてもこの国の土の　なんという親しさ
廃坑の周辺
休耕田
地ならしされたままの空地
削りとられた山肌
未知の国の歓迎ぶりに狂喜して
我々は狭い列島を火のように北上した
荒れ地という荒れ地を　黄色の穂波で彩った

（「セイタカアワダチソウ」）

「世界をむすぶ」大阪万博の年が、昭和四五年ではなく、一九七〇年と表されているところにも、韻律ばかりではなく、世界に開いた島田の感覚を見て取ることができる。

三、詩のありか

「世界の国からこんにちは」は、平易なことばで綴られているが、きわめて周到なしかけによって、飛躍が用意されている。すなわち、詩のありかというべきものだ。では、それはどこなのか。先に引用した島田のスピーチには、実は引用箇所の前に重要な一文がある。

ここが私の一番の力点でした。私は昭和4（1929）年生まれで、（旧大阪府立豊中高等）女学校時代に学徒動員で駆り出されました。

（『毎日新聞』二〇一八年一二月一二日夕刊）

島田のいう「ここ」とは、各連の五行目に登場する「一九七〇年のこんにちは」だ。平和を願う力点をこの句に置いたと言う。たしかに、「一九七〇年のこんにちは」というのは、奇異な表現だ。一九七〇年に万博が催され、そこに世界中の人が集って「こんにちは」と挨拶を交わし合うのだから、通常ならば「一九七〇年にこんにちは」ということになろう。この詩を詩たらしめているのは、正しくこの助詞「の」にある。『毎日新聞』の同記事では、山田兼士も次のように述べている。

万博に行ったのは高校の夏休み、千里丘陵にあの歌が響いていてね。ただ明るいだけではない。なんかひっかかる。〈一九七〇年のこんにちは〉ってすごい歌詞じゃないかって。普通なら〈一九七〇年にこんにちは〉でしょう。でもそれでは一過性になる。たった一文字〈の〉にすることで１９７０年の平和が永遠であれ、との作者の願い、広がりが感じられたんです。

（同右）

島田はなぜ「の」を選んだのだろうか。まず、「一九七〇年のこんにちは」という表現は、一九七〇年が終わっても、次の「こんにちは」があることを意味する。たとえば、「一九八〇年のこんにちは」があり、「二〇〇〇年のこんにちは」があり、「二〇二〇年のこんにちは」があるということだ。

次に、「の」という助詞に、連続するイメージを醸す効果があるということがあげられるだろう。

足引の　山鳥の尾の　しだり尾の　ながながし夜を　ひとりかもねむ

柿本人麻呂

（『拾遺集』一三）

が、すぐに想起される例だが、この詩の序詞は、しだれた尾のみならず、「の」の繰り返しによって、夜の長々しさが強調されている。前に引いた島田の「わたしの窓」にも

南向きの台所の　流しの前の広い窓

（「わたしの窓」『北摂のうた』）

という句があるが、家族のためのご飯ごしらえという、倦むような日常の繰り返しが、「の」に託されている。

こうした助詞の一文字で日常のことばから飛躍する詩の秘密を、島田は確実に握っていたものと思われる。

誰と指遊びしたのだろうか
惴惴《ずいずい》ずっころばし
何を怖れよというのか
忿《ずい》と突かれたにぎりこぶしの
あれこれまどう心を押しやって
闇に溶けよう
北の空に心星《しんぼし》が動かない

（「ずいずいずっころばし——鬼きめうた」『童謡』）

この詩はここで終わる。「心星」は、北極星。もとより動かないものだ。これが「心星は動かない」で終わっていたならば、終結感があっただろう。しかし「心星が」と言うがゆえに、あるいは心星が動くような、あるいは別の何者かが動いていくような不安定さが生まれ、詩はゆらいだままで放り出される。また、「罪」という詩では、

雪だ　目が喜ぶ　足が泣く
都会の葛藤はつきない
レールにからだ食べさせるのは罪か

憮然とホームにあふれる通勤者

(「四行連詩独吟の試み　罪」『詩と思想・詩人集二〇〇〇年』
「詩と思想」編集会編、土曜美術社出版販売、二〇〇〇年)

という。この連の三句目は、通常ならば「レールにからだを食べさせるのは罪か」とあるところだ。この「を」を抜くことによって生まれる一種のぎこちなさが、気味の悪い擬人表現を引き立てている。

多くの人の心に刻まれた「世界の国からこんにちは」の詞。巧まざるがごとき平易な措辞の中に、実は高度なテクニックが隠されている。それが詩人島田陽子の手腕であったことが分かる。

帝塚山派文学学会―紀要第七号―より

司馬遼太郎と帝塚山派の人々

石野伸子

1、司馬遼太郎記念館の「色紙の衝立」

東大阪市にある司馬遼太郎記念館に作家の色紙を飾った大きな衝立がある。いつだったか、事務局の人から「帝塚山の作家の色紙」と聞かされ、大いに興味を持った。かねて帝塚山派の人々と司馬遼太郎との関係はどんなものだったか気になっていたからだ。

屏風に過去二度ほど企画展に合わせて展示されたことがあるが、ふだんは地下の倉庫に収蔵されているとのことで、記念館を訪ねて見せてもらった。

衝立は予想以上にどっしりと大きなもので、聞けば横三メートル、タテ一・五メートルの大きさがあるという。衝立はガラス張りになっていて、その中に貼り交ぜ屏風にした色紙が飾られている。司馬遼太郎本人のもののほか、藤澤桓夫、今東光、黒岩重吾、山崎豊子、小野十三郎、安西冬衛、そして絵だけの長沖一ら在阪作家八人による色紙で、表と裏に合計一五枚飾られている。確かに藤澤桓夫、長沖一、小野十三郎ら帝塚山派の人々の作品もあるが、その他の名前もある。「帝塚山派の屏風」というより、大阪を代表する作家たちの屏風といった方がいいだろうか。

この色紙と衝立には、ちょっとした経緯がある。記念館の上村洋行館長が、司馬遼太郎記念館の会誌「遼」第12号に「里帰りした色紙の衝立」として説明している。

それによると、衝立は、昭和四〇（一九六五）年ごろ、司馬遼太郎が特注したもので、長く大阪・摂津市にある大阪銘木協同組合に置かれていた。それが、平成一六（二〇〇四）年に記念館に返還されてきた。どういうことか。

実は衝立は、司馬遼太郎が手に入れた六曲一双の「洛中洛外屏風」を飾るために注文したものだった。司馬はあまり美術品蒐集に関心をもつタイプではなかったが、当時関心を深めていた秀吉とのかかわりからその作品を手に入れ、屏風を飾るために特大の衝立を用意した。司馬は『竜馬がゆく』（昭和三七年六月―四一年五月産経新聞連載）や『燃えよ剣』（三

司馬遼太郎記念館所蔵の「色紙の衝立」
（司馬遼太郎記念財団提供）

七年十一月―三九年三月週刊文春）などの幕末ものから、『国盗り物語』（昭和三八年八月―四一年六月サンデー毎日）、『関ケ原』（昭和三九年七月―四一年八月週刊サンケイ）、『新史太閤記』（昭和四一年二月―四三年三月小説新潮）、『豊臣家の人々』（昭和四一年九月―四二年七月中央公論）など戦国時代をめぐる長編へと筆を進めていた時期であり、とりわけ秀吉への関心を強めていた。

ところが、いざ引き取ってみると、当の洛中洛外屛風には秀吉の時代にはなかったはずの島原が描かれている。時代が違う。すっかり興ざめして、屛風を手放すことにした。そこまでの顛末は本人がエッセー「手に入れた洛中洛外屛風」（昭和四〇年「芸術新潮」一〇月号）に書いている。

問題はその後だ。当時を知る関係者らに聞いてみると、以下のことが分かった。不要になった衝立は、懇意にしていた建築家に相談して建材にでも役立ててもらおうとしたが、桑の直木から取り出した貴重なものであることから、そのまま銘木組合に引き取ってもらうことになった。しかし、空っぽの衝立ではいかにも格好がつかない。そこで司馬が知り合いの作家に声をかけて色紙を書いてもらい、貼り交ぜ屛風にして飾ったものだった。長く組合に置かれていたが、平成一三（二〇〇一）年に司馬遼太郎記念館ができたこともあり、四〇年ぶりに返されてきたという次第だ。

書かれてから半世紀がたった色紙は、やや赤茶けたものもあるが、いまは亡くなった作家たちそれぞれの個性が宿る直筆をながめていると感慨深いものがある。中からいくつか紹介してみよう。

藤澤桓夫　「石蹴りの　少女ら去りぬ　桐の花」

長沖一　絵「郷土玩具　鷽」

小野十三郎　「木も石も草も　みな陰影を持っている　天地のはて」

安西冬衛「てふてふが一匹韃靼海峡を渡っていった」
司馬遼太郎「為君葉々　起清風」
今東光「白雲一片　去悠々」
山崎豊子「暖簾は　商人の命」
黒岩重吾「夢に魂」

昭和四〇年、司馬遼太郎は四二歳、藤澤桓夫もまだ六一歳。大阪が元気だった時代だ。それにしても、「帝塚山の作家の屏風」と思わず事務局の人がもらしたのは、それだけ帝塚山の作家たちの名前が印象深かったということだろうか。

上村館長は先の文章で「一九六〇年代の大阪の文化が衝立の中に凝縮されて残っていることを強く実感した」と書いている。私自身はこの衝立をみて、大阪文化の重要部分を帝塚山派の作家たちが担っていたこと。そして改めて、司馬遼太郎と帝塚山の人たちとの深いつながりを感じたことだった。

2、新聞記者と在阪作家

司馬遼太郎と帝塚山派の人たちとの交流は、この色紙依頼より十年ほど前、産経新聞の文化部記者時代に始まる。

大正一二（一九二三）年生まれの司馬遼太郎は、戦後、新世界新聞、新日本新聞をへて昭和二三（一九四八）

年五月、産経新聞に入社した。四年間の京都支局勤務をへて昭和二七年に大阪本社地方部に異動、翌二八年五月に文化部配属となり、学芸担当となった。以後、直木賞を受賞した一年後に退職する昭和三六年三月まで、約八年間を学芸担当記者として過ごした。その間には昭和三一年に文化部次長になり、退職時は出版局次長の肩書がついている。

新聞社の学芸担当と、地元の有力作家。両者の関係はそのように始まる。当時、在阪新聞社はGHQによる新聞用紙の統制が撤廃され、読売新聞の大阪進出もあり競争が激化していた。朝夕刊セットが復活し、ページ数を増やすなど紙面の充実をはかっており、産経新聞でも文化面を増設する紙面改革が続いていた。産経新聞文化部の記者は、僚紙の夕刊紙・大阪新聞の文化面担当も担っており、当時の紙面をみると、帝塚山派の人びとの名前が盛んに登場していて驚かされる。藤澤桓夫、長沖一、小野十三郎、石浜純太郎、石浜恒夫ら。機会をとらえ、ひんぱんに原稿依頼をしている。帝塚山派が大阪の文芸シーンの中心だったことを実感させられる。

そんな中、司馬遼太郎は自身も書く側へシフトする変動期でもあった。

司馬遼太郎はあまり自分のこと、生い立ちなどについて語らない作家だ。自伝や評伝のたぐいは極端に少ない。例外的に自分を語ったのが文藝春秋から刊行された全集の第一期配本ラストの三二巻巻末年譜につけられた文章。そこでも「自分のことを語るのは大変にが手で、また嫌いです」と語っているが、没後、その年譜の談話が、「足跡　自伝的断章集成」（以下「足跡」）と題して再編集され、『司馬遼太郎の世界』（一九九六）に収録された。これがある種の公式略歴として沽月されることが多い。

その中に、昭和三〇年前後の談話として以下の言葉が紹介されている。

「新聞社に入ったころから、三十歳になったら社を辞めて小説を書こうとばく然と思い始めたようです。もっとも子供のときから小説を書くなどと人にいったこともありませんでした。なんだか文学青年といわれることにたいへんな羞恥心があったんです」

没後に編集された短編全集（全一二巻・文藝春秋）には初期作品も収録されている。それを見ると実際には司馬遼太郎は二〇代の後半、京都支局時代から短編小説を書き始めている。発表媒体はブディストマガジン（西本願寺系）や、東本願寺系の「同朋」などの仏教雑誌、未生流月刊誌「未生」などで、宗教担当記者として付き合いのできた取材先が出す雑誌類だ。第一巻には昭和二五年から昭和三一年までの作品が収録されているが、最初の作品は昭和二五（一九五〇）年六月「ブディストマガジン」に発表した「わが生涯は夜光貝の光と共に」。二七歳。筆者名は本名の福田定一、肩書は大阪新聞記者。いわば、新聞記者の余技の時代だ。

余技といえば、昭和三〇（一九五五）年九月には本名・福田定一で『名言随筆サラリーマン』と題する一風変わった本も出している。そして、その年、初めて司馬遼太郎のペンネームを使い小説も書いた。講談社倶楽部新人小説懸賞の応募作「ペルシャの幻術師」。

従って、新聞記者時代はそのまま、作家・司馬遼太郎の出発点と重なるのだ。平成八（一九九六）年二月、七二歳で亡くなったあと、司馬遼太郎を語る文章は数多く書かれたが、国民作家となった後の作家論が多く、本名の福田定一から作家・司馬遼太郎へと変貌を遂げたこの時期についての証言は少なく、さまざまな交友があった帝塚山派の作家たちが語る司馬遼太郎は大変興味深い。

3、先輩作家・藤澤桓夫

帝塚山派の作家の中で、司馬遼太郎がもっとも深いつながりをもったと思われるのは藤澤桓夫だ。お互いを語った文章が、いくつか残っている。よく知られているものに、藤澤桓夫が亡くなったときの司馬遼太郎の弔辞がある。平成元（一九八九）年六月一二日藤澤桓夫は八四歳で亡くなった。司馬の弔辞は、同郷の先輩作家に対する深い敬愛の情がにじみ出る印象深いものだ（新潮文庫『司馬遼太郎が考えたこと14』所収）。

藤澤の文学を「日本における最初の都市文学」と位置づけ、「透明な知性、休むことのない頭脳、私心のなさ、かがやくようなエスプリ」として、藤澤の人柄を称えた。

二人の交流が始まったのは昭和二八年に新聞社の文芸担当になったときからであるが、実はその前に不思議な縁で出会っている。それは昭和一九年のこと。学徒動員で加古川の戦車隊から、いよいよ満州へいくというおり、ひょんなことから大阪駅で藤澤桓夫に紹介された。たまたま同じ戦車隊に藤澤のいとこの石浜恒夫がおり、駅に見送りにきていたのだ。藤澤桓夫の名前は朝日新聞に連載された『新雪』の筆者として見知った名前であり、そもそも自分が昭和一七年に大阪外国語学校に入学しモンゴル語科を学ぶきっかけになったのは、当時話題だったその作品の中にでてきたモンゴル語に魅了されてのことだった、とも言及している。

一方、藤澤桓夫も大阪で活躍する作家の後輩について、ときに応じて語っている。それらを読んでいると、活躍著しい後輩に手放しのエールを送る一方、ちょっとしたニュアンスも感じる。

例えば、「司馬遼太郎君の横顔」という文章（昭和四二年『三友』60号）。

「私たち作家にも、ひそかに自分がひいきにしている作家がいるものだ。私の場合、この数年来、それは司馬遼太郎君だ。つまり、私は司馬作品の愛読者の一人というわけで、彼の作品を読むと何かしら愉しくなって来るのだから、妙である。このことは、司馬君が同郷の大阪生まれの後輩であることや、彼の万事に驕らぬ人柄のよさとは別の問題である。彼の作家としての眼光のしたたかな正確さ、滾々と溢れ出る才藻の豊かさ、そこから生れる彼の独自の持ち味の大きさに、稀有のめでたさを感じるからに他ならない」

そして二人の交遊を語る。司馬が弔辞でも触れていた昭和一九年の大阪駅での出会い、それから十年後、新聞社の若き文化部記者としての再会。藤澤桓夫は司馬より一九歳年上で、すでに一家をなしている。その当人と、出入りの新聞記者とでは、お互いの視線のベクトルは違って当然だが、文中から醸し出される違いが私には興味深い。司馬遼太郎が先の弔辞のように振り仰ぎ、称える口調となるのは当然として、藤澤の司馬観は、そのまなざしに、やや微苦笑のようなものが伴うのを感じるのだ。

例えば、文中に語られるいくつかのエピソード。まず、彼（司馬）の才筆に気づいたのは、彼と会った時、雑談で語ったものが二、三日後の新聞に匿名の埋め草欄に「気の利いた文章」となって掲載されたのを発見したとき。「わたしは彼の悪戯に苦笑したが、そのカンのよい纏め方に感心した」。悪戯に苦笑、とか気の利いた文章、といった言葉に、要領よくというか、ややちゃっかりしている、というニュアンスが感じ取れないか。

さらに、作家・田村泰次郎にまつわるエピソード。田村は大阪新聞で小説を連載していたが、あるとき外遊先から航空便で届くはずの原稿が届かない。社内で大騒ぎになったとき、担当デスクとして穴をあけるわけにはいかないというので、司馬が二日分を書いて出稿したという。藤澤はその話を聞いて仰天するが、当の本人は「無造作に笑った」だけ。どうやらうまくつながって、「改めて彼のカンのよさに驚いた」と締めるのだが、驚きは隠せない。

さらに三つ目のエピソード。あるとき司馬が現れて「少し小遣いがほしかったので、ちょっと悪戯をやりましてん」といって、新人小説に応募したことを話した。驚いたのは、まだ発表前だったのに、すでに賞金をもらったような顔をしていたことで、やがて発表の日がくると、言葉通り彼の作品が一等賞に選ばれていた。先に紹介した講談社倶楽部応募作「ペルシャの幻術師」の話だ。

そのころ、司馬はまさに作家として歩みを始めようとしていた。文化部記者として知り合った東京在住の僧侶、寺内大吉から「もっと小説を書くよう」すすめられたのだという。寺内との出会いも代筆というのが司馬遼太郎らしい。『新聞記者司馬遼太郎』（文春文庫）によると、寺内大吉は当時、大阪新聞に大衆作家論を連載していたのだが、あるとき体調不良で予定の原稿が送れなかった。ところが、紙面にはちゃんと載っている。しかも巧い。一体誰が書いたかと聞くと福田定一記者とのことで、これが縁で交友が始まったのだという。先の「足跡」にもこうある。

「寺内君から同人雑誌をはじめようと誘われて、私は閉口した。学生時代から、文学青年や同人雑誌グループというのがきらいで、避けて通ってきたつもりだったのに、三十をすぎてから同人雑誌でもないだろうと思ったのですが、寺内君に押し切られた」

そうやってつくったのが「近代説話」。単なる文学愛好家の集まりでなくプロをめざすことを明確にしたため、一定の評価を受けた書き手に限るとし、そのため司馬遼太郎も有資格者となるため講談社倶楽部の懸賞小説に応募したわけだ。それまでは新聞記者の余技のような形で短編小説など書いていたが、寺内大吉と知り合い、本格的に小説に向き合おうと決意した。文学青年とか、同人雑誌とかの言葉にはどこか気恥ずかしさが伴い、そうした事柄から身を離そうとしていたのに、これからは真正面から取り組まなければならない。その、いつにない前のめりの意気込みが、先輩作家・藤澤桓夫を前にして「小遣い稼ぎ」の照れの言葉になったのだろうか。

「司馬遼太郎君の横顔」が書かれたのは昭和四二年だから、司馬遼太郎はもう押しもおされぬ人気作家になっている。活躍めざましい後輩の頼もしさを語る面白いエピソードとして紹介したのだろう。その中に藤澤桓夫の驚きというか、ちょっとドライな青年を見るような微苦笑が読み取れる、というと深読みしすぎだろうか。

むろん、大阪から新人作家が世に出ることを誰よりも応援していた藤澤桓夫だ。「近代説話」設立の際には物心ともに惜しみない支援を送っている。この「近代説話」から、司馬遼太郎をはじめ、寺内大吉、黒岩重吾、伊藤桂一、永井路子、胡桃沢耕史など直木賞作家が次々出てきたのはご存じの通りだ。

もうひとつ、司馬遼太郎を語った文章を紹介しよう。『大阪自叙伝』（中公文庫）は、大正・昭和の文豪から大阪の現代作家まで藤澤桓夫の幅広い交友を描いたエッセー集。ここで藤澤は「五味康祐と司馬遼太郎」の項目で司馬を語っている。みどり夫人とのデートを目撃したという軽い逸話のあと、こんなやりとりを紹介する。

「いつか私は、半ば冗談で、『君の歴史小説にはずいぶん嘘が多いんやろな』と言ったところ、司馬君は案外真面目な表情で、『飛んでもない。現代の作家のなかで、史実を一番よく調べているのは僕ですよ』と抗議した。その通りであろう。が、私が言いたかったのは、夥しく収集したそれら資料を踏まえた上で、彼の作品には作家的空想の翼の大きな音が聴こえる、そしてそれが彼の作品が多くの人々から愛される魅力の源ではないかという点だった」

そして加えてこんなエピソードを書く。

「司馬君が『梟の城』で直木賞を得た直後だったか、私は所蔵していた曲亭馬琴の『不譃』と書いた軸を彼に贈った。里見八犬伝の大空想作家が『イツワラズ』、つまり自分は嘘は書かないぞと見得を切っている、それが面白く、まことに司馬君にふさわしい二字だと思ったからだった」

この「不譃」に関係するかのような記者時代のエピソードがある。『新聞記者司馬遼太郎』は、産経新聞の後輩が記者時代の司馬遼太郎を追ったものだが、「文化部の机にて」で司馬が原稿を直しすぎるほど直すデスクで、筆が走るあまり、失敗をしたことがあったという。それは藤澤桓夫をめぐるものだ。

司馬はデスク時代、数々の企画を立ち上げたが、その中に著名人の交友を語る「善友悪友」というインタビュー欄があった。そこに藤澤桓夫が登場する。将棋好きの藤澤が升田幸三名人との交友を語っているのだが、記事の中に「藤澤が待ったをかけて升田に勝った」というくだりがあり藤澤が憤慨した。「私が升田さんに待ったなどするはずがない」ということで猛烈な抗議を受けた。

実はこれ、福田デスクが勝手に手を入れた箇所なのだ。インタビューしたのは石浜典夫記者。石浜恒夫の弟で藤澤桓夫のいとこにあたる。昭和二九年に産経新聞に入社し、昭和三一年に文化部に異動となり司馬の下に配属されていた。まあ原稿が弱かったか、話を盛り上げようとしたか。藤澤からの抗議に弱りはて、後に「私と将棋」というエッセーを書いてもらい、ここで「わたしは待ったなどしない」と訂正してもらって、ことをおさめたという。

この件については、当事者の石浜典夫が『なにわの坊ちゃん　文化部デスク時代の司馬遼太郎を語る』（愛媛ジャーナル刊）で、後日談を書いている。石浜典夫は産経新聞から開局まもない関西テレビに移り、のち愛媛放送社長をつとめている。

「いとこといってもかなり年は離れている。その作風と同じで極めて潔癖な性格の持ち主であり、曲がったことや卑怯なことは大嫌い。いとこといえども容赦ない猛烈な抗議を受けた」「実はこの話には少し続きがある。私と将棋という原稿をもらって、また弱った。文中に、取材した若い記者の筆がすべった舞文曲筆である、と書かれている。私は藤澤に、待ったのくだりはデスクが勝手に書き足したとは一言もいわず、自分が書いたことにしていた。福田デスクがここを直してくれるかと期待したが、申し訳なさそうに、この人の原稿をいじくるとまたうるさいからな、とそのまま整理部に渡した、おかげでこれを読んだ社内の先輩から、こら、新聞記者は事実を書かんとあかんぞ、と余計な説教をくらった」

司馬は筆が走る。何しろ作家の代筆を勝手にやってのける人だ。「新聞はわかりやすく、面白くなくてはいけない」が持論だったというが、この件はインタビュアーがいとこ、という油断もあっただろうか。今では考えられないフレームアップ。

産経新聞文化部の後輩で、司馬遼太郎に可愛がられ、のちに作家となった三浦浩は『青春の司馬遼太郎』（朝日文庫）で「司馬さんは基本的にフィクションの人だ」と喝破している。

司馬遼太郎は文化部記者時代に多くのコラムを書いた。とりわけ大阪新聞に「風神」のイニシャルで書いたコラムは社内でも評判が高く、三浦は熟読玩味していた。京大在学中には高橋和己や小松左京らと作家集団をつくっていた文学青年。風神の書くものはなぜ面白いのか。なぜこれほど感銘を受けるのか。三浦はこう気づく。

「福田さん（司馬）のコラムは、どこかにフィクションめいたものが隠されている。はじめの発想にフィクションがあって、これを堅固なファクトで固めながらコラム化しているのである」

書き手として「強靭なフィクション」を書く司馬遼太郎。一方で、その才筆を認め、十分に面白がってはいるが、どこか「筆の走りすぎ」を警戒する趣の藤澤桓夫。その生真面目さ、上品さは、帝塚山派文学の人々がもつひとつの特徴、「含羞」という言葉を思い起こさせないだろうか。

4、同期の桜　石浜恒夫

石浜恒夫は大正一二（一九二三）年生まれ。司馬と同い年で、陸軍戦車隊で一緒だった戦友だ。一時期（昭和三〇年代）、大阪の同じマンション（長堀マンモスアパート）に住むなど、親しい付き合いがあったことが知られている。同い年の学徒動員兵ながら、片や歴史学者の長男で旧制大阪高等学校を出て東大に進学したエリート、片や、その旧制大阪高校の受験に失敗し、「ごく普通の商家なので東京の私学には入れず」、浪人をへて専門学校である大阪外国語学校で学ぶことになった「学業成績は中以下」（足跡）を自称する青年。出会いのころを、こう語っている。

「初年兵教育が終わって入った満州の戦車学校には、石浜恒夫がいました。彼が文学青年であることは鳴り響いていました。彼とは8カ月間、おなじ戦車を担当して一緒に修理したりしました」（足跡）

戦後復員してきた二人は大阪で再会し、それぞれが書くことに携わりつつ混乱期を生き、お互いを意識していたことが残された文章などから感じとれる。

まず、司馬遼太郎が語る石浜恒夫。

「わが愛する大阪野郎たち」という文章がある。昭和三六（一九六一）年八月の月刊「日本」に掲載されたもので、副題に「いまも大阪に生きている〝戯作な〟精神」とあるように、大阪もののエッセーとして書いたものらしい（新潮文庫『司馬遼太郎が考えたこと1』所収）。「戯作な精神をもつ大阪野郎」の一人として石浜恒夫のことを取り上げている。

「こいさんのラブコール」や「流転」で知られる石浜恒夫とは、加古川戦車19連隊に入営したときからの戦友で、満州の戦車学校では同じ戦車に乗ったが一向に戦車は動かなかったということなどが紹介された後、終戦直後の大阪の街で出会ったことが語られる。

復員した二人は仕事探しをしている。石浜は東大に復帰せず「機械技師」をしているといい、「友人の世話でバタバタの運転手でもやろかと思っている」と話し、「乱世やな」と苦笑しあって別れた。ところが、それからしばらくして駅で「人間」という雑誌を買い、車中でひろげてみると、そこに石浜恒夫の名前があった。「ぎゃんぐ・ぽうえっと」という短編を書いている。

「読んでみると、いままで接したことのない斬新な文体のなかに、触れれば発光しそうななにかが包まれていた。私は、この小説を読んではじめて、戦後がきた、という歴史を感じたほどだった。しかしこれがあの石浜やろか」

その後、「ジプシー大学生」などが載るのを見て、かつての戦友だと確信し手紙を出した。「そや」という書き出しから始まる返信によると、機械技師をすると言ったが結局大学に戻り、野球部に入り、卒業後は後楽園にやとわれて球ひろいなどをしたりした。「おれは醜業夫やぞ」などと、うれしそうに書いている。

「大阪弁では、こういうもののいいかたを『げさくな』という。戯作なと書く。生っ粋の大阪人である石浜には、げさくな精神があり、技師になったり球拾いになったりして自分をさまざまに『げさく』させ、そういうげさくぶりをひとりよろこんでいたのであろう」

「しかし」と司馬は続ける。

「私は、いつかは小説を書きたいと思っていた。が、小学校以来、そういう素志を、ひとに明かしたことがなかった。小説を書く、などという照れくさい告白ができるふんい気は、大阪にはなかったのだ。しかし、石浜は、表て世間では自家発電技師やなどと名乗りながら、かげでは、大まじめな顔で、小説を書いていた。このことは私をひどく刺激した。自分も小説をかいてみようとこっそり考えたのは、このころのことである」

一條孝夫氏による研究発表「石浜恒夫序説――小説家としての側面」（帝塚山派文学学会紀要第三号）によれば、石浜恒夫は昭和二三年、東京大学を卒業、川端康成のすすめもあり小説を書き始めた。「ぎゃんぐ・ぽうえっと」は川端の紹介で「人間」（昭和二四年八月）に発表され、これは昭和二五年の第二回横光利一賞の候補作となっている。「軍隊でも文学青年として鳴り響いていた」石浜は、その通り、文学の道に進んでいたのだ。

一方、石浜恒夫にも、この当時の二人をめぐる文章がある。

昭和四三年「潮」三月号に発表した「戦友・司馬遼太郎のこと」。二人は難波高島屋の前でばったり会ったことになっている。

「きみ、小説を書いてンねんなァ。人間の、ぎゃんぐ・ぽうえっと、読んだで。それ以上の感想も批評もしなかったが、自分はいま新日本新聞にいて、京都の宗教関係のことを担当しているといい、口数も少なかった。おたがいあの敗戦直後の生活のわびしさのなかで、もまれていたときだったし、考えあわせてみると、司馬も私も、自分ひとりの心象のなかでの、勉強にふけっていたころではあるまいか」

石浜は、自作について司馬の感想はなかったと書いているが、「わが愛する大阪野郎たち」には鮮烈な印象を受けたことが書かれている。それから三、四年後、弟の典夫が産経新聞に入社し、新聞社を訪ねたときに再会して交友が始まる。いつだったか、サラリーマン生活はウラヤマシイといったら、そんなことはないと司馬は味気なさを訴えてきたりした。ところがやがて、福田定一著、サラリーマン読本という新書版の本が送られてきて読んでみると一節に、ちゃんと、サラリーマンになりたいと言ってきた男をいさめる章が、書かれていた。

『名言随筆サラリーマン』は司馬遼太郎の名前で文春新書『ビジネスエリートの新論語』として復刻されている。どうやら「停年の悲劇」の項がそれにあたるようだ。

著者の知人で入社二年もしないうちに辞表を出した男がいる。いずれ停年で会社をやめなければいけないのなら、停年のない仕事に今から就いた方がいい、とややこしいことを言い始める男の生き方をあれこれ斟酌する話だが、どうやらその男の人物造形に石浜が埋め込まれている様子。

「旧制高校以来の秀才で通した人物で、T大の経済学部を優秀な成績で出るなり、財閥系の商事会社に入った」「学生時代、超現実主義ふうな詩を書いたり、かと思うと実存主義哲学に凝ったり多少奇警なところがあった」

エリート育ちで「戯作者」である石浜恒夫をからかう気配が濃厚ではないだろうか。

やがて、司馬は寺内大吉らと同人誌「近代説話」を立ち上げ、石浜は誘われて創刊号に「私は天使じゃない」を発表している。石浜の執筆はその後見られないが、『近代説話』からは次々に直木賞作家がでた。当の司馬が一番乗り。石浜は「戦友司馬遼太郎」で、不思議に人生が交錯する同期の桜を語ったわけだが、最後は少々センチメンタルに文章を締めくくっている。司馬が直木賞を受賞した後、満州時代の教官が部屋をたずねてきて、一緒に会ったとき。

「司馬が、直木賞の銀時計を見せると、満州へ残留してソビエトで抑留生活をしたという木村少尉は、自分も古ぼけた銀時計をポケットから引き出して、見せていった。おれも、戦時中のカタミといえば、これ、ひとつだよ。予備士官学校を一番で卒業したさいの、記念の、恩賜の銀時計だった。わたしは、そのふたつの懐中時計を、交互に手にとって眺めてみた」

「石浜恒夫序説」によれば、その文章を書いた昭和四〇年初頭のころの石浜は、近代説話のかつての仲間たちの活躍に刺激され小説に再び熱を入れたいと思いつつも、ヨットに熱中し、結局、小説から遠ざかっていった。

小説家として存分の活躍をする同期の桜をどうながめていたか。いやいや、「何者にも拘束されない地球上自由人」（石浜恒夫序説）の石浜恒夫にとって、そんな想像は無意味であるかもしれない。石浜恒夫の司馬への友情は曇りない。

昭和四三年二月、父・石浜純太郎が亡くなったとき、石浜恒夫は戦友・司馬遼太郎のためにひと肌脱いでいる。石浜純太郎は東洋学をはじめとする国内外の膨大な蔵書を遺していた。関西大学、京都大学、龍谷大学、天理大学、大阪外国語大学などで教鞭をとった経験もあり、各大学が貴重な蔵書の行方に関心を寄せていた。中でも熱心だったのが、モンゴル語一期生として縁のある大阪外国語大学と、博士号をとった関西大学。両者の間でせめぎあいがあったが、結局昭和四五年、大阪外国語大学に正式に収められ「石浜文庫」として整理された。その寄贈をめぐっては、外大モンゴル語の卒業生である司馬遼太郎が遺族石浜恒夫との縁を活かし積極的に動いたことが『大阪外国語大学70年史』（一九九二）などに語られている。

5、長沖一の「肉体交響楽」

さて、興味深いのは長沖一をめぐる話だ。長沖一との付き合いは生前、先の二人ほど強いものではなかったが、没後に深い関係をもつことになる。

長沖一は昭和五一（一九七六）年八月五日に七二歳で亡くなった。その五年後の昭和五六（一九八一）年、長沖一が昭和五（一九三〇）年に書いた未発表の短編「肉体交響楽」が突然、「中央公論」十月号に掲載された。同じ号には、司馬遼太郎による作品解説のような、著者紹介のような長い文章「昭和5年からの手紙　長沖一とその世代環境」が掲載されている。四〇〇字詰原稿用紙三五枚。なぜこんな異例の長さの文章がつけられたのか。そもそもなぜ突然、五〇年も前に書いた作品が発表されたのか。

長沖一の次男・長沖渉氏が「藤澤桓夫と長沖一の友情」として「大阪春秋」（平成二六年夏号）でその件に触れている。藤澤桓夫特集号の中の文章なので、二人の友情に焦点をあてた短い文章のため、詳しい経緯を知りたいと渉氏にインタビューした。当時の状況を思い起こしてもらった経緯は以下のようなものだ。

父親が亡くなった後、藤澤桓夫は僚友・長沖一のために何か形に残したいと、奔走を始める。渉氏は昭和五一年にＮＨＫに入局したばかりだったが、何度も呼び出され、使い走りをした。まず、朝日放送のＰＲ誌「放送朝日」に昭和四八年から四九年にかけて連載した原稿が残っている。これを本にしてはどうか。藤澤桓夫の本を出したいと藤澤詣でをしていた出版社に持ち掛けたが、一冊にまとめるには分量が足りないという。ならば、ということで帝塚山学院「日本文学研究」のために行った庄野英二との対談「わが有為転変」を収録し、これで何とか一冊の本になった。昭和五三年六月に発行された『上方笑芸見聞録』（九藝出版）。

これが関係者の間で話題になり、中でも本で名前のあがった作品「肉体交響楽」に注目が集まる。あとがきで、藤澤桓夫が「軍隊の野蛮さを大胆に書いた野心作ながら戦時下で未発表となった不運の作品」として名前を出し、庄野英二との対談でも、「幻の名作、どこへ行ったかわからんですか」と聞かれ「どこへ行ったかわかりまへんわ。よう捜せば、ひょっとして出てくるかも知れん」と語られたものだ。藤澤は作品を探すよう渉氏らにはっぱをかける。そして、遺品の中から原稿が見つかった。さて、これをどう世に出すか。

またもや藤澤桓夫は知恵をひねる。そもそもこの作品は、中央公論の依頼で書き、時節柄掲載が見合わせとなった作品なので中央公論に発表するのが望ましい。しかし、自分（藤澤）はもう中央文壇から遠のいていて知っている編集者がいない。ここは司馬君に頼んでみよう。忙しいから難しいかなと自信がなさそうではあったが、後日、藤澤桓夫から「司馬君からいい返事をもらった。すぐに原稿を持って、東大阪に行ってほしい」と弾んだ声で連絡があった。八〇枚の原稿用紙をコピーし、すぐに持参した。しばらくして、解説文を書いたので来てくれ、と言われてもう一度、東大阪に行き司馬さんに会ったが、それがいつのことで、何をしゃべったかはあまり覚えていないという。

ともあれ、幻の作品が発見され、雑誌に掲載が決まったのだ。司馬遼太郎もかかわっている。新聞社はきっと関心を持つはずだ。在阪新聞社との付き合いが多かった藤澤桓夫は思案をめぐらせた。渉氏によれば懇意にしていた記者が読売新聞と産経新聞におり、どちらかに掲載されたはず、という話だった。そして後日、確認できたのが以下の記事だ。

昭和五六年九月二日付産経新聞朝刊。社会面トップを飾る大きな記事だ。見出しに「50年ぶり〝幻の軍隊小説〟故長沖一さんの名作肉体交響楽。中央公論10月号　藤澤さんらの友情で蘇る」。リードにこうある。

「昭和のはじめ、旧日本陸軍の体質が大きく変質しようとするきわどい時期に、異常な隊内生活を生々しく描き、〝幻の名作〟といわれていた作品が、約五十年ぶりに日の目を見ることになった。近く発売される中央公論10月号に掲載されるいまは亡き長沖一さんの肉体交響楽。その背景には作家、藤澤桓夫さん、司馬遼太郎さんら大阪に住む旧友、知人たちの友情がこめられている」

「昭和5年からのナマの声聞く思い」という見出しのつい

50年ぶり〝幻の軍隊小説〟
故長沖一さんの名作「肉体交響楽」
旧陸軍、リアルに
藤沢さんらの友情で甦る
中央公論10月号
昭和5年からのナマの声聞く思い

昭和 56 年 9 月 2 日付産経新聞朝刊社会面

た司馬遼太郎の長い談話がついている。中央公論に掲載された「昭和五年からの手紙」を要約したような内容だ。

　さて、司馬遼太郎は中央公論にいつ、どのように話を持ち掛けたのだろう。その思いはどんなものだったのだろう。単に旧知の先輩作家からの依頼があり、「不運な作品」に同情した上での協力だったのだろうか。司馬遼太郎の尽力のありようを知りたくて、中央公論で長く司馬担当だった元編集者、山形眞功氏に話を聞いた。

　山形氏は一九六五年中央公論入社、七三年に「空海の風景」から司馬番となり、長く担当をつとめた。退職後も福田みどり著『司馬さんは夢の中』の編集や、「遼」の編集にも携わっている。

　雑誌掲載のちょうどそのころ、山形氏は「中央公論」編集部から「婦人公論」編集部へと異動となっており、その号の編集には直接かかわっていないが、その原稿についてはよく覚えているという。

　具体的な経緯は不明だが、あらかたの経緯は想像がつく。山形氏はその年の「中央公論」四月号掲載の司馬作品「イリ十日記」までは校正に付き合った。そのときま

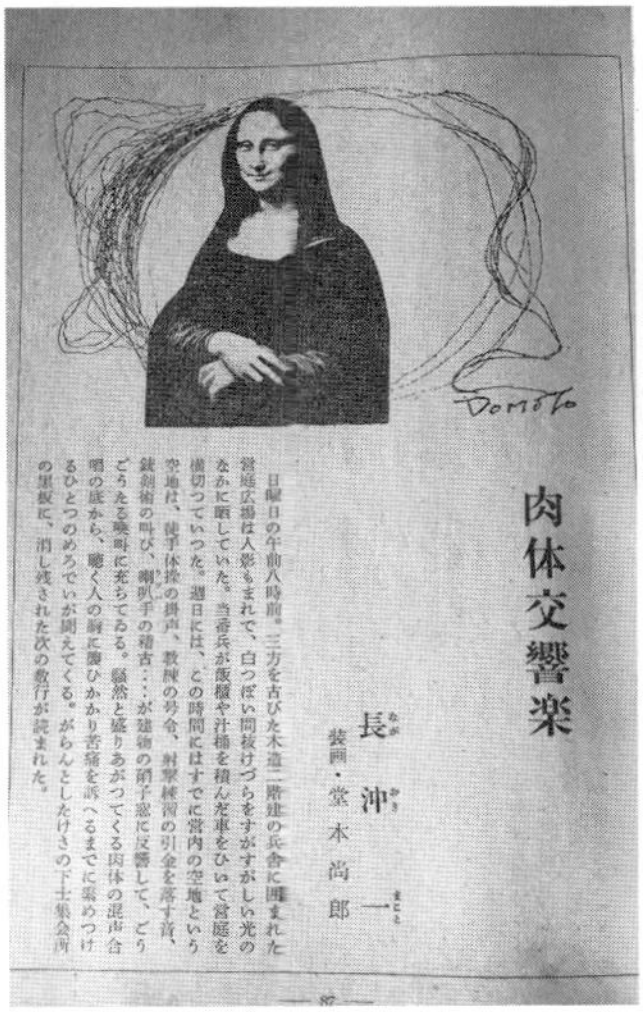

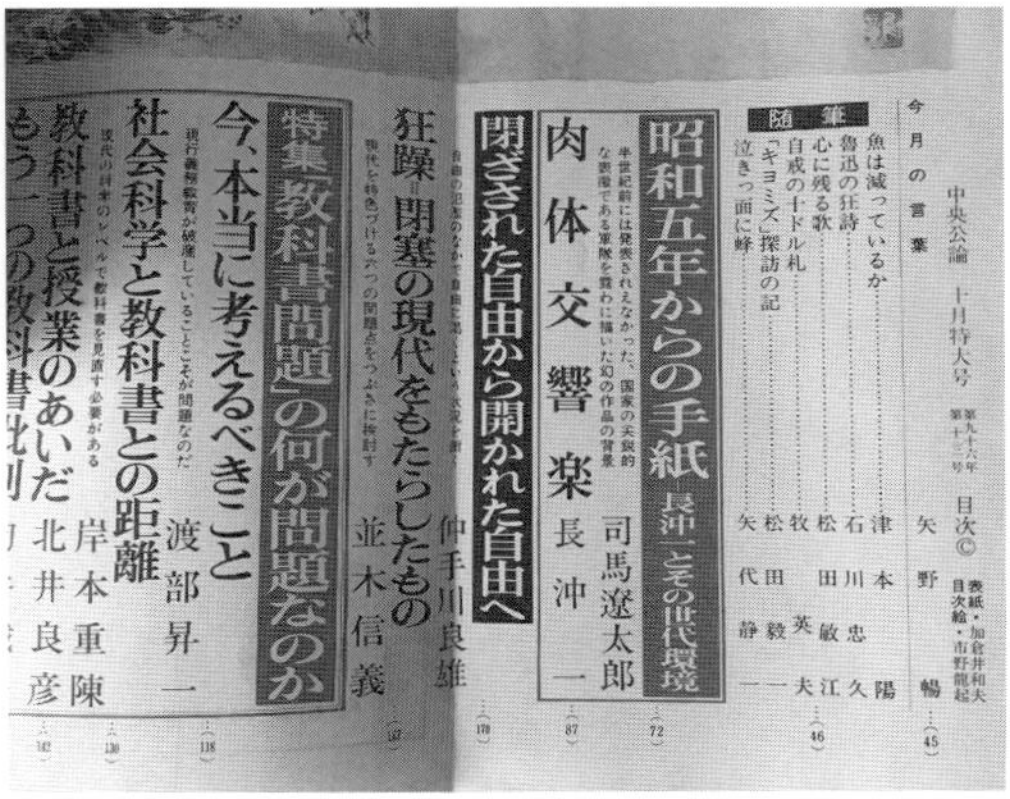

「中央公論」昭和 56 年 10 月号の目次と掲載された「肉体交響楽」

で長沖原稿の話は出ていない。したがって、「中央公論」へ話が持ち込まれたのは夏ごろのことだろう。その夏、司馬遼太郎は群馬県高崎で講演するため七月一七日から二〇日ごろまで上京しており、そのおり、編集長か自分の後の担当者か、社長に持ち込んだのではないか。一九日の講演前には高崎駅前の旅館の部屋を訪ねている。そこは、司馬遼太郎が満洲から本土に戻った戦車第一連隊第五中隊の下級士官だったとき泊まった旅館で、部屋は当時のままだった。そのころ、韓国陸軍において「肉体交響楽」に書かれているような「夢遊病的な集団ヒステリー」が発生したとの新聞記事があり、それを話題にした記憶がある。

雑誌の段取りからいうと、十月号の発売は九月一〇日。八月末には校了となるので、それを待って九月二日付けの新聞記事になったのだろう。異例の長い解説文については、作家側からの提案と思える。枚数等について編集部側から注文をつけることはまず考えられない。軍隊に放り込まれた青年を通して戦前、それも昭和前期国家への考察と思いを述べた文章は、「中央公論編集部」のみならず、各出版社もみんな待ち望んでいる文章だった。それは喜んで掲載されたはずだとみる。

「昭和五六年以後の司馬作品に、それに関して直接的な言及や影響は見当たらないが、司馬さんがずっと考え続けていたはずの『昭和国家』、とくに昭和二十年八月十五日以前のそれを探究してゆくうえで大きな意味を持ったのではないか」と山形氏はいう。「昭和五年からの手紙」というタイトルそのものにも、司馬遼太郎の思い、とりわけ晩年によく話していた「自分の作品は、昭和二十年の自分にあてた手紙だ」（文化勲章受章時の記者会見の言葉）という表白へのつながりを感じるという。

「肉体交響楽」のもつ資料的価値について、司馬はこう記している。

「敗戦後、重苦しい国家から解放されて、（生き残った人たちが）存分に軍隊のことを書いたが、十五年戦争以前、遠く明治初年にいたるまでのあいだ、たれも日本陸軍の足もとともいうべき内務班と初年兵について書いた者がなかった。明治からひきついできた鎮台的な軍隊の最後か、もしくは十五年戦争がはじまろうとしている最初というきわどい時期に、長沖一という若者が、その社会に嵌めこまれ、かつ書いた。書き上げたときには十五年戦争のふんいきがはじまっていて、発表されなかった。むしろそのことが後の世を経験しつつある私どもにとって幸いだったかもしれない。文学的価値のほかに、この作品は歴史的な（ひねくれていえば風俗史的な）資料性を大きくもつにいたっている。軍隊内務班について知識や関心のないひとでも、昭和5年における知識青年の精神風俗というものを知る上で、なにごとかを感じることができるかもしれない」

作家・司馬遼太郎にとっても、長沖一の「肉体交響楽」は大きなインパクトを持ったのだ。そして、長沖一の生き方そのものにも、思うところは多かったのではないか。「昭和5年からの手紙　長沖一とその世代環境」には、長沖一とその周辺の人々に関して、たっぷり筆を伸ばしている。司馬と長沖一との出会いは、昭和三一年ごろ。文化部記者として原稿料を支払うため帝塚山の長沖家をたずねたときのことで、質朴な長屋暮らしをする長沖一家の様子が印象的につづられている。そして、旧制高校生時代に始まる藤澤桓夫との濃密な交友、その友情に支えられた作家活動などを紹介し、帝塚山界隈で暮らす作家たちについてこう表現する。

「この人達は、長沖さんの中学（旧制天王寺中学）の同級だった詩人の小野十三郎氏らとともに終生交友をつづけ、ともに大阪の南郊にすみ、私ども齢下の者からみれば、帝塚山あたりで一種のどかな詩社でもつくっているようなふんいきが、戦後十数年ぐらいーあるいはそのうちの何人かが死によって欠けるまでーもしくはいまなおつづいているかのようであり、そのあたりはまことに縹渺としている」

帝塚山派文学作家たちをひと言でくくったような「のどかな詩社」という言葉が印象深い。この帝塚山周辺に暮らす人々をひとかまたりで見る見方は藤澤桓夫が亡くなったときの追悼談話などにも見られる。藤澤桓夫が亡くなった翌日の新聞各紙（大阪版）では、すべてに司馬遼太郎の追悼談話が載った。中で、質量ともに味わい深いのが「景色のいい人だった」と見出しがついた読売新聞の記事だと山野博史氏は『発掘司馬遼太郎』（文藝春秋）で述べている。

「高校や大学で一緒だった長沖一さん、秋田実さん、小野十三郎さんなど、家のある住吉かいわいでの付き合いで終始したのは見事でした。生活圏を限定されており、その中から小野さんらが出て、いい感じのサロンだった。ちょっと離れて遠くから見るといい景色で、藤沢さんはすべての点で景色のいい人でした」

6、作家たちの交友から見えてくるもの

帝塚山派の人々と司馬遼太郎との関係について調べてみたい、と考えたきっかけは二つある。ひとつは本学会で帝塚山派の作家についての研究発表などを聞いていると、あちらこちらで司馬遼太郎が顔を出すこと。むろん同時代に同じ大阪にいた作家として当然とはいえるが、両者はどんな関係だったのだろう、と気になったこと。もうひとつは、私自身が産経新聞文化部記者出身であり、さらにいえば大阪外国語大学の卒業生でもあることか

ら、二重の先輩である司馬遼太郎に多少の縁を感じ、関心があったことがある。

従って、司馬遼太郎の側からの関心の寄せ方ではあるけれど、この、世によく知られた作家を通して、帝塚山派の作家たちの特徴、あるいは輪郭が何か見えてこないかと考えた。国民作家として時代を駆け抜けた作家と、大阪の南郊で静かに暮らし、含羞の文学としていまやっと注目され始めた帝塚山派文学の人々との交流。そこに見えてくるものは何か。むろん数多い帝塚山派の作家たちの中の、わずか三人とのかかわりを探ったにすぎない。断片的な情報であり、断定的なことはいえない。

ではあるけれども、残された文章からたどる作家たちの心の通わせ方には、感じるところは多かった。フィクションをめぐる藤澤桓夫との感覚の違い。石浜恒夫との微妙なライバル意識。長沖一の生涯を見つめる透徹な視線。

長沖一についての文章を書くとき、はからずも「長沖一は小説を書くひととしてかならずしも知名ではない」と書き出さずにはおれなかったように、長沖一の知名度は全国的に高くはなかった。いや大阪の人ですら、ラジオドラマ「お父さんはお人好し」は遠くなり、そもそも脚本家の存在は表に出にくいのだ。戦後、とりわけ高度成長期以降、情報発信は東京一極集中になり、東京発の情報だけが人々に届くようになる。大阪にいても、東京経由でないと大阪のことは知られないのだ。かつて大阪の知識人の代表だった帝塚山派の人々と、司馬遼太郎との距離は大きく開いてしまった。

例えば、長沖一の「肉体交響楽」をいま読もうとすると、昭和五六年の雑誌「中央公論」を探し出して読むしかない。一方の解説的文章である司馬遼太郎の「昭和5年からの手紙」は、出版された司馬本のあちこちに収録されて確認できる。例えば『ある運命について』（中央公論）、あるいは全集第50巻や新潮文庫『司馬遼太郎が考えたこと11』。

帝塚山派の人々を見つめる司馬のまなざしに思いを馳せてみる。何者でもなかった新聞記者時代に知己を得た帝塚山派の人々。時代が大きく変わっても自分たちの「詩社」でのどかに、変わらぬ友情の世界で暮らしている人々。

司馬遼太郎は「足跡」で、有名になること、虚名に対して強い警戒心を吐露している。

「作家とはすぐ名の知られる職業です。またお金もそれにつれて入ってくるでしょうが、しかしそれは虚名です。この虚名のおそろしさは大変なもので、人格を変形させるほどの力をもっています。たまにパーティーなどへいきますと、自分はこんなに有名なのか、とわたし自身驚くほどです。ただ、この虚名に乗ってしまうようなことがありますと、わたしは自分の目を失って、今までのような仕事ができなくなることは明らかで、厳しく自分を戒めています」

しかし、否応なく虚名はついて回る。「足跡」には収録されていないが、「足跡」のもととなった『司馬遼太郎全集』第三二巻（昭和四九年）の巻末談話には、こんな言葉も載っている。

「わたしどもの世代の青春にはいくつかのタイプがありますけれども、非常にうらやましい青春のタイプというのは旧制高校へいったタイプですね。そこへいけなかった者にはまたちがう青春があるというよりもむしろ希薄な青春しかない感じですよ。とくにわたしには」

「小説を書きはじめたころ、私は小説に関する友人を身近かにもっていませんでした。最初に書いた『ペルシャの幻術師』や『戈壁の匈奴』などは、家内だけが読者で批評家でした。小説作法についてのグループに属したことがないため、一般的に何が小説になるかということに無関心ですし、いまもそうです」

どことなく、藤澤桓夫と長沖一の友情が思い出されないか。むろん、だからといって司馬遼太郎が「のどかな詩社」的な生き方に全面的に傾斜したとは思わない。「いい景色」は、「ちょっと遠くから見るといい景色」なのだ、とわざわざ念を押しているのだから。

ずっと大阪に住み続けたように、司馬遼太郎の大阪への思いは強かった。帝塚山派の人々はむろん大阪に根付いている。その人々と同じ大阪にいて「いい景色の人たち」とながめている。そこにいくばくかの憧憬が潜んでいると考えるのも楽しい空想だ。文壇的立場は大きく違っても、真摯に文学をめざす人たちがそこにいる。確かな作品をのこしている。それを実感できた時代。

遠く時間をへてながめると、それもまた「いい景色」だと思わされる。

帝塚山派文学学会―紀要第七号―より

私の詩作、そして小野十三郎と杉山平一

倉橋健一

小野十三郎の生い立ち

小野十三郎さんは、上本町の大きな花屋、のちに花屋の権利を番頭さんに渡して銀行を起した家柄の生まれですから、大変なお金持ちのボンボンです。小野さん自身は、ミナミの法善寺横丁の「水かけ不動」を西に出た角から左側三軒目あたりが生家で、芸者の子、つまり愛人の子ですけども、本家の義理の母もお父さんも非常におおらかで。義理の母の実家は奈良の大和高田の城代家老の家柄で、愛人の子だからといって卑屈になってはいけないからと、少年期はそこに引き取られたんですね。

そこでこれも義理になる祖母の手で育てられて、十二歳の時に同じく芸者の子の姉と二人、父親の元に引き取られて帰ってきたんです。お姉さんが帰り際に、ちょっとあんたに会わせたい人があるんやと言って寄った家が

芸者の三味線弾きの家で、これが小野さんの実母だったんですね、その時初めて母に会った。お母さんはそのままお座敷に出かけて行って、それをじっと待っていたという話を『奇妙な本棚』という自伝に書いてます。そういう生活から出てきて、それでいて屈託がないんですね。本家の異母兄弟たちも何も屈託がないんですね。

大正デモクラシーの時代に東京の東洋大学に入学しますが、八ヶ月で中退します。普通のサラリーマン以上の仕送りを受けながら、学校に行かないんです。かわりに「赤と黒」や「タムダム」などアナキズム系の詩運動に加わり、その中心人物になり資金カンパしたりしてました。

二・二六事件が起きた昭和十一年前頃から段々世の中が暗くなって、小野さんは昭和八年に東京から引き上げます。

これは一種の国内亡命だと僕は思うんです。思想的にも息苦しくなってきて、そのために大阪に引き上げてきたというのが実態だと思います。そのまま大阪に、しかも昭和町の三軒長屋のうちの二階建ての長屋の一軒に住んで、亡くなるまで長屋暮らしをするわけです。

小野十三郎と杉山平一の青春時代

ところで今日はこの話題で話をしないかと言われて気がついたんですけど、小野さんと杉山さんというのは年齢が十一歳違うんですね、小野さんが一九〇三年で杉山さんは一九一四年生まれですから。一一歳の年の差で、二〇歳の青春期には小野さんは大正期の、大正デモクラシーのど真ん中にいたわけです。一方杉山さんの二〇歳の青春期は、私が生まれた昭和九年、一九三四年の一番過酷なファシズムの時代に二〇歳を迎えています。

大正デモクラシーとは言いますが、一方ではロシア革命が起きて、そのボリシェヴィキ革命の情報がどんどん入ってきて、文壇を含めて日本がダーッと左傾化した時代です。その一方で第一次世界大戦があって、日本はのちの第二次世界大戦の連合国側につきましたが、ほとんど実戦に参加せず今から見たら束の間の平和の時代でした。いわゆる民主主義の原型、戦後の私たちの平和憲法だとか、そういうものがその頃全部出てきてるわけで、そこにちょうど小野さんが自分の青春期を終えて、しかも日本共産党が出てきて戦後に革命勢力の中心になってる時代にも、一貫してこのアナキズムの立場を通します。そういう意味では徹底した「個」なんです。個人が原点になる思想、それを貫き通すんですね。そういう生涯を送っていかれた。

一〇年間スライドして杉山平一さんを置きますと、杉山さんの二〇代というのは戦争期に入るわけです。おまけに杉山さんのお父さんは技術屋で自分で会社を起こしていき、戦争中は軍需工場になります。その長男ですから杉山さんもボンボンです。松江高校に行って、そして試験なしで東大の文学部美学美術史学科に入ります。松江高校時代からの一年先輩の花森安治の影響もあり、映画に関心を持って映画批評の勉強をして、そのセンスで詩の言葉をみがいて投稿をとおして、その上で「四季」派のメンバーになります。

全面的な日中戦争が始まるのが昭和十二年ですが、「四季」は昭和九年から、堀辰雄、三好達治、立原道造らを中心に、のちには伊東静雄らも参加して月刊制をしいて十九年までつごう八十一冊出しました。杉山さんは学生時代本屋さんで「四季」を手に取って、投稿したら三好達治の選で載ってしまったと言っています。これを生涯の大きな喜びのひとつにされてたようです。

こういう二人が戦後の大阪にいて、一人がリアリズムで一人が抒情派の中心的な存在で、私たちは指導を受けてきたわけです。これは画期的なことだと思うんです。

二人の戦後

小野十三郎はずっと反骨主義を貫いた。第二次大戦後の日本の知識階層は、おおまかにいってずっと左翼的だったと僕は思います。つまらない戦争もやってきたし、それを防げなかったという自己批判もあって、徹底的に左翼的な時代でした。その上で戦後というのは初期は特に共産党の影響力というのが強いわけですけれども、そういう中にあっても小野十三郎というのは徹底して「個」なんですね。六〇年安保などあって共産党の中にもいろんな反対派が出て、近親憎悪のように憎み合うのですが、小野さんというのは一貫してその外にいて、左翼の象徴みたいな文化人ですけども、まったく頓着してないんです。そういう生涯を最後まで送った詩人というのは、日本文学史の中でも稀な存在で、そういう意味では大阪の風土と噛み合った時の小野十三郎というのは、まだまだ検討する余地があると思いますね。

杉山さんは戦後、お父さんの大きな工場にできた、共産党直結の労働組合が産別という日共系できつかったと思いますね。お父さんの会社を手伝って、給料は遅配するは、組合からは突き上げられるは、そのために資金調達に駆け回るは、ということを生活の半分というか七割くらい、ずーっと続けてきた人なんですね。それが終わるのが一九七六年、その前に帝塚山の先生になって。杉山さんは帝塚山学院に助けてもらったと僕は思ってるんです。

ところが小野さんは大阪に帰って長屋に住まいをしながらも家作もあって、家賃収入もたくさんあって、空襲で焼けて家作を失うまでは長屋住まいするような磊落な生活を送ります。そして戦後になって、戦前からの数少ない抵抗詩人のひとりになりました。

逆に「四季」派は戦争協力派としてのさまざまな批判を浴び、杉山さんの方はそれを背負いながら、自分は「四季」派のメンバーだという自覚を大変強く持続した人でした。「四季」派は戦争中に、例えば三好達治は戦争協力詩をたくさん書いた、という形で、いわゆる戦争責任問題として批判を浴びる。杉山さんが一番尊敬する三好達治はその槍玉に挙げられる。それを杉山さんは自分も背負ってるような形でずーっと気兼ねしながら戦後を送ってきました。

私と小野十三郎との出会い

十歳の差でここまで違うというぐらい、小野十三郎と杉山平一は両極端を歩む。生活的にもそうだし、文学の質の上でも特異なコースをたどっていったと言えると思います。両極の広い幅の中に、つまり抒情派の杉山さんとリアリズム系の小野さんの間に、僕の文学の出発の風土も置かれていました。思えば受験浪人中に、まわりの友人の共産党員から、文学サークルを作るのを手伝えと言われ、呼びかけ文を書いたりしたのがきっかけになりました。当時の映画サークルの事務局はみんな共産党員でしたが、それを手伝ったこともあって、オルグに行く時の名刺に「倉持健一郎」というペンネームをつけられました。

その頃「現代詩」という雑誌がありました。のちに「荒地」、「列島」、全部ひっくるめて鮎川信夫を議長に、吉本隆明、長谷川龍生みんな入ってる、「現代詩の会」が経営する、面白い市販雑誌でした。作った文学サークルの中に詩を書く人がいて僕に、詩を書いたらどうだ君は詩に似合ってるぞと言うものですから書いて、この雑誌の新人賞に応募して、幸か不幸か、第二回の時に選外佳作になったんですね。大阪では僕だけだったんですが、結局これがきっかけになりました。

当時大阪の詩の中心が、小野十三郎のリアリズム詩を標榜していた「山河」グループで、「山河」は全国的にもレベルが高い雑誌の一つでした。そんな雑誌も読みはじめた頃、サークルで小野十三郎を呼んで講演会をやり、それが小野さんとの最初の出会いになりました。

六〇年安保闘争があった二年後に、当時京都大学から出ていた「学園評論」というブント系（新左翼系）の雑誌がありまして、それに小野十三郎批判を書けといわれ、小野詩論を読むきっかけになりました。

話が前後しますが、一九五六年に吉本隆明と武井昭夫の共著で『文学者の戦争責任』という新書版が出た。左翼活動家を装いながら戦争中に実は戦争協力していたことを隠してる人がたくさんいる。槍玉にあがった中には、戦前小野十三郎と一緒にやった当時のアナキズム系の壷井繁治とかいろんな人がいました。でも小野十三郎は批判されませんでした。それはそれだけの理由があるのですが、その時の注文は、本当にそれですませられるか、ということでした。調子に乗った僕は「小野十三郎の詩と状況に関する覚書」という一文を書いて、小野さん自身は抵抗と言っても読みようによってはその逆もあるではないかと書いたんです。

ちょうどその頃「現代詩」に小野十三郎さんは「奇妙な本棚」という自伝を連載してまして、ある日本屋で立ち読みしているとその中に僕が出てくるんです。僕が批評の対象にした「渺《はる》かに遠く」を引用したうえでこう書かれていました。

《私としてはこれは〝抒情の否定〟という方法の実践をやってみたわけで、主観や主情によって現実を浅く掬ってしまう従来の詩の方法を捨てて、風景自体のボリュームによって「苛烈な現実を歌おうとしたのだ。そしてその苛烈な現実とは、私にこれらの作品を相次いで書かせた抵抗の実体である戦争だ」というこの詩の自作解説を読んだ大阪の若い詩人倉橋健一が、最近、京都大学の『学園評論』誌上で、

「これを少し意地わるい見方で読み直せば、苛烈な戦時体制下の現実として国策化されたイメージになっていないとはたしていい切れるであろうか。ぼくには〝苛烈な現実とは抵抗の実体である戦争〟から〝戦時体制下の苛烈な国家主義的現実〟と置き換えることが容易な気がしてならず〝息づまる世界〟とはあんがい、天皇帰一思想の凝縮した内部状況とも云えるのだ」と述べているのを見た。

これは意地悪な見方といったものではない。このように価値転換をなさしめる要素が、この詩をはじめ、戦争後期のわたしの作品のかなりな部分にある。》

僕は参りました。小野さんにそういうふうに言わせるのは構わないんです。そのためにはもっときちんと書かないと。同時に僕は小野十三郎という詩人の人柄にふれた思いがしました。こうあらねばいけないと思いました。これが僕と小野十三郎の個人的な意味においての文学の出会いなんです。

大阪文学学校と関西の詩

それから六二年、その翌年か、僕は文学学校に呼ばれて小野さんのお手伝いをする形になっちゃうんです。小野十三郎校長の文学学校はその頃から最盛期に向かいまして。最盛期五〇〇人くらいになるんですが、いろんなリベラルな人、小説家では「ヴァイキング」系の人、高橋和巳なんかがいたグループです。そのほかに松原新一、詩人で言うと金時鐘とか、みんな文学学校に参加してました。

同時に小野十三郎の影響を受けた優れた詩人に多く出会うようになったのもその頃からです。例えば長谷川龍生、もう亡くなりましたけど、僕が文学学校にいる間に小野十三郎がお年召したあとで次の校長先生を選ぶときに頼んだ方です。旧制の富田林中学校出身の詩人で、戦争期の末期一〇代の頃小説に関心があって、はじめは藤澤桓夫さんのところに出入りして、、藤澤さんからお前さんは詩が向いてるから小野のところに行けと紹介されて、小野さんのところに行って小野さんの申し子みたいになった方です。

こういう人たちを軸にしたメンバーが関西にたくさんいまして、それが「山河」という雑誌を作っていた。戦後詩を代表する「列島」、「荒地」の中心メンバーにもなっていました。

そういう意味では僕が詩を書き始めた頃の大阪の詩はすこぶる元気で、日本の文化圏全体の中にあっても大阪のグループは元気で、その中の小野十三郎の存在は大きかったです。

杉山平一と四季派

それに対して杉山さんは影が薄かった。影が薄いというのは杉山さんが悪いんじゃないんです。杉山さんは「四季」派、「四季」派は戦争協力した、リーダーの三好達治なんかを中心にその戦争責任を批判された。だから肩身が狭い思いをしたのでじっとしてましたと、これは杉山さん自身の言葉です。もっとも戦後早い時期は杉山さんはお父さんの会社で組合対策なんかしていて文学する時間がたくさんあったとは言えない。その中で途中から映画を絡み合わせたモンタージュ論など独自な表現論を展開しながら、大阪シナリオ学校の校長なんかもやりながら、最後は帝塚山学院に拾ってもらって、生活が安定してくるという形になります。

杉山さんはまるで「四季」派が歩いてるような人でした。図体は大きいけどむちゃくちゃ心優しい人でした。

現代詩文庫・杉山平一詩集のこと

僕はのちに思潮社の「現代詩文庫」を杉山さんに言われて編集を手伝いました。その前に彼が戦後早くに出した『夜学生』という詩集があるけれども、古本屋でも手に入らなくなっていた。そういう時に東京の土曜美術社という出版社の社主が大阪に来て僕に会い、思潮社の「現代詩文庫」のようなものを土曜美術社でも出しているので、推薦する詩人はいるかと言われ、僕はためらいもなく杉山さんの『夜学生』と足立巻一さんの『夕刊流星号』を薦めました。すぐ企画にしてくれまして、これには杉山さんはたいそう喜んでくれました。まだ「四季」派譲りの気兼ねがあって、肩身が狭い暮らしをしてる時で。

ところで思潮社の「現代詩文庫」ですが自分で作品抽出する。ところが杉山さんの場合は入れたいものがありすぎてページ数がオーバーしてどうしても縮まらない。そこで僕に手伝えと言われますから引き受けたけど、杉山さんの詩というのは一篇だけというのはあまりないですね。はっきり言うとどこから減らしてもふやしても大丈夫なんで。僕は目をつぶってバババッと減らしてこれでいきましょうと言ったら、ほぼ当たってると言われましたね。

余談ですが土曜美術社版の時に解説を書いたのは清水正一さんで十三の蒲鉾屋のオヤジさんでした。その人に杉山さんが解説を頼んだんですね。清水さん苦労して書きましてね、僕にとても感謝してくれました。初めて中央の出版社の仕事をしたと。そういうところが杉山さんにはありました。低身《ひくみ》に立って低身のところで繋がっていくというところがあった。そういう方なんですよ。

戦争中にお父さんの軍需工場を手伝っていて、そこの若い労働者の教育係もされてるんですね。そこで出会った若者たちをスケッチ風にとらえている、それが「夜学生」です。スケッチなんです。宮沢賢治もスケッチ詩と言われてますが、彼はそこを心象風景と自分で言うわけですけども、杉山さんはそれよりもより生活が具体的で周りをとらえている。

実は小野さんも物をして語らしめる、直接自分で物言わないという形の風景詩が多いですけども、杉山さんの詩は逆に人々を横並びに捉えると言うかたちの生活スケッチなんです。

杉山平一の詩はモンタージュ

杉山さんの本に『詩と映画と人生』というなにわ塾の対談集があります。映画のモンタージュ論を話してますけど、杉山さんのモンタージュ論というのはそのまま自分の生活スケッチをする時の、周りから詩を書く時の方法論なんです。エイゼンシュティンなんかをよく分析していて、杉山さんの場合は身近なんです、捉え方が。

現代詩文庫の『杉山平一詩集』の中に、もともとは一九三六年に雑誌「映画集団」に発表した「映画詩」に、こんな三行詩があるんです。「日曜日」という題です。

〈歩きながら兵士は挙手の礼をした　／　どおおん、と昼の花火があがつた　／　悠然と答礼する上官。〉

これだ杉山流モンタージュの実践です。戦争中は兵士はどこであっても上官に会ったら立ち止まって敬礼せなあかん。ところが同じ時にたまたま昼の花火がドーンとあがった。関係なんてないんです。そういうのが面白い。それがモンタージュ論というわけです。

この詩は三行がそれぞれバラバラで、これだけだったら何のことかわからない。ところが杉山さんの主張で見ると大変明確なんです。だから僕はそのまま杉山理論と言うんです。もう一つ紹介すると「智恩院」という詩がある。

《拝観人案内の坊主が声をはりあげて「廊下は」／遠くから 木魚の音が「ぽつく、ぽつく」／「全部う」／「ぽつく、ぽつく」／「うぐいす、張りいっ」／「ぽつく、ぽつく、ぽつく」》

これで終わりなんです。これは何かと言うと、《拝観人案内の坊主が声をはりあげて「廊下は」》と、廊下がウグイス張りであることを声をあげて説明している最中に、向こうのほうからお経あげてるポックポックという木魚の音が入って邪魔してると言うわけです。このふたつがまったく違和感のまま入り込んできて、それが面白いですなぁというのが、理論としてはモンタージュなんです。それがそのまま詩になってるんです。

でも、ま、やっぱり解説がいるんですね。しかしこれが成熟していくと面白いんですよ。今言ってるのは初期の作品であって、いいとか悪いとかじゃない。こうして小野十三郎の風景をして語らしめるという方法と、杉山さんがこういう形でエイゼンシュティンのモンタージュ論を解説するのと、僕の中で繋がるんです。モンタージュの幅が広がるんです。

僕はメタファーというのはモンタージュだと思ってるんです。テレビなんか見てると犯人像作る時に何人かの顔から合成して作っていくのがモンタージュです。杉山さんになるとそうじゃないんですね。衝突のモンタージュとかいろんな見方して拡大していってる。ただその方法論は小野十三郎の方法にも適応できるんです。それぞれの個性的な言い方が違うだけであって。杉山さんのモンタージュ論で、小野さんの作品を分解しようと思ったらなんぼでもできる。一〇年の年の差をはさんで、両極端を戦後代表してきたという意味では小野と杉山の存在というのは大きいです。

小野十三郎の詩と散文

同時にそういうところから、小説と、詩の世界と、ジャンルを分けてみるということもいらないわけです。僕は数日前、文学学校の校長先生が、京大の先生ですけど、小説がわからないのでと言うので怒ったんですよ、文学学校の校長というのはそういうこと言っちゃいけないんだ、嘘でもわかった顔してほしいと。

小野さんの時代の文学学校というのは、詩も小説も教室を分けてませんでしたから。詩人と小説家と二人セットで一つのサークル（教室）をやっていた。そういう方法というのは杉山平一さんの場合は道をかえると、モンタージュをスケッチのかたちでどう使うか、映画から勉強するというのはそういうことで、ここでもジャンル分けはいらないということになります。

小野さんの話に戻ります。小野さんというのも面白い人です。大阪に引き上げて来た昭和十一年に、無政府共産党事件に連座して阿倍野署に留置されるという事件がありました。最高の資金カンパをしていたというのがその理由でした。ところが、自伝である『奇妙な本棚』の中には「前に挙げた事件で四十日の豚箱ぐらしをして出てきてまもないころであった」とたったそれだけしか書いていない。小野さんをめぐる人事とか調べようと思ったら小野さんの本は全然参考にならないですよ。小野さんの詩は具体的なのに、散文では状況描写にそんなところがある。

大阪に戦後早く「詩文化」という雑誌が出ます。戦前モダニズムの詩を書いた藤村青一《せいいち》兄弟がお金出して編集した月刊誌で、二年程で潰れますけど、吉本隆明の初期の論文などはみなそこで発表されました。そのことについても小野さんの『奇妙な本棚』では、「吉本隆明なども熱心な寄稿者の一人である」、それだけです。藤村兄弟がどんな人か、全然わからない。

ところが九〇年代に入ってから吉本隆明の方が「詩文化」についても解説している。詳しいんですよ。東京から投稿しただけの吉本隆明の方がちゃんとしていて、肝心の小野さんは何も書いてない、小野さんというのはそういう人で、時代の参考資料にしようと思ったら役に立つのか立たないのかはちょっとわからない。

帝塚山では杉山さんの講義は映画の話が中心になってたと思うんですけど、杉山理論の解釈というのは大変面白いものだったと思うんです。詩の方にいけば、偉大だけど未完の詩人で、まだまだ生きていてやってもらわなくちゃならないことがたくさんあった詩人だという気がします。

これからのこと

気がついたら僕も八七歳。私が小野さんと出会った二〇歳頃は、小野さんは五〇歳くらいで、でも随分とおじいさんだと思い込んでいました。夏目漱石は四〇代半ばは初老だと書いてます。ところが僕は自分が五〇歳になった時全く老いたという気はしませんでした。思えば私たちは高齢者社会の一期生なんです。気がついたら高齢化社会になって、平均寿命が八〇歳以上の時代に生きる破目になってしまいました。僕らが一〇代二〇代の頃までは、五〇代は間違いなく老世代でした。詩は「青春の文学」なんて言ってた時代ですから、適当に年取った頃にはカッコよく死なないかんなと思ってたんですが、そういうつなぎ目の時代の中に僕らの見てる小野十三郎、杉山平一がいるということです。関西から見た戦後詩について僕なりに自分が中心になってちゃんとしとかないかんなと思っています。

（口述筆記）

帝塚山派文学学会—紀要第八号—より

伊東静雄の大阪転居とその時代の詩人・小説家

二〇二三年一〇月二八日（土）伊東静雄まち歩き

大阪府立住吉高等学校集合、阪南町三丁目三一の元・伊東静雄新婚居宅あたりにて解散

高橋俊郎

今から九四年前の昭和四年（一九二九）、京都帝国大学文学部国文科を卒業した伊東静雄は、大阪府立住吉中学校に赴任した。その時から昭和一一年（一九三六）の暮れに堺の北三国ヶ丘に転居するまでの七年あまりの間に、大阪市内を九回も転居している。それらは住吉中学への徒歩での通勤圏内にあり円弧を描くように散在している。これらに住んでいる時に同人誌「コギト」に参加して「わがひとに与ふる哀歌」を発表し、「日本浪漫派」の第二号より同人になっている。昭和一一年に書いた『大阪』という小文に「もし私が大阪に住まなかったら、恐らく私は詩を書かなかったことだろう」と記しているが、これは諫早への郷愁の詩人としては、逆説的な意味にとらえることが必要だろう。大阪を詠んだわけではないが、まぎれもなくこの地のこの空間で詩が作られた。また、伊東静雄は自分の詩が出来上がった時、これを紙に書いて壁に貼って、大きな声で朗詠したという。今

ではゆかりの住居などの姿は存在しないが、空間にその詩と朗詠の声を求めて、転居の痕跡を辿りたい。

※以降の番号は文末の図「伊東静雄の転居とその時代の詩人・小説家」の中の転居先番号で、まち歩きした順番に配置。

【集合地】　大阪府立住吉高校（旧制住吉中学）「曠野の歌」詩碑

伊東静雄は終生教職から離れなかったが、そのほとんどは住吉中学だった。戦時中は宿直室に泊まり込んでいたという。昭和五七年（一九八二）一一月、校庭に詩集『わがひとに與ふる哀歌』から「曠野の歌」が刻まれた詩碑が建立された。

⑧　住吉区天下茶屋三丁目一五（現西成区岸里東二丁目一、三）昭和七年一一月〜

七回目の転居　堺市立高女に通勤する花子夫人の通勤のため転居した。

昭和七年（一九三二）一二月には同人誌「呂」が発行禁止になった。

⑨　西成区松原通二丁目一五（現西成区岸里東二丁目一二）昭和八年四月〜

八回目の転居　母・妹と同居のため転居した。この頃、富士正晴と交友した。

昭和八年（一九三三）六月、同人誌「コギト」に参加した。九年一一月、詩「わがひとに與ふる哀歌」を発表。

一〇年二月、「日本浪漫派」の同人になった。同年四月、「四季」に参加した。同年一〇月、詩集『わがひとに與ふる哀歌』を刊行した。

「百千の」詩碑　阿倍野区松虫ポケットパーク

昭和一八年（一九四三）九月に弘文堂より刊行した第三詩集『春のいそぎ』から「百千の」が刻まれている。大阪市の文学碑建立事業の一環として建碑された。

小野十三郎住居　（現阿倍野区阪南町一－一五－一七）

小野十三郎は昭和八年（一九三三）に東京から帰阪し、終生阪南町に住んだ。平成八年（一九九六）一〇月八日に九三歳で死去したが、住居は残されている。伊東静雄と詩作の方向性は真逆だったが友人であり、伊東は住吉中学の特別授業に小野を招いていた。

② 住吉区天王寺町一七五一　中西正次方（現阿倍野区阪南町三丁目一二）昭和四年六月～

一回目の転居先。伊東はこの年の七月から八月にかけて諫早に帰郷しており、友人宛の書簡に「大阪の下宿にかへつてみると、下のおかみさんの思ひつきで、私の室の窓に一杯にへちまのつるが伸びてゐて、それが大變美くしくあります。そしてそのつるにいろんな蟲が這ひまはつてゐます。私はこんなことなりとなかつたら、どれほど退くつしたらうと、おかみさんの思ひつきをうれしがつて、一人でねながらそれをみてゐるのです。」と書いている。

また、当時の伊東静雄はフォイエルバッハの唯物論に傾倒し、マルクス主義に身を置こうとしていた。同時に有島武郎のプロレタリア文学批判に同調していた。「コギト」に転進するにはまだ時間が必要だった。

⑦ **住吉区阪南町中三丁目二〇（現阿倍野区阪南町三丁目三二）昭和五年一二月〜**

六回目の転居。山本花子と結婚して住んだ新居。

昭和七年（一九三二）六月に同人誌「呂」を創刊した。

参考資料

『伊東静雄と大阪／京都』山本皓造著 竹林館 平成一四年（二〇〇二）一一月三〇日第二刷発行

『詩人、その生涯と運命』小高根二郎著 新潮社 昭和四〇年（一九六五）五月一〇日発行

『現代詩読本一〇 伊東静雄』思潮社 一九七九年八月一日発行

伊東静雄の転居とその時代の詩人・小説家

【図】「伊東静雄の転居とその時代の詩人・小説家」高橋俊郎作成

あとがき

本会「帝塚山派文学学会」の命名者は元立命館大学教授の木津川計先生（本会顧問）である。これにはいきさつがある。

「がめつい・ど根性・どケチ」というマスコミ等を通じて流布された大阪イメージに対置して、木津川先生が抱いていたあるべき大阪のイメージは、含羞都市としての文化都市であった。それを突き詰めていって、帝塚山の地と帝塚山学院にゆかりのある、藤澤桓夫を中心とした作家たちに含羞の文学を見出し、彼らを帝塚山派と名付けた。

本会設立の二年前の平成二五年（二〇一三）五月一一日、帝塚山学院泉ヶ丘中学校高等学校が堺市立東文化会館で開催した創立三〇周年記念式典において、記念講演講師に招かれた木津川先生は、「大阪の都市格と〝帝塚山派〟の文学」という演題で講演を行った。その講演内容は本書に収録された「大阪文化への期待　羞じらいの文化に光を」とも重なるので要約を控えるが、講演の最後に次のような発言があった。

「ぜひ帝塚山学院が帝塚山派文学を研究する学会を設立していただきたい。もしできないというのであれば、私が自分でそれを立ち上げます。」

折しも、帝塚山学院は平成二八年（二〇一六）に創立一〇〇周年を迎えようとしていた。

そこで当時、学院常務理事の職にあった私八木は木津川先生の提案を一〇〇周年記念事業の中に組み入れることを発案し、翌平成二六年（二〇一四）四月には組織的な承認をとりつけた。そして、学院の鶴崎裕雄先生と私が中心になった準備活動を経て、平成二七年（二〇一五）一一月一日に学院住吉キャンパスにおいて帝塚山派文学学会の設立総会が開催された。この経緯を顧みるとき、本会は木津川先生の大阪への愛着と帝塚山文化圏への着目がなければ生まれることがなかったと言ってよい。

先行きが必ずしも見通せているわけではなかった本会は、以降、関係各位の尽力や協力をもって、研究内容においても財務において着実な進展を遂げてきた。そしてこの度は来る一〇周年を期して、これまでの紀要に掲載された講演録の中から選りすぐった本記念論集（講演編）が記念論集（論文編）とともに発刊されることとなった。よくぞここまで来たとの感を禁じ得ない。この機会に設立時のいきさつを記して、あとがきとする。

八木孝昌

本「あとがき」を執筆された八木孝昌氏（帝塚山派文学学会運営委員）は令和六年一〇月に逝去されました。

執筆者略歴

木津川計（きづがわ・けい）

大阪市立大学（現大阪公立大学）文学部卒。立命館大学名誉教授。一九六八年季刊『上方芸能』を創刊、編集長、発行人。二〇一六年二〇〇号で終刊。一九八六年立命館大教授、二〇〇六年定年退職。和歌山大学客員教授、民放連盟賞中央審査委員長他を歴任。現在はＮＨＫ「ラジオエッセイ」を担当。『人間と文化』（岩波書店）『上方芸能と文化』（ＮＨＫライブラリー）他多数。菊池寛賞、全国日本学士会アカデミア賞受賞。

河崎良二（かわさき・りょうじ）

大阪市立大学（現大阪公立大学）大学院博士課程所定単位修得後退学。博士（文学）。帝塚山学院大学名誉教授。著書『英国の贈物』、『静かな眼差し』、『透明な時間』、『阪田寛夫 讃美歌で育った作家』（編集工房ノア）、『語りから見たイギリス小説の始まり――霊的自伝、道徳書、ロマンスそして小説へ――』（英宝社）。

上坪裕介（うえつぼ・ゆうすけ）

日本大学大学院芸術学研究科博士後期課程修了。博士（芸術学）。日本大学芸術学部文芸学科准教授。単著『山の上の物語　庄野潤三の文学』（松柏社）、共著『庄野潤三の本　山の上の家』（夏葉社）など。

高橋俊郎（たかはし・としろう）

前大阪市立中央図書館副館長（図書館司書・教育委員会部長）。龍谷大学文学部哲学科卒業。同志社女子大学嘱託講師、大阪文学振興会総務委員、大阪春秋編集委員など。共著『大大阪イメージ』（創元社）、『織田作之助』（河出書房新社）、『大阪春秋155号・回想の藤澤桓夫』、『同161号・帝塚山モダニズム』など。

今村夏子（いまむら・なつこ）

旧姓 庄野夏子、庄野潤三の長女。青山学院短期大学英文科卒業、職歴なし。

小林晴子（こばやし・はるこ）

旧姓 庄野晴子。庄野英二の長女。帝塚山学院大学文学部卒業。職歴なし。

内藤啓子（ないとう・けいこ）

阪田寛夫の長女。東京女子大学文理学部日本文学科卒。妹・大浦みずきの事務所取締役を務めた。著書『枕詞はサッちゃん――照れやな詩人、父・阪田寛夫の人生』（新潮社）にて第66回日本エッセイスト・クラブ賞。同クラブ会員。

藤田富美恵（ふじた・ふみえ）

帝塚山学院短期大学文芸専攻科卒業。秋田實の長女。朝日カルチャー（童話通信講座）、心斎橋大学（エッセイ・童話講座）講師。著書『うんどう会にはトビックス！』（文化出版局）『からほり亭で漫才！』（文研出版）、『秋田實　笑いの変遷』（中央公論新社）。『大阪春秋172号・空堀商店街の父』、『同176号・思いやりいろいろ』など。

福島理子（ふくしま・りこ）

大阪大学大学院博士課程単位修得後退学。帝塚山学院大学名誉教授。著書に『江戸漢詩選3　女流』（岩波書店）、『梁川星巌』（共著、研文出版）、註釈に『鷗外歴史文学集　6～9　伊沢蘭軒』（共著、岩波書店）など。

石野伸子（いしの・のぶこ）

元産経新聞大阪本社編集局編集委員。大阪外国語大学（現大阪大学外国語学部）ドイツ語科卒。著書に『女50歳からの東京ぐらし』（産経新聞出版）、『浪花女的読書案内』（産経新聞大阪本社編集センター）。

倉橋健一（くらはし・けんいち）

詩人・文芸評論家。一九三四年、京都市生まれ。一九六〇年、「山河」同人。以後大阪に留まって表現活動を続ける。「イリプス」同人。詩集には『失せる故郷』（第五五回歴程賞）ほか多数。評論・エッセイ集には『詩が円熟する時』ほか多数。二〇二〇年に『大阪人物往来――人語り外伝――』を上梓し、大阪人以外の大阪体験記を収録した。詩集『無限抱擁』で二〇二三年現代詩人賞を受賞。

八木孝昌（やぎ・たかまさ）

大阪市立大学（現大阪公立大学）経済学部卒業。博士（文学）。著書『大阪府生活協同組合連合会50年史』『解析的方法による万葉歌の研究』（和泉書院）『新・五代友厚伝　近代日本の道筋を開いた富国の使徒』（ＰＨＰ研究所）。共著『帝塚山学院一〇〇年史』。二〇二四年一〇月逝去。

帝塚山派文学学会創立一〇周年記念論集　編集委員会

編集委員　河崎　良二（帝塚山派文学学会代表）
高橋　俊郎（帝塚山派文学学会副代表）
石野　伸子（帝塚山派文学学会運営委員）
上坪　裕介（帝塚山派文学学会運営委員）
福島　理子（帝塚山派文学学会運営委員）

事務局　桝野　隆平（帝塚山派文学学会運営委員）

帝塚山派文学への招待
―帝塚山派文学学会 創立10周年記念論集― 講演編

令和七年四月三〇日 発行

編　　集　帝塚山派文学学会
　　　　　創立10周年記念論集 編集委員会

発 行 所　株式会社 遊 文 舎

印刷・製本　大阪市淀川区木川東四－一七－三一
　　　　　電話 〇六－六三〇四－九三二五